R.A. Salvatore est l'un des maîtres les plus appréciés de la Fantasy. Son succès ne se dément pas au fil des ans : ses fans sont toujours plus nombreux et fidèles, ce qui lui vaut d'apparaître régulièrement dans la liste des best-sellers du *New York Times*. Ses romans ont été vendus à plus de dix millions d'exemplaires.
C'est en 1988 qu'est né sous la plume de Salvatore un héros qui allait tout de suite devenir extrêmement populaire : Drizzt Do'Urden, plus connu sous le nom d[illegible] noir ».

CW01621872

Du même auteur,
aux éditions Bragelonne :

Demon Wars :
1. L'Éveil du démon
2. L'Esprit du démon
3. *L'Apôtre du démon*

LES ROYAUMES OUBLIÉS

La Légende de Drizzt :
1. *Terre natale*
2. *Terre d'exil*
3. *Terre promise*
4. *L'Éclat de cristal*
5. *Les Torrents d'argent*
6. *Le Joyau du halfelin*
7. *L'Héritage*
8. *Nuit sans étoiles*
9. *L'Invasion des ténèbres*
10. *Une aube nouvelle*
11. *Lame furtive*
12. *L'Épine dorsale du Monde*
13. *La Mer des Épées*

Mercenaires :
1. *Serviteur du cristal*
2. *La Promesse du Roi-Sorcier*
3. *La Route du patriarche*

Transitions :
1. *Le Roi orque*
2. *Le Roi pirate*
3. *Le Roi fantôme*

Les Lames du Chasseur :
1. *Les Mille Orques*
2. *Le Drow solitaire*
3. *Les Deux Épées*

La Pentalogie du clerc :
1. *Cantique*

Neverwinter :
1. *Gauntlgrym*
2. *Neverwinter*
3. *La Griffe de Charon*
4. *Le Dernier Seuil*

Les Compagnons

Le Codex
des Compagnons :
1. *La Nuit du chasseur*
2. *L'Avènement du roi*
3. La Vengeance du nain

Retour à Gauntlgrym :
1. *Archimage*
2. *Maestro*
3. *Héros*

Chez Milady Graphics :

La Légende de Drizzt, le guide

La Légende de Drizzt :
1. *Terre natale*
2. *Terre d'exil*
3. *Terre promise*
4. *L'Éclat de cristal*
5. *Les Torrents d'argent*
6. *Le Joyau du halfelin*
7. *L'Héritage*

La Légende de Drizzt – Neverwinter Tales
La Légende de Drizzt, intégrale tome 1

CE LIVRE EST ÉGALEMENT DISPONIBLE
AU FORMAT NUMÉRIQUE

www.bragelonne.fr

La Légende de Drizzt

LIVRE II

TERRE D'EXIL

R.A. SALVATORE

Traduit de l'anglais (États-Unis) par Yann Chican

Collection dirigée par Stéphane Marsan et Alain Névant

Licensed By:

Originally published in the USA by Wizards of the Coast LLC
Originellement publié aux États-Unis par Wizards of the Coast LLC

FORGOTTEN REALMS, WIZARDS OF THE COAST,
THE LEGEND OF DRIZZT and their respective logos are trademarks
of Wizards of the Coast, LLC in the USA and other countries.
© 2011 Wizards of the Coast LLC. All rights reserved. Licensed by Hasbro.

Titre original : *Exile – The Legend of Drizzt, book 2*
© 1990 TSR, Inc.
© 2004 Wizards of the Coast LLC

© Bragelonne 2008, pour la présente traduction

Carte :
Todd Gamble © 2004 Wizards of the Coast LLC

ISBN : 979-10-281-0638-6

Bragelonne
60-62, rue d'Hauteville – 75010 Paris

E-mail : info@bragelonne.fr
Site Internet : www.bragelonne.fr

Pour Diane, avec tout mon amour.

La caverne des Illithids

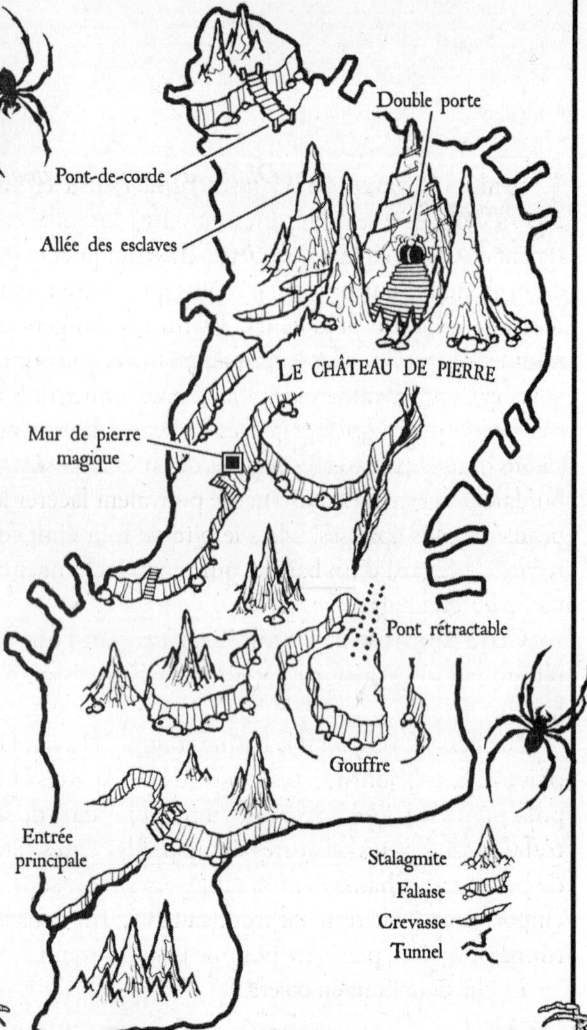

Prélude

Le monstre s'avançait le long du tunnel silencieux de l'Outreterre ; ses huit pattes couvertes d'écailles éraflaient de temps en temps la pierre. Il ne s'inquiétait pas du bruit qu'il pouvait faire, pas plus qu'il ne redoutait d'être la cible de prédateurs. Parmi les dangers du monde souterrain, il se sentait en sécurité, convaincu de sa capacité à vaincre n'importe quel ennemi. Son souffle mortel, ses griffes capables de creuser de profonds sillons dans la pierre et les rangées de crocs aiguisés qui bordaient sa gueule monstrueuse pouvaient lacérer les peaux les plus épaisses. Mais le pire de tout était son regard, le regard d'un basilic, qui pouvait changer en pierre quiconque le croisait.

Cette immense et terrible créature était l'une les plus imposantes de son espèce. Elle ne connaissait pas la peur.

Le chasseur observait le basilic comme il l'avait fait plus tôt dans la journée. Ce monstre à huit pattes était pour lui un intrus ici. Il l'avait vu tuer plusieurs de ses rothés – de petites créatures comparables à des têtes de bétail qui rehaussaient sa table – avec son souffle empoisonné, et le reste du troupeau avait fui dans les tunnels sans fin, peut-être pour ne jamais revenir.

Le chasseur était en colère.

Il regardait maintenant le monstre s'engouffrer dans l'étroit passage, comme il l'avait prévu. Il sortit ses armes de leur fourreau et sentit sa confiance grandir, comme chaque fois qu'il éprouvait leur équilibre parfait. Elles lui appartenaient depuis l'enfance, et même après presque trois décennies d'usage constant, elles ne portaient que de légères traces d'usure. Elles seraient bientôt de nouveau mises à l'épreuve.

Il rangea ses armes et attendit le bruit qui déclencherait son action.

Un grognement sourd stoppa le basilic. Le monstre regardait devant lui avec curiosité, bien que sa vue basse ne lui permette pas de voir au-delà de quelques mètres. Il y eut un nouveau grognement et le basilic se ramassa au sol, attendant que sa prochaine victime surgisse.

Loin derrière, le chasseur sortit de son abri en se déplaçant incroyablement vite le long des petites crevasses et des aspérités des parois. Sa cape magique, son *piwafwi*, le rendait invisible sur la pierre et, grâce à ses mouvements agiles maintes fois répétés, il ne faisait aucun bruit.

Il arriva à proximité du monstre, remarquablement silencieux, extrêmement rapide.

Un grognement se fit de nouveau entendre, mais toujours à égale distance du basilic. Celui-ci avança, impatient d'en finir. Quand il passa la tête sous une arche basse, une profonde obscurité l'enveloppa ; il s'arrêta et fit un pas en arrière.

Le chasseur fondit alors sur lui. Il sauta de la paroi en exécutant trois mouvements distincts avant d'atteindre sa cible. Il commença par jeter un simple sort qui encercla la tête de la créature de flammes éclatantes, bleues et pourpres. Il abaissa ensuite sa capuche sur ses yeux, n'en ayant pas besoin pour le combat – un seul regard du basilic pouvait le perdre. Puis, dégainant ses mortels cimeterres, il atterrit sur le dos du monstre et courut vers sa tête.

Le basilic réagit dès que les flammes se mirent à danser autour de lui. Elles ne le brûlaient pas mais en faisaient une cible facile. Il tenta de se retourner, mais il n'avait pas fait la moitié de son mouvement que le premier cimeterre s'enfonça dans l'un de ses yeux. La créature se cabra et se tortilla, essayant d'atteindre le chasseur de son souffle nocif.

Mais ce dernier était plus rapide. Il s'accrocha à la nuque du monstre, hors de portée du souffle mortel. Le second de ses cimeterres visa l'autre œil et le chasseur laissa libre cours à sa fureur.

Le basilic était l'envahisseur ; il avait décimé son troupeau de rothés ! Coup après coup, le chasseur emboutissait la tête caparaçonnée du monstre, arrachant ses écailles pour atteindre la chair.

La créature comprit le danger mais croyait encore pouvoir remporter le combat. Elle avait toujours gagné. Il lui suffisait d'atteindre son adversaire avec son souffle mortel.

Mais un second ennemi était sur lui à présent ; il avait jailli sans peur devant sa gueule auréolée de pourpre. La panthère attaqua, sans se soucier du danger ; c'était une créature magique, insensible à de tels sorts. Les griffes du félin creusèrent de nombreux sillons dans la gorge du prédateur, qui se noyait dans son propre sang.

Derrière l'énorme tête, le chasseur frappait encore et encore, lâchant plus d'une centaine de coups.

Férocement, brutalement, le cimeterre s'abattait sur l'armure écailleuse, transperçait la chair jusqu'à atteindre le crâne, poussant ainsi le basilic vers l'obscurité de la mort.

Longtemps après, alors que le monstre ne bougeait plus, le martèlement des cimeterres s'atténua.

Le chasseur releva sa capuche ; il inspecta la masse informe qui gisait à ses pieds et les taches de sang qui maculaient ses lames. Il dressa ses deux cimeterres ensanglantés dans les airs et célébra sa victoire en poussant un cri d'exaltation sauvage.

C'était un chasseur et il était sur son territoire !

Une fois sa rage évacuée, il regarda sa compagne et se sentit honteux. Il se sentait jugé par son regard même si elle ne le faisait pas. L'animal était son seul lien avec le passé, avec cette existence civilisée qu'il avait connue autrefois.

— Viens, Guenhwyvar, chuchota-t-il tandis qu'il glissait ses cimeterres dans leur fourreau.

Il avait du plaisir à entendre le son de sa voix. C'était la seule qu'il entendait depuis dix ans. Mais chaque fois qu'il parlait, les mots lui semblaient de plus en plus étrangers et lui venaient avec plus de difficulté.

Allait-il aussi perdre cette capacité, comme il avait perdu tous les autres aspects de son existence passée ? Cela lui faisait très peur car, sans sa voix, il ne pourrait plus appeler Guenhwyvar.

Et il serait alors vraiment seul.

Le chasseur et sa panthère descendaient le long des méandres silencieux de l'Outreterre, sans faire un bruit, sans bouger une pierre. Ensemble, ils avaient découvert les dangers de ce monde silencieux. Ensemble, ils avaient appris à y survivre. En dépit de sa victoire, le chasseur n'était pas heureux. Il ne craignait aucun ennemi, mais ne savait plus si ce courage venait de son assurance ou de son manque d'intérêt pour la vie.

Peut-être que survivre n'était plus suffisant.

Première partie

Le chasseur

Je me souviens exactement du jour où j'ai quitté ma ville natale, la cité de mon peuple. Toute l'Outreterre s'ouvrait devant moi ; une vie passionnante m'attendait, pleine d'aventures et offrant de nombreuses possibilités qui faisaient palpiter mon cœur. En outre, je quittais Menzoberranzan avec la conviction que, désormais, je pourrais vivre ma vie en accord avec mes principes. J'avais Guenhwyvar à mes côtés et mes cimeterres accrochés à mon ceinturon. J'étais le maître de mon destin.

Mais le jeune drow que j'étais lorsque je quittai Menzoberranzan en ce jour fatidique, à peine entré dans ma quatrième décennie de vie, ne savait encore rien de la vérité du temps qui passe et s'écoule tellement plus lentement quand on n'a personne à ses côtés. Tout à l'exubérance de ma jeunesse, j'attendais avec impatience les prochains siècles de ma vie.

Comment mesurer les siècles quand une heure semble un jour et un jour une année ?

Au-delà des cités de l'Outreterre, il y a de la nourriture pour ceux qui savent où la trouver et des endroits où se cacher pour être en sécurité. Mais plus que toute autre chose, il y a la solitude.

À mesure que je devenais une créature de ces tunnels vides, survivre devenait à la fois plus facile et plus difficile. J'acquérais les talents physiques et l'expérience nécessaires pour y vivre. Je pouvais venir à bout de presque toutes les créatures qui vagabondaient sur mon territoire ; quant aux quelques monstres qui étaient trop forts pour moi, je les fuyais et savais où me cacher pour leur échapper. Cependant, il ne me fallut pas longtemps pour découvrir un ennemi que je ne pouvais ni vaincre, ni fuir. Il me suivait où que j'aille – plus je m'éloignais, plus il se rapprochait. Mon ennemi était la solitude – l'interminable silence de ces couloirs.

En y repensant bien des années plus tard, je suis à la fois étonné et consterné par les changements que cette existence m'a fait subir. L'identité même de chaque être doué de raison est liée au langage, à la communication entre cet être et les autres. Sans ce lien, j'étais perdu. Quand j'ai quitté Menzoberranzan, j'avais décidé que ma vie reposerait sur des principes moraux inflexibles. Après quelques mois dans l'Outreterre, mon seul but était de survivre. J'étais devenu une créature instinctive et rusée, mais incapable de réflexion, n'utilisant mon esprit que pour préparer la prochaine tuerie.

Je crois que c'est Guenhwyvar qui m'a sauvé. Elle m'a sorti des griffes de la mort à d'innombrables reprises, me protégeant des monstres mais aussi du vide – cette mort lente qui aurait fini par m'engloutir. Je me suis vu vivre pour ces moments où elle marchait à mes côtés, où j'avais enfin avec moi une autre créature vivante à qui parler, même s'il m'était de plus en plus difficile de trouver mes mots. De plus, Guenhwyvar était devenue mon repère dans le temps, car je savais qu'elle revenait du plan astral environ tous les deux jours pour une demi-journée.

C'est seulement après que mon épreuve fut terminée que j'ai réalisé à quel point ces demi-journées étaient cruciales. Sans Guenhwyvar, je n'aurais jamais trouvé la force de survivre.

Même avec la panthère près de moi, je développais un sentiment de plus en plus ambigu vis-à-vis du combat. J'espérais secrètement qu'un habitant de l'Outreterre s'avérerait plus fort que moi. Est-ce que les lacérations des crocs ou des griffes dans ma chair seraient plus douloureuses que le vide et le silence ?

Je ne le crois pas.

Drizzt Do'Urden.

1

Cadeau d'anniversaire

La Matrone Malice Do'Urden s'agitait nerveusement sur son trône de pierre dans l'antichambre, petite et sombre, de la grande chapelle de la Maison Do'Urden. Pour les elfes noirs, qui mesuraient le temps en décennies, c'était un jour à marquer dans les annales de la Maison de Malice : le dixième anniversaire du conflit larvé entre les siens et la Maison Hun'ett. Matrone Malice, qui ne manquait jamais une célébration, avait préparé un cadeau spécial pour ses ennemis.

Briza Do'Urden, l'aînée des filles de Malice, une grande et belle femelle drow, arpentait anxieusement l'antichambre, ce qui n'avait rien d'inhabituel.

— Cela devrait déjà être terminé, grommela-t-elle en donnant un coup dans un petit tabouret à trois pieds.

— Patience, répondit sèchement Malice, bien qu'elle partage les sentiments de sa fille. Jarlaxle est quelqu'un de prudent.

Briza se détourna à l'évocation de l'outrancier mercenaire et se dirigea vers les portes de pierre ornementées. Malice comprit ce qui la tourmentait.

— Tu n'aimes pas Jarlaxle ni son groupe, déclara catégoriquement la Mère Matrone.

— Ce sont des fripouilles sans attaches, cracha Briza en se gardant bien de faire face à sa mère. Il n'y a pas de place pour eux à Menzoberranzan. Ils bouleversent l'ordre naturel de notre société. Et ce sont des mâles !

— Ils nous sont bien utiles, lui rappela Malice.

Briza voulut argumenter sur ce que leur coûtaient les services de cette bande de mercenaires, mais elle tint sagement sa langue. Elle et sa mère étaient presque continuellement en désaccord depuis le début du conflit opposant les Do'Urden aux Hun'ett.

— Sans Bregan D'aerthe, nous ne pourrions agir contre nos ennemis, continua Malice. Utiliser des mercenaires, ces fripouilles sans attaches comme tu les appelles, nous permet de mener la guerre sans que notre Maison soit impliquée.

— Pourquoi ne pas en finir, alors ? demanda Briza en se retournant vers le trône. Nous tuons quelques soldats Hun'ett, ils tuent quelques-uns des nôtres. Et pendant ce temps-là, les deux Maisons continuent à recruter des remplaçants ! Cela ne finira jamais ! Les seuls gagnants dans ce conflit sont les mercenaires de Bregan D'aerthe – et ceux que la Matrone SiNafay Hun'ett a engagés – qui prospèrent en puisant dans les coffres de nos deux Maisons !

— Surveille tes paroles, ma fille, gronda Malice. Tu t'adresses à une Mère Matrone.

Briza se détourna de nouveau.

— Nous aurions dû attaquer immédiatement la Maison Hun'ett la nuit où Zaknafein fut sacrifié, osa-t-elle grommeler.

— Tu oublies les actes de ton plus jeune frère, cette nuit-là, répondit Malice sur le même ton.

Mais la Mère Matrone se trompait. Même si elle vivait encore des centaines d'années, jamais Briza n'oublierait ce que Drizzt avait fait la nuit où il avait renié sa famille. Entraîné par Zaknafein, amant favori de Malice et meilleur maître d'armes de tout Menzoberranzan, Drizzt avait atteint un niveau d'adresse au combat de très loin supérieur à la norme drow. Mais Zak lui avait aussi transmis ses manières déplaisantes et blasphématoires que Lolth, la Reine Araignée des elfes noirs, ne pouvait tolérer. Finalement, l'attitude sacrilège de Drizzt avait provoqué la colère de Lolth qui, en retour, avait réclamé sa mort.

Matrone Malice, impressionnée par le potentiel guerrier de Drizzt, avait pris son parti et avait offert le cœur de Zaknafein à Lolth pour racheter les fautes de son fils. Elle avait pardonné à ce dernier ses écarts en espérant que, sans l'influence de Zak, il s'amenderait et remplacerait le maître d'armes déchu.

Mais l'ingrat les avait tous trahis et s'était enfui dans l'Outreterre un acte qui avait privé la Maison Do'Urden non seulement de son seul maître d'armes restant mais aussi du soutien de Lolth. Après tant d'efforts, que de pertes en une seule journée.

Heureusement, la Maison Hun'ett avait connu des souffrances similaires ce même jour, perdant ses deux sorciers lors d'une tentative d'assassinat de Drizzt. Les deux Maisons se retrouvant affaiblies et en disgrâce auprès de Lolth, la guerre attendue se transforma en une suite de raids furtifs.

Briza n'oublierait jamais.

Un coup à la porte de l'antichambre les tira elle et sa mère de leur méditation et de l'évocation de cette époque troublée. La porte s'ouvrit et Dinin, l'aîné de la Maison, entra.

— Salutations, Mère Matrone, dit-il d'un ton respectueux en s'inclinant bien bas.

Le sourire qu'il ne put retenir était éloquent.

— Jarlaxle est revenu ! s'exclama Malice.

Dinin fit un pas de côté et le mercenaire qui attendait patiemment dans le corridor entra. Briza, toujours aussi étonnée par les manières excentriques du guerrier, hocha la tête au moment où Jarlaxle passa près d'elle. Presque tous les elfes noirs de Menzoberranzan s'habillaient de manière discrète et pratique ; ils portaient des tuniques parées des symboles de la Reine Araignée ou de fines cottes de mailles sous les plis d'un *piwafwi* magique qui leur servait à se camoufler.

Jarlaxle, arrogant et bravache, ne se conformait pas aux coutumes des habitants de Menzoberranzan. La norme drow n'était pas pour lui et il faisait étalage de ses excentricités. Il ne portait ni tunique ni toge, mais une cape chatoyante dont les nombreuses couleurs étaient visibles aussi bien à la lumière du jour que dans l'obscurité, par infravision. On ne pouvait que deviner le caractère magique de cette cape, mais les proches du mercenaire assuraient qu'il s'agissait là d'une pièce de grande valeur.

Sous sa cape, Jarlaxe portait une veste sans manches si courte que son ventre plat et musculeux était visible par tous. Il avait un bandeau sur l'œil, mais les observateurs attentifs savaient que ce n'était qu'un ornement, car le mercenaire le changeait souvent de côté.

— Ma chère Briza, lança-t-il par-dessus son épaule en remarquant le regard dédaigneux de la haute prêtresse.

Il se prosterna en agitant son chapeau à large bord – une autre curiosité, d'autant plus extravagante que ledit couvre-chef était outrageusement décoré des plumes monstrueuses d'un diatryma, un gigantesque oiseau de l'Outreterre.

Briza se détourna à la vue du crâne du mercenaire. Les elfes noirs arboraient leur épaisse chevelure comme un signe de leur statut, chaque coupe renseignant sur leur rang et leur Maison. Le crâne de Jarlaxle était entièrement rasé et, d'où la jeune femme se tenait, il ressemblait à une boule d'onyx.

Jarlaxle ricana doucement en voyant la désapprobation de la fille aînée Do'Urden et se retourna vers la Matrone Malice, ses nombreux bijoux cliquetant et ses bottes noires claquant à chaque pas.

— Est-ce réglé ? demanda la Matrone avant que le mercenaire ait le temps de faire les salutations d'usage.

— Ma chère Matrone Malice…, reprit Jarlaxle dans un soupir affligé. (Il savait que la grande nouvelle qu'il apportait pouvait lui permettre de se passer des formalités.) Douteriez-vous de moi ? Si c'était le cas, vous me fendriez le cœur.

Malice bondit de son trône en brandissant un poing victorieux.

— Dipree Hun'ett est mort ! s'exclama-t-elle. La première victime noble de la guerre !

— Vous oubliez Masoj Hun'ett, tué par Drizzt il y a dix ans. Et Zaknafein Do'Urden, tué de vos propres mains, ajouta Briza presque malgré elle.

— Zaknafein n'était pas noble de naissance, rappela Malice à son impertinente de fille.

Néanmoins, les paroles de Briza l'avaient piquée au vif. Elle avait décidé de sacrifier Zaknafein à la place de Drizzt contre les recommandations de sa fille.

Jarlaxle se racla la gorge afin d'apaiser la tension grandissante. Le mercenaire savait qu'il devait en finir et quitter la Maison Do'Urden le plus vite possible. Il savait déjà – même si les Do'Urden l'ignoraient – que l'heure convenue approchait.

— Il faudrait s'occuper de mon paiement, rappela-t-il à Malice.

— Dinin s'en chargera, répliqua celle-ci en faisant un geste de la main sans quitter sa fille des yeux.

— Je vais prendre congé, dit Jarlaxle en se tournant vers l'aîné des Do'Urden.

Avant que le mercenaire ait fait le moindre pas vers la porte, Vierna, la seconde fille de Malice, déboula dans la pièce, le visage rayonnant dans le spectre infrarouge sous l'effet de l'excitation.

— Bon sang, murmura Jarlaxle.

— Que se passe-t-il ? demanda la Matrone Malice.

— La Maison Hun'ett, hurla Vierna, des soldats dans l'enceinte ! Nous sommes attaqués !

Dans la cour, au-delà des grottes, près de cinq cents soldats de la Maison Hun'ett – une centaine d'hommes de plus que ce que la Maison était censée posséder – avaient fait exploser les portes d'adamantium de la Maison Do'Urden et pénétraient dans l'enceinte de la Maison. Les trois cent cinquante hommes de la

Maison assiégée se déployèrent hors des stalagmites aménagées en casernes pour repousser l'assaut.

En sous-nombre mais entraînées par Zaknafein, les troupes Do'Urden se mirent en position défensive pour protéger leurs magiciens et leurs prêtres afin que ces derniers puissent lancer leurs sorts.

Un contingent entier de soldats Hun'ett, dotés grâce à la magie du pouvoir de voler, piqua vers les appartements royaux de la Maison Do'Urden. Les arbalètes cliquetaient et réduisaient les rangs de cette force aérienne grâce à leurs carreaux empoisonnés. Mais, malgré tout, en raison de l'effet de surprise de cette attaque, les troupes Do'Urden se retrouvèrent vite dans une position précaire.

—Hun'ett n'a pas le soutien de Lolth ! s'écria Malice. Ils n'oseraient pas nous attaquer aussi ouvertement !

Elle sursauta en entendant deux déflagrations assourdissantes.

—Ah bon ? fit Briza.

Malice lança à sa fille un regard menaçant mais n'eut pas le temps de poursuivre la conversation. Habituellement, toute attaque menée par une Maison drow impliquait un assaut de soldats combiné à un barrage mental de la part des prêtres les plus gradés de la Maison assaillante. Or Malice ne percevait aucune attaque mentale ; c'était donc bien la Maison Hun'ett qui se trouvait à ses portes. Les prêtres de Hun'ett, qui n'étaient plus dans les faveurs de la Reine Araignée, ne pouvaient apparemment pas utiliser les pouvoirs que leur avait octroyés Lolth pour lancer leur assaut mental.

S'ils avaient pu, Malice et ses filles n'auraient pas eu les moyens de se défendre.

— Pourquoi ont-ils osé attaquer ? se demanda Malice à haute voix.

Briza comprit le raisonnement de sa mère.

— C'est en effet bien téméraire de leur part d'espérer que leurs soldats viendront seuls à bout de tous les membres de notre Maison, dit-elle.

Chaque drow de Menzoberranzan connaissait le châtiment brutal et exemplaire réservé à une Maison qui n'arrivait pas à en éradiquer une autre. De telles attaques n'étaient pas réprouvées, mais être pris sur le fait l'était.

Rizzen, le consort actuel de la Maison Do'Urden, arriva alors dans l'antichambre, l'air sinistre.

— Nous sommes dépassés en nombre et nous tenons difficilement nos positions ; j'ai bien peur que notre défaite soit imminente.

Malice refusait d'accepter la nouvelle. Elle frappa Rizzen avec une telle violence qu'il traversa la moitié de la pièce, puis elle se tourna vers Jarlaxle.

— Tu dois faire venir ton groupe ! Rapidement ! lui ordonna-t-elle.

— Matrone, bégaya Jarlaxle, manifestement pris au dépourvu, Bregan D'aerthe est un groupe qui agit dans la discrétion. Nous ne nous engageons pas dans la guerre ouverte. Le faire pourrait provoquer la colère du Conseil régnant.

— Ton prix sera le mien, promit la Mère Matrone, désespérée.

— Mais le prix…

— Tout ce que tu voudras ! hurla-t-elle de nouveau.

— Une telle action…, commença Jarlaxle.

Une fois de plus, Malice ne le laissa pas finir.

— Sauve ma Maison, mercenaire, gronda-t-elle, tu seras largement récompensé. Mais je te préviens qu'un échec te coûtera plus que tu aurais pu gagner !

Jarlaxle n'appréciait guère d'être menacé, surtout par une Matrone dont l'univers tout entier tombait en ruine autour d'elle. Mais, dans son esprit, la douce perspective d'une récompense l'emportait de loin sur la menace. Après dix années consécutives de profits exorbitants réalisés grâce au conflit Do'Urden-Hun'ett, il ne doutait pas de la bonne volonté et de la capacité de Malice à payer comme promis, tout comme il était persuadé que cet accord s'avérerait bien plus lucratif que celui qu'il avait passé avec la Matrone SiNafay Hun'ett quelques jours auparavant.

— À votre guise, dit-il à la Matrone Malice en exécutant une révérence, son couvre-chef tapageur à la main. Je vais voir ce que je peux faire.

Sur un clin d'œil du mercenaire, Dinin, l'aîné Do'Urden, lui emboîta le pas tandis qu'il quittait la pièce.

Quand ils arrivèrent sur le balcon qui surplombait l'enceinte de la Maison, ils s'aperçurent que la situation était encore plus désespérée que ce qu'avait décrit Rizzen. Les soldats de la Maison Do'Urden – ceux qui étaient encore vivants – étaient acculés tant à l'intérieur qu'autour de l'immense stalagmite de l'entrée principale.

Un des soldats volants Hun'ett plongea en direction du balcon lorsqu'il vit le noble Do'Urden, mais Dinin expédia l'intrus d'un seul coup.

— Bien joué, commenta Jarlaxle en gratifiant ce dernier d'un signe de tête approbateur.

Il allait donner une tape amicale sur l'épaule de Dinin mais celui-ci se mit hors d'atteinte.

— Nous avons encore à faire, rappela-t-il au mercenaire. Appelez vos troupes et rapidement, sinon j'ai bien peur que la Maison Hun'ett l'emporte.

— Sois tranquille, Dinin, mon ami, s'esclaffa Jarlaxle.

Il sortit un petit sifflet pendu à son cou et souffla dedans. Dinin n'entendit rien car l'instrument magique émettait des sons que seuls les membres de Bregan D'aerthe pouvaient percevoir.

L'aîné Do'Urden regarda, stupéfait, Jarlaxle qui soufflait calmement dans son sifflet à une cadence spécifique, puis il fut encore plus abasourdi lorsqu'il vit une centaine de soldats de la Maison Hun'ett se retourner contre leurs camarades.

Bregan D'aerthe n'obéissait qu'à Bregan D'aerthe.

— Ils ne peuvent pas nous attaquer, la Reine Araignée ne les aiderait pas dans leur entreprise, répétait obstinément Malice en faisant les cent pas dans la chambre.

— Ils gagnent sans son aide, lui fit remarquer Rizzen. (Il était dans le coin le plus éloigné de la pièce au moment où ses paroles malvenues lui échappèrent.)

— Tu avais dit qu'ils n'attaqueraient jamais ! grogna Briza en s'adressant à sa mère. Tout comme tu nous avais expliqué que nous ne devions pas nous risquer à le faire ! (Briza se souvenait de cette conversation d'autant mieux qu'elle avait elle-même suggéré une attaque frontale de la Maison Hun'ett. Malice l'avait durement et publiquement réprimandée ; maintenant elle voulait rendre la pareille à sa mère. Sa voix tremblait de colère à chaque parole qu'elle lui adressait.) Se pourrait-il que la Matrone Do'Urden se soit trompée ?

En guise de réponse, Malice regarda sa fille avec un mélange de fureur et de terreur. Briza soutint le regard menaçant de sa mère sans ciller et, soudain, la Matrone de la Maison Do'Urden ne se sentit plus aussi invincible ni aussi sûre de ses actions. Elle sursauta quand Maya, la plus jeune des filles Do'Urden, entra dans la pièce.

— Ils sont entrés dans la Maison ! cria Briza qui croyait que le pire était arrivé.

Elle attrapa son fouet à têtes de serpent d'un geste vif.

— Et nous n'avons même pas commencé à organiser notre défense !

— Non ! corrigea rapidement Maya. Aucun ennemi n'a franchi la galerie. La bataille tourne au désavantage de la Maison Hun'ett.

— Comme je l'avais prédit, observa Malice.

Elle se reprit et s'adressa directement à Briza.

— Insensée est la Maison qui agit sans le soutien de Lolth !

Malgré sa proclamation, Malice se doutait bien que les faveurs de la Reine Araignée n'étaient pas les seules à jouer un rôle sur le champ de bataille. Ses pensées l'amenèrent inéluctablement à Jarlaxle et à sa bande de fripouilles indignes de confiance.

Jarlaxle sauta du balcon et utilisa ses pouvoirs de drow pour léviter jusqu'au sol de la caverne. Ne voyant pas l'intérêt qu'il y aurait à se mêler d'une bataille désormais sous contrôle, Dinin se détendit et regarda le mercenaire s'éloigner, tout en réfléchissant à ce qui venait de se passer. Jarlaxle avait joué sur les deux tableaux et, une fois encore, le mercenaire et son équipe étaient les seuls vrais vainqueurs. Bregan D'aerthe était vraiment sans scrupule mais – Dinin devait bien l'admettre – indéniablement efficace.

L'aîné de la Maison Do'Urden s'aperçut qu'il appréciait le renégat.

— La plainte a-t-elle été correctement déposée auprès de Matrone Baenre ? demanda Malice à Briza.

La lumière de Narbondel, la stalagmite chauffée par magie qui servait d'horloge à Menzoberranzan, commençait sa montée régulière, marquant l'aube.

— La Maison régnante attendait notre visite, répliqua Briza avec un sourire en coin. Toute la cité parle de l'attaque et de la manière dont la Maison Do'Urden a repoussé la Maison Hun'ett.

Malice essaya vainement de dissimuler sa satisfaction. Elle se réjouissait de l'attention et de la gloire qui allaient rejaillir sur sa Maison.

— Le Conseil régnant sera convoqué dès aujourd'hui, poursuivit Briza. Au grand désarroi de Matrone SiNafay Hun'ett et de sa descendance, sans nul doute.

Malice acquiesça. Éradiquer une Maison rivale à Menzoberranzan était une pratique parfaitement acceptable parmi les drows. Mais échouer dans la tentative, laisser un seul témoin de sang noble vivant et donc capable de porter une accusation, appelait le jugement du Conseil régnant – une colère terrible qui ravageait tout sur son passage.

Toutes les deux se tournèrent vers la porte en entendant frapper.

— Matrone Baenre vous attend, Matrone Malice, dit Rizzen en entrant.

Elle et Briza échangèrent des regards optimistes mais nerveux. Quand le châtiment tomberait sur la Maison Hun'ett, la Maison Do'Urden se retrouverait au huitième rang de la hiérarchie de la cité, une position très enviable car seules les Mères Matrones des huit premières Maisons avaient un siège au Conseil.

— Déjà ? demanda Briza à sa mère.

Malice haussa les épaules en guise de réponse et suivit Rizzen hors de la pièce jusqu'au balcon de la Maison. Il lui offrit son assistance qu'elle s'empressa de repousser. Malice flotta jusqu'à la cour intérieure où la majeure partie de ses soldats encore vivants était rassemblée. Le disque flottant de couleur bleutée portant les armoiries de la Maison Baenre lévitait au-dessus des portes dévastées de l'enceinte Do'Urden.

Malice traversa fièrement la foule rassemblée ; les elfes noirs se bousculaient tout en s'écartant de son chemin. C'était son jour, avait-elle décidé, le jour où elle accédait à une position au Conseil – une promotion qu'elle méritait amplement.

— Mère Matrone, je vais vous escorter à travers la ville, offrit Dinin qui se tenait à la porte.

— Tu vas demeurer ici avec le reste de la famille, rectifia Malice. La convocation est pour moi seule.

— Comment pouvez-vous le savoir ? questionna Dinin.

Il se rendit compte qu'il avait outrepassé son rang à l'instant même où les mots sortirent de sa bouche.

Malice voulut lui adresser un regard de réprimande, mais il avait déjà disparu dans la foule des soldats.

— Quelle marque de respect ! marmonna Malice, puis elle ordonna aux guerriers les plus proches de déplacer une partie de la porte barricadée.

Elle jeta un dernier coup d'œil victorieux à ses sujets, puis elle sortit et prit place sur le disque flottant.

Ce n'était pas la première fois que Malice acceptait une invitation de la Matrone Baenre ; elle ne fut donc pas surprise lorsque plusieurs prêtres Baenre sortirent de l'ombre pour l'escorter. La dernière fois qu'elle avait fait ce voyage, elle était hésitante, ne comprenant pas quelles étaient les intentions de la vieille Matrone. Cette fois, Malice croisa les bras sur sa poitrine en signe de défi et laissa les curieux la dévisager dans toute la splendeur de sa victoire.

Elle accueillit fièrement les regards, se sentant indéniablement supérieure. Lorsque le disque atteignit la fabuleuse enceinte de stalagmites et de stalactites de la Maison Baenre, avec ses centaines de gardes en faction, la fierté de la Mère Matrone était toujours à son comble.

Elle était membre du Conseil désormais, où à deux doigts de le devenir ; elle n'avait plus à se sentir intimidée où que ce soit dans la ville.

Du moins était-ce ainsi qu'elle voyait les choses.

— Votre présence est requise dans la chapelle, dit un des prêtres Baenre lorsque le disque s'arrêta au pied du large escalier du grand dôme.

Malice mit pied à terre et commença à gravir les pierres polies. Dès qu'elle entra, elle aperçut une silhouette sur l'une des chaises près de l'autel central. Le drow assis, la seule autre personne visible dans la chapelle, ne s'était apparemment pas rendu compte de l'arrivée de Malice. Celle-ci se cala confortablement sur un siège, regardant au plafond l'immense illusion qui passait d'une forme à l'autre, d'une araignée géante à une superbe femelle drow.

Gagnée par l'impatience, elle se leva et, au fur et à mesure qu'elle se rapprochait de l'autel, elle reconnut les vêtements d'une Mère Matrone, et supposa, comme elle l'avait fait depuis le début, qu'il s'agissait de Matrone Baenre elle-même, la personne la plus puissante de Menzoberranzan, qui l'attendait. Malice poursuivit son chemin vers l'autel et arriva derrière la drow assise. N'attendant pas d'être invitée à le faire, elle fit le tour pour la saluer.

Mais ce n'était pas la vieille et émaciée Matrone Baenre que Malice Do'Urden rencontra sur l'estrade de la chapelle ; cette drow-là n'était pas plus âgée qu'elle, juste un peu plus petite. Elle ne la reconnut que trop bien.

— SiNafay ! s'écria-t-elle en manquant de tomber.

— Malice, répondit l'autre calmement.

Des centaines de conjectures plus insupportables les unes que les autres tournoyaient dans l'esprit de Malice. SiNafay Hun'ett aurait dû être en train de se terrer au fond de sa Maison en attendant la destruction de sa famille, pourtant elle se trouvait confortablement assise dans les quartiers sanctifiés de la plus importante famille de Menzoberranzan.

— Vous n'avez rien à faire ici ! protesta-t-elle.

Elle envisagea la possibilité d'attaquer sa rivale ici même, de l'étrangler de ses propres mains.

— Calmez-vous, Malice, répondit SiNafay avec

désinvolture. Je suis ici sur l'invitation de Matrone Baenre, tout comme vous.

En entendant ce nom et en se souvenant du lieu où elles se trouvaient, Malice recouvra son calme. On n'agissait pas de la sorte dans la chapelle de la Maison Baenre ! Elle se dirigea de l'autre côté de l'estrade circulaire et prit un siège, sans jamais quitter du regard le visage suffisant de sa rivale.

Après un silence interminable, Malice finit par prendre la parole.

— C'est la Maison Hun'ett qui a attaqué ma famille dans les dernières lueurs de Narbondel. J'ai de nombreux témoins. Il n'y a aucun doute !

— Aucun, répliqua SiNafay.

Cette réponse prit Malice au dépourvu.

— Vous l'admettez donc ? hésita-t-elle.

— Je ne l'ai jamais nié.

— Et pourtant vous êtes encore vivante, railla Malice. Les lois de Menzoberranzan exigent que justice soit rendue.

— Justice ? ironisa SiNafay.

La justice n'avait jamais été qu'une façade, qu'un moyen pour garder un semblant d'ordre dans le chaos qu'était la cité drow.

— J'ai agi comme la Reine Araignée me l'a demandé, poursuivit-elle.

— Si la Reine Araignée avait approuvé vos actions, vous auriez été victorieuse, raisonna Malice.

— Pas si sûr, interrompit une autre voix.

Malice et SiNafay se retournèrent au moment même où Matrone Baenre se matérialisait sur le siège le plus reculé de l'estrade.

Malice avait envie de hurler, à la fois parce que la vieille Mère Matrone l'avait espionnée et qu'elle réfutait ses allégations contre SiNafay. Mais elle savait trop bien, elle qui avait réussi à survivre aux dangers de Menzoberranzan depuis cinq cents ans, ce qu'il pouvait en coûter de mettre en colère quelqu'un comme Matrone Baenre.

—Je revendique les droits de l'accusation contre la Maison Hun'ett, dit-elle posément.

—Accordé, répondit la vieille Matrone. Comme vous l'avez dit et comme SiNafay l'a reconnu, il n'y a aucun doute sur les faits.

Malice, triomphante, se retourna vers SiNafay, mais la Mère Matrone de la Maison Hun'ett était toujours assise, détendue et indifférente.

—Que fait-elle ici, alors? cria Malice au bord de l'explosion de colère. SiNafay est une criminelle, elle...

—Nous n'avons pas remis vos paroles en cause, interrompit Matrone Baenre. La Maison Hun'ett a attaqué et a échoué. Les punitions pour un tel acte sont connues et admises, et le Conseil régnant sera convoqué dès aujourd'hui pour que la justice suive son cours.

—Que fait-elle ici, alors? insista Malice.

—Mettriez-vous en doute la sagesse de mon attaque? lui demanda SiNafay en essayant de réprimer un gloussement.

—Vous avez été vaincue; cela devrait vous suffire comme réponse.

—Lolth réclamait cette attaque, intervint Matrone Baenre.

—Pourquoi alors la Maison Hun'ett a-t-elle été défaite? s'obstina Malice. Si la Reine Araignée...

— Je n'ai pas dit que la Reine Araignée avait donné sa bénédiction à la Maison Hun'ett, coupa Matrone Baenre, quelque peu en colère.

Malice se carra sur son siège, se souvenant de son rang et de sa position délicate.

— J'ai seulement dit que Lolth réclamait cette attaque, continua Matrone Baenre. Pendant dix ans, tout Menzoberranzan a souffert du spectacle de votre guerre privée. Je vous assure que la curiosité et l'excitation qu'elle avait d'abord suscitées ont disparu depuis longtemps. Il devait y avoir un vainqueur.

— Il y en a un, proclama Malice en se levant de son siège. La Maison Do'Urden est victorieuse et je revendique les droits de l'accusation contre SiNafay Hun'ett et sa famille !

— Asseyez-vous, rétorqua SiNafay. Il y a plus en jeu ici que vos simples droits de l'accusation.

Malice regarda Matrone Baenre pour avoir confirmation, même si, compte tenu de la situation, elle ne pouvait mettre en doute les paroles de sa rivale.

— C'est un fait, lui dit Matrone Baenre. La Maison Do'Urden a gagné ; la Maison Hun'ett n'existe plus.

Malice retomba sur son siège en adressant un sourire suffisant à SiNafay. La Mère Matrone de la Maison Hun'ett ne semblait toujours pas concernée.

— Je vais assister à la destruction de votre Maison avec grand plaisir, assura Malice à sa rivale. (Elle se tourna vers Baenre :) Quand la sentence sera-t-elle exécutée ?

— C'est déjà fait, répondit mystérieusement Matrone Baenre.

— Mais SiNafay est vivante ! s'écria Malice.

— Non ! corrigea la Mère Matrone desséchée. Elle n'est vivante qu'en apparence.

Malice commençait à comprendre. La Maison Baenre avait toujours été opportuniste. Se pourrait-il que la vieille Matrone veuille voler la haute prêtresse de la Maison Hun'ett pour l'ajouter à sa propre collection ?

— Vous allez lui donner refuge ? se risqua à demander Malice.

— Non, cette tâche vous échoit, affirma Matrone Baenre.

Malice écarquilla les yeux. De toutes les missions qu'elle s'était vu confier du temps où elle était haute prêtresse de Lolth, aucune ne lui semblait aussi abjecte que celle-ci.

— Il s'agit de mon ennemie ! Vous me demandez de l'accueillir chez moi ?

— Il s'agit de votre fille, riposta Matrone Baenre. (Son ton se radoucit et un sourire moqueur fendit ses fines lèvres.) Votre fille aînée qui revient d'un séjour à Ched Nasad, ou de toute autre cité de notre peuple.

— Pourquoi faites-vous cela ? C'est sans précédent !

— Ce n'est pas entièrement vrai, objecta Matrone Baenre, se remémorant certains épisodes étranges de la longue suite de batailles qui s'étaient déroulées à l'intérieur de la cité drow. (Elle poursuivit son explication à l'intention de Malice.) En apparence, vos observations sont correctes. Mais vous savez bien qu'à Menzoberranzan les apparences sont trompeuses. La Maison Hun'ett doit être détruite – il ne peut en être autrement – et tous les nobles de cette lignée doivent être supprimés. Après tout, c'est la seule chose civilisée à faire. (Elle fit une pause pour s'assurer que Malice comprenait bien le sens de sa prochaine déclaration.) Du moins faut-il donner l'impression qu'ils ont tous été tués.

— Et vous allez arranger cela ? demanda Malice.

— Je m'en suis déjà occupée, lui assura Matrone Baenre.

— Mais dans quelle intention ?

— Quand la Maison Hun'ett a lancé son attaque contre vous, avez-vous sollicité la Reine Araignée lors de vos combats ? demanda la Matrone sans ménagement. (La question surprit Malice et la réponse attendue la contrariait encore plus.) Et quand la Maison Hun'ett a été repoussée, continua froidement Matrone Baenre, avez-vous rendu grâce à la Reine Araignée ? Avez-vous fait appel à un serviteur de Lolth lors de votre victoire, Malice Do'Urden ?

— Suis-je l'accusée ? répondit-elle en colère. Vous connaissez la réponse, Matrone Baenre.

Elle jeta un regard anxieux vers SiNafay ; elle avait peur de laisser échapper des informations de valeur.

— Vous êtes au courant de ma situation vis-à-vis de la Reine Araignée. Je n'oserai jamais convoquer un yochlol tant que rien ne m'indique que je bénéficie de nouveau de ses faveurs.

— Et vous n'avez vu aucun signe, questionna SiNafay.

— Rien d'autre que la défaite de ma rivale, répliqua Malice.

— Ce n'était pas un signe de la Reine Araignée, dit Matrone Baenre en s'adressant aussi bien à l'une qu'à l'autre.

— Lolth ne s'est pas impliquée dans vos combats, elle voulait juste qu'ils cessent !

— Est-elle satisfaite du résultat ? demanda sèchement Malice.

— Cela reste à déterminer. Il y a plusieurs années déjà que Lolth a clairement fait savoir son désir de voir Malice Do'Urden devenir membre du Conseil régnant. Dès les prochaines lueurs de Narbondel, ce sera chose faite. (Malice se redressa avec fierté.) Mais comprenez le dilemme dans lequel vous vous trouvez, gronda Matrone Baenre en se levant de sa chaise.

La Matrone Do'Urden changea aussitôt d'expression.

— Vous avez perdu plus de la moitié de vos soldats et vous n'avez pas une grande famille autour de vous pour vous soutenir. Vous régnez sur la Huitième Maison de la cité mais il est de notoriété publique que vous n'avez pas les faveurs de Lolth. Combien de temps croyez-vous que la Maison Do'Urden pourra tenir son rang ? Votre siège au Conseil régnant est déjà en péril avant même que vous l'ayez occupé !

Malice ne pouvait réfuter la logique de la vieille Matrone. Toutes les deux connaissaient les usages de Menzoberranzan. La Maison Do'Urden étant si manifestement handicapée, une Maison de moindre importance ne tarderait pas à profiter rapidement de la situation pour tenter d'améliorer sa position. L'attaque menée par la Maison Hun'ett ne serait pas la dernière bataille à avoir lieu dans l'enceinte Do'Urden.

— C'est pour cela que je vous donne SiNafay Hun'ett… Shi'nayne Do'Urden… une nouvelle fille, une nouvelle haute prêtresse, dit Matrone Baenre.

Elle continua son explication en se tournant vers SiNafay, mais Malice fut distraite par une voix dans ses pensées – un message télépathique.

— *Gardez-la tant que vous avez besoin d'elle.*

Elle regarda autour d'elle, essayant de deviner la source de la communication. Lors d'une visite précédente dans la Maison Baenre, elle avait croisé le flagelleur mental de Matrone Baenre, une créature télépathe. Elle ne la voyait nulle part, mais elle n'avait pas vu non plus la Matrone Baenre à son entrée dans la chapelle quelques instants plus tôt. Malice regarda alternativement les sièges encore vides sur l'estrade, mais aucun d'entre eux ne semblait occupé.

Un second message télépathique lui ôta ses derniers doutes.

— *Vous saurez quand le moment sera venu.*

— … et les cinquante soldats de la Maison Hun'ett restants, continua Matrone Baenre. Êtes-vous d'accord, Matrone Malice ?

Celle-ci regarda SiNafay avec dans les yeux une expression synonyme d'acceptation teintée d'une ironie cruelle.

— Je le suis, répondit-elle.

Matrone Baenre donna ses instructions à SiNafay.

— Allez-y, maintenant, Shi'nayne Do'Urden. Rejoignez vos soldats dans la cour. Mes sorciers vous conduiront en secret dans votre nouvelle Maison.

SiNafay lança un regard suspicieux en direction de Malice puis elle sortit de la grande chapelle.

— Je comprends, dit Malice à son hôtesse après le départ de sa rivale.

— Vous ne comprenez rien ! hurla Matrone Baenre soudain furieuse. J'ai fait tout ce que je pouvais pour vous, Malice Do'Urden ! Lolth souhaite que vous siégiez au Conseil régnant et j'ai tout arrangé pour qu'il en soit ainsi. Cela m'a beaucoup coûté.

Malice savait désormais que la Maison Baenre avait poussé la Maison Hun'ett à agir. Elle se demandait jusqu'où allait l'influence de la vieille Matrone; peut-être même que cette dernière avait anticipé, voire arrangé, les actions de Jarlaxle et des soldats de Bregan D'aerthe, l'élément décisif de la bataille.

Elle se promit qu'elle ferait la lumière sur cette affaire. Jarlaxle avait plongé trop profondément ses doigts cupides dans sa bourse.

Matrone Baenre poursuivit.

— C'est fini; vous ne devez compter que sur vous désormais. Vous n'avez pas retrouvé les faveurs de Lolth; or, sans elles, la Maison Do'Urden ne pourra survivre!

Malice s'agrippa tellement fort à l'accoudoir de son siège qu'elle s'attendait à entendre la pierre se briser. Elle avait espéré que la défaite de la Maison Hun'ett effacerait les actes blasphématoires de son jeune fils.

— Vous savez ce qu'il vous reste à faire, conclut Matrone Baenre. Corrigez cette faute, Malice. J'ai pris des risques pour vous. Je ne tolérerai plus d'échecs!

— Nous sommes au courant de votre arrangement, Mère Matrone, dit Dinin à Malice quand elle atteignit les portes d'adamantium de la Maison Do'Urden.

Il suivit sa mère à travers l'enceinte et lévita à ses côtés jusqu'au balcon des appartements royaux de la maison.

— Toute la famille est rassemblée dans l'antichambre; même la nouvelle venue, ajouta-t-il avec un clin d'œil.

Malice ne releva pas la tentative d'humour de son fils. Elle l'écarta sans ménagement, déboula dans le corridor principal, puis ouvrit la porte de l'antichambre d'un simple mot. La famille s'écarta de son chemin tandis qu'elle se dirigeait vers le trône, de l'autre côté de la table en forme d'araignée.

Ils s'attendaient à une longue réunion au cours de laquelle ils seraient mis au courant de la nouvelle situation et des problèmes à résoudre. Au lieu de cela, ils eurent droit à un bref aperçu de la rage qui consumait Matrone Malice de l'intérieur. Elle les regarda tour à tour, laissant à chacun le temps de comprendre qu'elle ne tolérerait pas qu'ils la déçoivent.

— Trouvez Drizzt et amenez-le-moi ! ordonna-t-elle d'une voix grinçante.

Briza voulut protester, mais Malice lui décocha un regard tellement froid et menaçant qu'elle ne pipa mot. La fille aînée, aussi obstinée que sa mère et d'ordinaire toujours prête à discuter ses ordres, détourna le regard. Et aucun des autres membres de la famille, qui pourtant partageaient tous les préoccupations de Briza, n'osa prendre la parole.

Malice sortit et les laissa réfléchir aux moyens à mettre en œuvre pour mener à bien la mission qu'elle venait de leur confier. Ces détails n'avaient aucune importance pour elle.

Le seul rôle qu'elle allait jouer dans cette affaire consisterait à enfoncer la dague cérémonielle dans la poitrine de son fils.

2

Des voix dans l'obscurité

Drizzt chassa la fatigue en s'étirant, puis il se força à se lever. Sa lutte contre le basilic, la nuit précédente, l'avait complètement épuisé, comme chaque fois qu'il avait recours à ses instincts primaires. Mais il savait qu'il ne pouvait se permettre de se reposer plus longtemps. Son troupeau de rothés s'était éparpillé dans le labyrinthe de tunnels et devait être rassemblé.

Le drow jeta un rapide coup d'œil dans la grotte qui lui servait de refuge pour s'assurer que tout était à sa place ; son regard s'attarda sur la statuette de la panthère en onyx. La présence du félin lui manquait. Pour l'embuscade contre le basilic, Drizzt avait gardé l'animal à ses côtés presque toute la nuit, et Guenhwyvar devait se reposer dans le plan astral. Il lui fallait attendre encore un jour entier avant de pouvoir de nouveau invoquer la panthère ; d'ici là, utiliser la figurine autrement que dans le cas d'une situation désespérée aurait été stupide. Il haussa les épaules d'un air résigné et remit la statuette dans sa poche en tentant vainement d'échapper à sa solitude.

Après une inspection rapide de la barricade qui bloquait l'entrée du corridor principal, Drizzt se dirigea vers un passage très étroit au fond de la grotte. Il remarqua les entailles sur les parois du tunnel ; il les avait faites pour matérialiser le temps qui passait. Machinalement, il en grava une nouvelle mais il s'aperçut que ce n'était plus important. Combien de fois avait-il oublié de le faire ? Combien de jours s'étaient écoulés entre les centaines de marques sur le mur ?

De toute façon, cela ne semblait plus servir à rien. Tous les jours se ressemblaient dans la vie du chasseur. Drizzt s'engouffra dans l'étroite ouverture et rampa pendant quelques minutes en direction de la faible source lumineuse de l'autre côté. La lumière, qui émanait d'une espèce rare de champignons, aurait dû incommoder les yeux de l'elfe noir, mais lui ressentait un profond sentiment de sécurité tandis qu'il continuait sa progression.

La cavité naturelle dans laquelle il déboucha était séparée en deux niveaux : celui du bas était un lit de mousse traversé par un petit ruisseau et celui du haut était une forêt de champignons géants. Drizzt se dirigea vers elle, même s'il n'y était d'ordinaire pas le bienvenu. Il savait que les myconides – les hommes-champignons, résultat d'un étrange croisement entre un humanoïde et un champignon vénéneux – le surveillaient. Le basilic, lors de ses premières incursions dans la région, leur avait fait subir de nombreuses pertes. Maintenant ils étaient apeurés et dangereux, mais Drizzt était convaincu qu'ils savaient aussi que c'était lui qui avait tué le monstre. Les myconides n'étaient pas stupides ; si le drow gardait ses armes dans leur fourreau et ne faisait pas de mouvements brusques, ils le laisseraient passer.

La paroi permettant d'atteindre l'étage supérieur était abrupte et haute de plus de trois mètres, mais l'elfe l'escalada aussi facilement et rapidement que s'il s'était agi d'un simple escalier. Un groupe de myconides s'approcha de lui quand il atteignit le sommet. Certains étaient deux fois plus petits que lui mais la majorité mesuraient deux fois sa taille. Drizzt croisa ses bras sur sa poitrine – un signe traditionnel de paix dans l'Outreterre.

Les hommes-champignons trouvaient le drow repoussant – et réciproquement – mais ils savaient qu'il avait tué le basilic. Depuis plusieurs années déjà ils vivaient aux côtés de l'elfe renégat, chacun protégeant cette grotte grouillante de vie qui leur servait de sanctuaire. Une telle oasis, abritant des plantes comestibles, un ruisseau regorgeant de poissons et un troupeau de rothés, était chose rare au milieu des pierres nues et rugueuses de l'Outreterre et, invariablement, les prédateurs qui erraient dans les tunnels finissaient toujours par s'y frayer un chemin. C'était alors aux hommes-champignons et à Drizzt de défendre leur territoire.

Le plus grand des myconides se tint devant l'elfe noir. Celui-ci ne fit aucun mouvement, conscient de l'importance d'établir un lien entre lui et le nouveau roi de la colonie des hommes-champignons. Toutefois, il restait sur ses gardes au cas où cela ne tournerait pas comme il l'espérait.

Le myconide expulsa un nuage de spores. Drizzt savait, pour les avoir étudiés, que les myconides adultes pouvaient émettre différents types de spores, dont certaines très dangereuses. En une demi-seconde – le temps qu'il avait fallu aux spores pour descendre sur lui –, il reconnut le message de ce nuage et ne le combattit pas.

— *Roi mort. Moi nouveau roi.* (Les pensées du myconide empruntaient le lien télépathique créé par le nuage.)

— *Vous êtes le roi, comme il se doit*, réagit mentalement l'elfe.

Comme il aurait voulu que les champignoïdes puissent s'exprimer à haute voix !

— *Bas pour elfe noir, haut pour myconides*, répondit l'homme-champignon.

— *C'est d'accord.*

— *Haut pour myconides !* pensa de nouveau l'homme-champignon, de manière catégorique cette fois.

Drizzt redescendit en silence de la corniche. Il avait accompli sa mission auprès du champignoïde ; ni lui ni le nouveau roi ne souhaitait prolonger cette rencontre.

D'un pas rapide, l'elfe noir sauta le ruisseau large de un mètre cinquante et progressa à travers la mousse épaisse. La cavité était plus longue que large ; elle se poursuivait sur plusieurs mètres, et rejoignait, après un léger virage, le labyrinthe de tunnels de l'Outreterre. Près de cette courbe, Drizzt s'attarda sur les dégâts causés par le basilic. Plusieurs rothés à moitié dévorés gisaient là – il lui faudrait s'occuper des cadavres avant que la puanteur attire d'autres visiteurs indésirables –, tandis que d'autres rothés étaient parfaitement immobiles, changés en pierres par le regard du monstre. Juste devant la sortie de la salle se trouvait le précédent roi myconide, un géant de trois mètres soixante qui n'était plus qu'une statue ornementale.

Drizzt fit une pause pour le contempler. Il n'avait jamais appris son nom, pas plus qu'il ne lui avait donné le sien, mais il savait que cette chose avait été son alliée, voire son amie. Ils avaient vécu côte à côte pendant plusieurs années, même s'ils ne s'étaient pas souvent rencontrés, et chacun d'eux était rassuré par la présence de l'autre. Pourtant, l'elfe noir n'éprouvait aucun remords à la vue du champignoïde pétrifié. Seuls les plus forts survivaient dans l'Outreterre et, cette fois, le roi myconide ne l'avait pas été assez.

Dans ces régions sauvages, l'échec était synonyme de mort.

De retour dans les tunnels, Drizzt sentit sa fureur grandir. Il la laissa l'envahir, concentrant ses pensées sur le carnage qui avait eu lieu sur son domaine et acceptant cette colère comme une alliée dans l'obscurité de l'Outreterre. Il parcourut plusieurs tunnels avant de se retrouver dans celui où il avait utilisé son sort de ténèbres la nuit précédente et où Guenhwyvar s'était tapie, prête à bondir sur le basilic. Le sort avait disparu depuis longtemps et, en utilisant son infravision, il pouvait discerner plusieurs formes luisantes qui grouillaient sur un amas refroidi qui n'était autre que le monstre mort.

Revoir cette créature ne fit qu'augmenter sa fureur.

D'instinct, il empoigna la garde d'un de ses cimeterres. Comme si elle était animée d'une vie propre, l'arme jaillit lorsque le drow passa près de la tête du basilic, puis s'abattit sur elle, faisant gicler la cervelle dans un bruit écœurant. De nombreux rats aveugles prirent la fuite en entendant le bruit de la lame, et Drizzt, toujours sans réfléchir, en embrocha un avec son second cimeterre puis le mit dans son sac, sans même ralentir son allure. Retrouver son troupeau de rothés pourrait prendre du temps et le chasseur aurait besoin de manger.

Le reste de la journée et la moitié de la suivante, il poursuivit sa route loin de son domaine. La viande de rat n'était pas une nourriture particulièrement agréable mais elle lui permettait de survivre. Rien d'autre n'importait à un chasseur dans l'Outreterre.

Au cours de ce deuxième jour, Drizzt sentit qu'il se rapprochait d'une partie de ses bêtes disparues. Il appela Guenhwyvar et, avec l'aide de la panthère, il n'eut pas de difficulté à les localiser. Il avait espéré que tout le troupeau serait resté uni, mais il n'y avait qu'une demi-douzaine de rothés à cet endroit. Six, c'était toujours mieux que rien, et l'elfe invita Guenhwyvar à rassembler le troupeau et à se mettre en route vers la grotte tapissée de mousse. Il pressa le pas sachant que le chemin du retour serait plus facile et plus sûr si la panthère était à ses côtés. Quand le temps fut venu pour celle-ci de retourner dans son plan d'origine, les bêtes broutaient confortablement près du ruisseau familier.

Le drow repartit aussitôt, emportant deux rats morts en guise de vivres pour le voyage. Il convoquait Guenhwyvar quand il le pouvait et la renvoyait quand il le devait, mais les jours passaient sans qu'il fasse de nouvelles rencontres. Pourtant il n'abandonnerait pas sa quête. Des rothés effrayés étaient capables de parcourir une distance considérable et, dans ce dédale de tunnels et d'immenses cavernes, le chasseur savait qu'il lui faudrait encore plusieurs jours pour rattraper ses bêtes.

Drizzt se nourrissait comme il pouvait, tantôt en transperçant une chauve-souris d'un lancer de dague parfait, tantôt en faisant tomber un rocher sur le dos d'un crabe géant. Convaincu que son troupeau n'aurait pu survivre aussi longtemps si loin d'une source d'eau et de nourriture, il se fit à l'idée qu'il l'avait perdu pour de bon, et décida de revenir chez lui par un chemin différent de celui qu'il avait emprunté à l'aller.

Seules des traces visibles de son bétail pourraient le détourner de son itinéraire ; ainsi en avait-il décidé. Mais à mi-chemin, au détour d'un virage, un bruit étrange attira son attention.

Drizzt appuya ses mains contre la pierre et ressentit de subtiles vibrations cadencées. À une courte distance, quelque chose frappait la roche en rythme. Un martèlement délibéré.

Le chasseur dégaina ses cimeterres et avança furtivement en se guidant le long des passages tortueux grâce aux vibrations.

En apercevant la lumière vacillante d'un feu, il s'accroupit mais ne prit pas la fuite ; savoir qu'un être intelligent n'était pas loin l'attirait. Il se pouvait que cet inconnu représente une menace mais, au fond de lui, il espérait qu'il en serait autrement.

C'est alors qu'il les vit : deux d'entre eux creusaient la pierre avec des pioches, un troisième ramassait les gravats dans un wagonnet et deux autres montaient la garde. Le chasseur se doutait qu'il y en avait encore d'autres ; il avait franchi leur ligne de défense sans même s'en rendre compte. Il s'éleva dans les airs – un don hérité de son passé de drow – et se laissa lentement dériver en contrôlant sa trajectoire à l'aide de ses mains qu'il promenait sur la paroi. Heureusement, le tunnel possédait à cet endroit une hauteur suffisante pour qu'il puisse observer les créatures dans une relative sécurité.

C'étaient des êtres chauves et plus petits que lui, pourvus de torses musclés et parfaitement adaptés à l'extraction du minerai, qui était leur vocation. Il avait déjà croisé cette race et l'avait beaucoup étudiée pendant ses années à l'Académie de Menzoberranzan. C'étaient des svirfnebelins, des gnomes des profondeurs, la race la plus haïe des drows dans tout le territoire de l'Outreterre.

Jadis, Drizzt avait commandé une patrouille drow lors d'une bataille contre les svirfnebelins et avait détruit un élémental de terre que le chef des gnomes avait appelé en renfort. Il se souvenait de cet épisode et, comme chaque fois qu'il se remémorait un moment de sa vie, cela l'attristait. Il avait été capturé par les gnomes des profondeurs, grossièrement ficelé et retenu prisonnier dans une pièce secrète. Les gnomes ne l'avaient pas maltraité, même s'ils s'attendaient – ils le lui avaient expliqué – à devoir le tuer. Le chef du groupe lui avait garanti qu'il se montrerait aussi magnanime que la situation le lui permettrait.

Les camarades de Drizzt, dirigés par Dinin, son propre frère, attaquèrent et ne firent preuve d'aucune pitié envers les gnomes. Le jeune drow était parvenu à convaincre son frère d'épargner la vie du chef svirfnebelin, mais son aîné, faisant preuve de la cruauté habituelle des elfes noirs, ordonna qu'on lui coupe les mains avant qu'il soit relâché.

Drizzt écarta ses souvenirs douloureux et se contraignit à se focaliser sur la situation présente. Les gnomes des profondeurs pouvaient être de redoutables adversaires et il était peu probable qu'ils invitent un elfe noir à prendre part à leurs opérations minières. Il devait rester en alerte.

Au son de leurs voix, le drow devina que les mineurs étaient tombés sur un bon filon, même s'il ne comprenait pas l'étrange langage des gnomes. Pour la première fois depuis des années, un sourire qui n'était pas dû à une victoire lors d'une bataille se dessina sur ses lèvres tandis qu'il regardait les svirfnebelins s'agiter, jeter d'énormes morceaux de pierre dans leurs chariots et appeler leurs compagnons des alentours à se joindre à eux dans la bonne humeur. Comme il l'avait soupçonné, plus d'une dizaine de svirfnebelins arrivèrent de tous les côtés.

Perché en haut de la paroi, il observait les mineurs. Quand leurs wagonnets furent enfin remplis à ras bord, les gnomes formèrent une colonne et commencèrent à s'éloigner. La prudence aurait voulu qu'il les laisse partir et qu'il reprenne le chemin de son abri.

Mais, oubliant de penser à sa propre survie, Drizzt réalisa qu'il ne pouvait laisser disparaître si facilement le son de leurs voix. Il se laissa glisser sur le sol et suivit la caravane des mineurs à distance, se demandant où cela allait le mener.

Cela dura plusieurs jours. Il résista à la tentation de faire venir Guenhwyvar ; il savait que la panthère apprécierait ce repos supplémentaire. Il se contentait donc de la compagnie, certes distante, des bavardages des gnomes. Son instinct lui disait à chaque instant de faire marche arrière mais, pour la première fois depuis bien longtemps, il choisit de l'ignorer. Rien ne comptait plus pour l'instant que d'entendre ces voix.

Autour de lui, les couloirs des tunnels étaient de plus en plus travaillés, sophistiqués, et Drizzt comprit qu'il se rapprochait du territoire des svirfnebelins. Une fois de plus, le danger le menaçait, et cette fois encore, il le relégua au second plan. Il se mit à marcher plus vite pour ne pas perdre la caravane de vue, car il soupçonnait les svirfnebelins d'avoir disséminé ici et là des pièges astucieux.

À ce stade de leur progression, les gnomes des profondeurs mesuraient leurs pas en prenant soin d'éviter certaines zones. Drizzt imita soigneusement leurs mouvements, notant de-ci de-là des pierres disjointes et des mécanismes déclencheurs, puis il se cacha derrière un affleurement quand de nouvelles voix se joignirent à celles des mineurs.

Le groupe était arrivé devant un grand et large escalier qui montait entre deux parois de pierre lisses. À côté de l'escalier se trouvait une ouverture juste assez haute pour laisser passer les wagonnets, et Drizzt, admiratif, observa la manière dont les mineurs procédaient. Après avoir attaché le premier chariot à une chaîne, ils tapèrent une série de coups sur la pierre afin d'envoyer un signal à un opérateur invisible ; la chaîne grinça et tira le chariot dans le trou. Les wagonnets disparurent ainsi un à un, et les svirfnebelins commencèrent à gravir les marches de l'escalier.

Alors que les deux derniers gnomes attachaient l'ultime chariot et donnaient le signal, Drizzt tenta un pari désespéré. Il attendit que les deux mineurs aient le dos tourné pour se propulser dans le wagonnet ; il l'atteignit juste au moment où celui-ci disparaissait dans l'ouverture. Il comprit la folie de sa manœuvre lorsque le dernier gnome des profondeurs, qui visiblement ignorait tout de sa présence, bloqua l'entrée à l'aide d'une pierre, lui interdisant ainsi toute possibilité de retraite.

La chaîne fut prise d'une secousse et le chariot s'engagea sur une pente qui montait suivant le même angle que l'escalier. Drizzt ne pouvait pas voir devant lui car le wagonnet occupait tout l'espace du tunnel. Il remarqua alors que le chariot avait de petites roues sur les côtés destinées à faciliter sa progression. Cela lui faisait du bien de se trouver en présence d'êtres capables d'intelligence, mais il ne devait pas oublier les dangers qui l'entouraient. Les svirfnebelins verraient d'un mauvais œil qu'un drow se soit introduit chez eux ; ils l'accueilleraient sûrement avec des armes plutôt que des questions.

Au bout de quelques minutes, le passage s'aplanit et s'élargit. Un seul svirfnebelin tournait la manivelle qui hissait les wagonnets. Absorbé par sa tâche, le gnome ne remarqua pas la silhouette de Drizzt lorsque celui-ci sortit de derrière le chariot pour se glisser, sans un bruit, vers la porte de la pièce.

Dès qu'il l'ouvrit, il entendit des voix. Il continua à avancer, n'ayant pas d'autre choix, et s'aplatit sur une corniche. Gnomes des profondeurs, gardes et mineurs se tenaient en contrebas, sur un palier au sommet du grand escalier. Ils étaient une vingtaine à présent à écouter les mineurs raconter leur grande découverte.

À l'autre extrémité du palier, par l'entrebâillement de deux immenses portes de pierre aux charnières de métal, Drizzt entrevit la cité svirfnebeline. De son inconfortable poste d'observation, il ne put voir qu'une infime partie de l'endroit, mais cela était suffisant pour en déduire que la caverne qui se trouvait derrière ces portes massives n'était pas aussi vaste que celle qui abritait Menzoberranzan.

Drizzt voulait y entrer ! Il voulait se relever d'un bond et se précipiter de l'autre côté de ces portes, se soumettre aux gnomes des profondeurs et s'en remettre à leur verdict. Peut-être l'accepteraient-ils ? Peut-être verraient-ils Drizzt Do'Urden tel qu'il était vraiment ?

Les svirfnebelins qui se tenaient sur le palier entrèrent dans la cité tout en discutant et en riant.

C'était maintenant ou jamais ; l'elfe noir devait sortir de sa cachette et les suivre au-delà des portes.

Mais le chasseur en lui, cet être qui avait survécu dans les régions sauvages de l'Outreterre pendant une décennie, ne parvenait pas à quitter la corniche. Lui qui avait terrassé un basilic et bien d'autres monstres de ce monde dangereux ne pouvait pas se rendre dans l'espoir d'être épargné. Le chasseur ne pouvait comprendre de tels concepts.

Les portes de pierre se refermèrent dans un bruit assourdissant, éteignant ainsi la dernière lueur d'espoir dans son cœur.

Après un long moment, Drizzt Do'Urden sauta de la corniche et atterrit sur le palier, au sommet de l'escalier. Sa vision se brouilla tandis qu'il s'éloignait de la vie derrière ces portes, et il ne dut qu'à ses instincts primaires de chasseur de sentir la présence de gardes svirfnebelins. Il sauta par-dessus leur tête et courut vers la liberté qu'offrait l'Outreterre.

Quand la distance entre lui et la cité svirfnebeline fut suffisante, Drizzt chercha dans sa poche la statuette de son unique compagne, mais il n'appela pas la panthère – c'était sa punition pour s'être montré faible sur la corniche. S'il avait été plus fort à ce moment-là, il aurait pu mettre un terme à ses tourments, d'une manière ou d'une autre.

Sur le chemin du retour, alors que l'Outreterre et ses dangers se faisaient plus pressants, les instincts primaires du chasseur prirent le dessus, effaçant tout souvenir des svirfnebelins et de leur cité.

Ces instincts étaient le salut et la damnation de Drizzt Do'Urden.

3

Des serpents et des épées

— Combien de temps cela fait-il ? demanda Dinin à Briza dans la langue des signes des drows. Depuis combien de jours sommes-nous dans ces tunnels à la recherche de notre renégat de frère ?

L'expression sur le visage de Dinin était sarcastique. Briza le fusilla du regard et ne répondit pas. Elle se sentait encore moins concernée que lui par cette tâche fastidieuse. Il n'y avait pas si longtemps encore elle était une haute prêtresse de Lolth et occupait le rang élevé de fille aînée de la Maison Do'Urden. Auparavant, jamais elle n'aurait été chargée d'une telle chasse. Mais, désormais, pour une raison inexpliquée, SiNafay Hun'ett l'avait reléguée à une position de moindre importance.

— Cinquante ? continua Dinin, sa colère augmentant à chaque mouvement de ses doigts. Soixante ? Combien de temps cela fait-il, ma sœur ? Depuis combien de temps SiNaf… Shi'nayne est-elle assise aux côtés de Matrone Malice ?

Briza saisit le fouet à têtes de serpent qui était accroché à sa ceinture et le fit tournoyer rageusement en direction de son frère. Dinin, réalisant qu'il avait été trop loin avec ses sarcasmes, dégaina son épée pour essayer d'esquiver le coup. Mais Briza fut plus rapide et réduisit à néant le pitoyable effort de parade de son frère. Trois des six têtes de serpent l'atteignirent à l'épaule et à la poitrine, et l'aîné des Do'Urden sentit une douleur froide envahir son corps, le laissant engourdi et sans défense. Son bras armé s'affaissa et il bascula en avant.

De sa poigne puissante, Briza l'attrapa à la gorge alors qu'il s'évanouissait, et le remit facilement sur pied. Puis, tout en s'assurant que les cinq autres membres de la troupe ne feraient aucun geste en faveur de Dinin, elle le plaqua violemment contre la paroi. La haute prêtresse s'appuyait de tout son poids sur son frère, une main fermement serrée autour sa gorge.

—Un mâle avisé ferait davantage attention à ses gestes, gronda-t-elle à voix haute, et ce, alors que Matrone Malice avait formellement interdit que la troupe communique autrement que par la langue des signes une fois en dehors des limites de Menzoberranzan.

Il fallut à Dinin un certain temps pour prendre pleinement conscience de la fâcheuse situation dans laquelle il se trouvait. Tandis que l'engourdissement disparaissait peu à peu, à la main, Briza l'avait complètement immobilisé. Mais le plus perturbant était que sa sœur tenait encore son fouet-serpent. À la différence des autres fouets, cet instrument maléfique n'avait pas besoin de beaucoup d'espace pour être efficace. Les têtes de serpent pouvaient s'enrouler et frapper à une courte distance, telle une extension de la pensée de leur propriétaire.

— Matrone Malice ne se soucierait guère de ta mort, chuchota durement Briza. Ses fils n'ont jamais été qu'une source de problèmes pour elle !

Dinin jeta un regard, par-dessus l'épaule de sa sœur, aux soldats de la patrouille.

— Eux, des témoins ? ricana Briza en devinant ses pensées. Crois-tu vraiment qu'ils témoigneraient contre une haute prêtresse en faveur d'un simple mâle ?

Ses yeux s'étrécirent et elle approcha son visage de celui de son frère.

— Le cadavre d'un simple mâle ?

Elle relâcha brusquement Dinin qui tomba à genoux tout en essayant de reprendre son souffle.

— Venez, signa-t-elle au reste de la patrouille. Le plus jeune de mes frères n'est pas dans cette zone. Nous devons retourner à la cité pour nous ravitailler.

Dinin observait le dos de sa sœur tandis qu'elle s'apprêtait au départ. Il voulait plus que tout plonger son épée entre ses omoplates, mais il était trop intelligent pour s'y risquer ; Briza avait été une haute prêtresse de la Reine Araignée pendant plus de trois siècles, et elle avait conservé les faveurs de Lolth, contrairement à Matrone Malice ou au reste de la Maison Do'Urden. Et bien que la déesse maléfique ne la protège pas, elle restait une formidable ennemie, habile dans le maniement des sorts et de ce fouet cruel, toujours prêt à son côté.

— Ma sœur, appela-t-il.

Briza se retourna, surprise qu'il ose s'adresser à elle à voix haute.

— Accepte mes excuses, dit-il.

Il fit un geste pour que les autres soldats continuent à avancer, puis il reprit dans la langue des signes afin qu'ils ne puissent pas suivre sa conversation avec Briza.

— Je ne suis pas satisfait de l'arrivée de SiNafay Hun'ett dans la famille, expliqua-t-il.

Briza afficha l'un de ses sourires ambigus ; Dinin ne pouvait savoir si elle était d'accord ou si elle se moquait de lui.

— Remettrais-tu en cause les décisions de Matrone Malice ? demanda-t-elle.

— Non ! Matrone Malice fait toujours ce qui doit être fait dans l'intérêt de la Maison Do'Urden. Mais je ne fais pas confiance à cette Hun'ett. SiNafay a vu sa Maison réduite en cendres par le jugement du Conseil. Tous ses enfants chéris ainsi que la plupart de ses soldats ont été tués. Peut-elle vraiment être loyale à la Maison Do'Urden après avoir subi de telles pertes ?

— Mâle stupide, signa-t-elle en guise de réponse. Les prêtresses ne sont loyales qu'à Lolth. La Maison de SiNafay n'existe plus, donc SiNafay n'existe plus. Dorénavant, elle est Shi'nayne Do'Urden et, sur l'ordre de la Reine Araignée, elle assumera toutes les responsabilités qui vont avec son nouveau nom.

— Je ne lui fais pas confiance. Pas plus que je ne me réjouis de voir mes sœurs, de vraies Do'Urden, descendre dans la hiérarchie pour lui faire de la place. Shi'nayne aurait dû se trouver sous Maya, voire avec les soldats.

Bien que tout à fait d'accord avec lui, Briza grogna.

— Tu n'as pas à t'occuper du rang de Shi'nayne dans la famille. La Maison Do'Urden est plus puissante avec une nouvelle haute prêtresse en son sein. C'est la seule chose qui devrait importer à un mâle!

Dinin hocha la tête en signe d'assentiment et rengaina sagement son épée avant de se relever. Briza accrocha son fouet-serpent à sa ceinture tout en observant son frère du coin de l'œil.

Le fils aîné Do'Urden serait désormais plus prudent quand il se trouverait aux côtés de Briza, sa survie en dépendait. Il savait que Malice continuerait à les envoyer ensemble à la recherche de leur frère. Briza était la plus forte de ses filles et la plus à même de trouver et de capturer Drizzt; lui était le plus fin connaisseur des tunnels allant au-delà de Menzoberranzan et de la Maison.

Il fit contre mauvaise fortune bon cœur et suivit sa sœur dans les tunnels qui les menaient à la cité. Un court repos, pas plus d'un jour, et ils seraient de nouveau en marche, à la recherche de ce frère insaisissable et dangereux que Dinin n'avait aucune envie de retrouver.

Guenhwyvar tourna brusquement la tête et s'immobilisa une patte en l'air, prête à bondir.

— Tu l'as entendu aussi, chuchota Drizzt en se rapprochant du flanc de la panthère. Viens, mon amie. Allons voir quel nouvel ennemi est entré dans notre domaine.

Ils avancèrent ensemble en silence dans des couloirs qu'ils connaissaient par cœur. L'écho d'un bruit stoppa brusquement Drizzt; Guenhwyvar fit de même. Ce bruit était celui d'une botte et non d'un des monstres de l'Outreterre, il en était sûr. Il désigna un tas de gravats qui surplombait une large caverne à plusieurs niveaux, et la panthère l'y emmena. Ils bénéficiaient désormais d'un meilleur poste d'observation.

La patrouille drow n'apparut que quelques instants plus tard ; ils étaient sept mais trop éloignés pour que Drizzt puisse les reconnaître. Il était étonné de les avoir aussi facilement entendus ; il se souvenait du temps où lui aussi avait conduit ce genre de patrouille. Comme il s'était senti seul alors à la tête de plus d'une douzaine d'elfes noirs, ces derniers ne faisant pas un bruit et se fondant si facilement dans l'obscurité qu'ils échappaient même à son regard perçant.

Et pourtant, le chasseur qu'était devenu Drizzt, cet être primaire et instinctif, avait repéré ce groupe facilement.

Briza s'arrêta brusquement et ferma les yeux pour se concentrer sur les émanations de son sort de localisation.

— Que se passe-t-il ? demanda Dinin quand elle se retourna vers lui.

À voir son air surpris et surtout excité, il devina les pensées de sa sœur.

— Drizzt ? souffla-t-il à haute voix, incapable d'y croire.

— Silence ! répliqua Briza.

Elle regarda aux alentours et fit signe à la patrouille de la suivre dans l'obscurité, à l'ombre de la paroi de cette caverne immense et exposée.

Elle adressa un signe de tête à Dinin en guise de confirmation, confiante de l'issue favorable de leur mission.

— Es-tu sûre que c'est Drizzt ? demanda l'aîné.

Tout à son excitation, il avait du mal à faire des gestes précis qui traduisent correctement sa pensée.

— C'est peut-être juste un rôdeur…

— Nous savons que notre frère est vivant. S'il était mort, Matrone Malice aurait déjà retrouvé le soutien de Lolth. Et si Drizzt vit, on peut supposer qu'il possède encore l'objet !

La soudaine manœuvre de la patrouille prit Drizzt au dépourvu. Le groupe ne pouvait l'avoir repéré ; il était dissimulé par les rochers et il n'avait fait aucun bruit. Mais il était sûr que c'était de lui que le commando se cachait. Quelque chose ne collait pas dans cette rencontre fortuite. Les elfes noirs étaient rares si loin de Menzoberranzan. Peut-être que toutes ces années passées à survivre dans les régions sauvages de l'Outreterre l'avaient rendu paranoïaque, mais Drizzt ne pouvait pas croire que seule la chance avait mené ce groupe sur son territoire.

— Vas-y, Guenhwyvar. Va voir nos invités et reviens vers moi, chuchota-t-il au félin.

La panthère disparut d'un pas rapide dans les ombres entourant la grande caverne. Drizzt se tapit dans les gravats, tendit l'oreille et patienta.

Guenhwyvar revint à peine une minute plus tard, mais l'elfe eut l'impression que son absence avait duré une éternité.

— Est-ce que tu les as reconnus ? demanda-t-il.

L'animal gratta la pierre avec l'une de ses pattes.

— Des membres de notre ancienne patrouille ?

hasarda-t-il à haute voix. Des soldats avec qui nous avons patrouillé ?

Guenhwyvar semblait hésitante et ne fit aucun mouvement.

— Des Hun'ett, alors, reprit Drizzt, pensant avoir résolu l'énigme.

La Maison Hun'ett était finalement venue venger la mort d'Alton et Masoj, les deux sorciers qui avaient péri en essayant de le tuer. Ou alors elle venait récupérer Guenhwyvar, l'artefact magique qui avait appartenu à Masoj.

Il prit un moment pour observer les réactions de la panthère, et il comprit que ses suppositions étaient fausses. Elle avait reculé d'un pas et semblait inquiète.

— Alors qui ? demanda-t-il.

Guenhwyvar se dressa sur ses pattes arrière, prit appui sur les épaules de l'elfe puis tapota, à l'aide d'une de ses pattes avant, la bourse-collier que Drizzt avait autour du cou. Ne comprenant pas, celui-ci la retira et en vida le contenu dans la paume d'une de ses mains. Il y avait quelques pièces d'or, une petite pierre précieuse et l'emblème de sa Maison, une pièce d'argent gravée avec les initiales de Daermon N'a'shezbaernon, la Maison Do'Urden. Drizzt comprit ce que la panthère voulait lui dire.

— Ma famille, chuchota-il sur un ton cassant.

Guenhwyvar recula et gratta la pierre frénétiquement.

Des centaines de souvenirs lui revinrent en mémoire, des bons et des mauvais, mais tous menaient à une seule conclusion : Matrone Malice n'avait ni pardonné ni oublié ce qui s'était passé lors de ce jour maudit où Drizzt les avait reniées, elle et la Reine

Araignée. Connaissant les manières de Lolth, il se doutait que son départ avait laissé sa mère dans une position difficile.

Il plongea de nouveau son regard dans les ténèbres de la caverne.

— Viens, dit-il à la panthère.

Il se mit à courir dans les tunnels. Sa décision de quitter Menzoberranzan avait été douloureuse et confuse, et il n'avait aucune envie de retomber sur sa famille et de raviver ses doutes et ses peurs.

Lui et la panthère coururent plus de une heure, passant par des passages secrets et empruntant les sections les plus tortueuses de cette zone de tunnels. Drizzt connaissait cette région par cœur et il était certain de pouvoir prendre une grande avance sur la patrouille sans trop d'efforts.

Mais quand il s'arrêta pour reprendre son souffle, il sentit – et un regard à Guenhwyvar confirma ses soupçons – que celle-ci était toujours sur sa piste ; qu'elle s'était même rapprochée.

Il savait qu'il était traqué par magie, il n'y avait pas d'autre explication.

— Mais comment ? demanda-t-il à la panthère. Je ne suis plus le drow qu'ils ont connu, ni en apparence ni en pensée. Que peuvent-ils détecter qui leur soit suffisamment familier pour les guider ?

Drizzt entreprit une rapide inspection de ce qu'il possédait. D'abord il observa ses armes ; ses cimeterres étaient d'origine magique, comme la plupart des armes de Menzoberranzan, mais ils n'avaient pas été forgés dans la Maison Do'Urden, et ne portaient par conséquent aucune de ses marques distinctives. Il se demanda alors si cela pouvait venir de sa cape ; chaque *piwafwi*, de par sa confection, portait la marque de la Maison dont son propriétaire était originaire. Mais le sien était tellement déchiré et usé que même un sort de localisation ne pourrait l'identifier comme appartenant à la Maison Do'Urden.

— Appartenant à la Maison Do'Urden, commenta-t-il à voix haute.

Il regarda la panthère ; il avait la réponse. Il retira de nouveau la bourse qu'il avait autour du cou et en sortit la pièce frappée de l'emblème de Daermon N'a'shezbaernon. Créé par magie, cet emblème était porteur d'un dweomer propre à sa Maison d'origine ; seul un noble Do'Urden pouvait en posséder un.

Drizzt réfléchit un moment, replaça la pièce d'argent dans la bourse et attacha celle-ci au cou de Guenhwyvar.

— Il est temps pour la proie de devenir le chasseur, dit-il au félin.

— Il sait qu'il est suivi, signa Dinin.

Briza ne répondit pas. Bien sûr que Drizzt savait qu'il était suivi ; il était évident qu'il essayait de s'échapper, mais elle n'en avait que faire. L'emblème qu'il portait était une véritable balise directionnelle ; il permettait à la prêtresse de le pister par le biais de sa pensée magique.

Néanmoins, elle marqua un temps d'arrêt lorsque le groupe atteignit un embranchement. Le signal venait de plus loin mais il n'y avait pas moyen de savoir de façon définitive de quel côté il provenait.

—À gauche, ordonna-t-elle à trois des soldats. À droite, fit-elle aux deux restants.

Elle retint son frère, lui indiquant qu'ils restaient tous deux en position pour servir éventuellement de renforts à l'un ou l'autre des groupes.

Au-dessus de la patrouille divisée, lévitant dans l'ombre des stalactites du plafond, Drizzt souriait de sa ruse. La patrouille avait peut-être pu suivre son rythme à lui, mais elle n'avait aucune chance de rattraper Guenhwyvar.

Son plan fonctionnait à la perfection ; il voulait juste mener la patrouille hors de son domaine et faire en sorte qu'elle se lasse de sa recherche vaine. Mais, alors qu'il flottait au-dessus de son frère et de sa sœur aînée, il s'aperçut qu'il aspirait à autre chose. Il laissa un long moment s'écouler. Certain désormais que les soldats se trouvaient à bonne distance, il dégaina ses cimeterres. Après tout, une rencontre avec les siens pouvait être une bonne chose.

—Il s'éloigne encore, à grande vitesse, dit Briza à Dinin.

Elle pouvait désormais parler à voix haute car elle était certaine de l'éloignement de son frère renégat.

—Drizzt a toujours été un expert de l'Outreterre, il sera difficile à attraper, répondit Dinin.

—Il sera fatigué bien avant que mon sort s'épuise, dit Briza en ricanant, et nous le trouverons mort de fatigue dans un cul-de-basse-fosse.

Mais en une seconde l'impudence de Briza céda la place à une profonde stupéfaction au moment où une silhouette sombre se laissa tomber entre elle et Dinin.

Ce dernier ne réalisa même pas ce qui se passait. Il aperçut Drizzt l'espace d'une demi-seconde avant d'être frappé par le pommeau d'un des cimeterres. Il perdit connaissance, si bien qu'il ne sentit même pas sa tête heurter la pierre lisse lorsqu'il s'effondra sur le sol.

Une de ses mains occupée à neutraliser Dinin, Drizzt plaça la pointe du cimeterre qu'il tenait dans l'autre sur la gorge de Briza pour l'obliger à se rendre. Celle-ci ne fut pas aussi surprise que son frère. La main sur son fouet, elle esquiva l'attaque et six serpents se déployèrent dans l'air, cherchant une brèche.

Drizzt pivota pour faire face à sa sœur en exécutant des moulinets avec ses cimeterres afin de garder les vipères à distance. Il se souvenait que leur morsure était redoutable. Comme tout mâle drow, il y avait goûté à de nombreuses reprises dans son enfance.

— Frère Drizzt, dit-elle à voix haute. (Elle espérait que les soldats l'entendraient et reviendraient à ses côtés.) Baisse tes armes, nos retrouvailles ne doivent pas nécessairement se dérouler ainsi.

Le son de ces mots familiers, des mots drows, bouleversait Drizzt. Comme il était bon de les entendre de nouveau, de se souvenir qu'il était plus qu'un chasseur solitaire, que sa vie ne s'était pas toujours résumée à survivre.

— Baisse tes armes, insista-t-elle.

— Pour… pourquoi êtes-vous là ? bégaya-t-il.

— Pour toi, bien sûr, répondit-elle très gentiment. La guerre avec la Maison Hun'ett est enfin terminée. Il est temps pour toi de rentrer à la maison.

Une partie de Drizzt voulait la croire et oublier les événements qui l'avaient obligé à quitter la cité où il était né. Une partie de lui voulait lâcher ses cimeterres et retrouver la sécurité – et la communauté – de sa vie d'avant, et le sourire de Briza était si engageant.

Elle perçut son trouble.

— Reviens à la maison, cher Drizzt, souffla-t-elle. (Ses paroles étaient porteuses d'un sort mineur.) Nous avons besoin de toi, tu es le nouveau maître d'armes de la Maison Do'Urden.

Le soudain changement d'expression de Drizzt lui fit comprendre son erreur. Zaknafein, l'ancien maître d'armes, avait été son mentor et son ami le plus proche. Il ne pouvait avoir oublié qu'il avait été sacrifié à la Reine Araignée.

En effet, Drizzt se souvenait à présent très clairement des drames de son ancienne vie, de cette sauvagerie qui était si contraire à ses principes.

— Vous n'auriez pas dû venir, dit-il dans un grognement. Partez et ne revenez plus jamais !

— Cher frère, répondit-elle.

Plus par souci de gagner du temps que pour rattraper son erreur évidente, elle restait immobile, son expression figée dans un de ses sourires indéchiffrables.

Drizzt observa sa sœur. La prêtresse n'émettait aucun son, mais il vit que ses lèvres bougeaient derrière son sourire figé.

Elle lui jetait un sort !

Briza avait toujours excellé dans ce genre de stratagèmes.

— Retourne chez toi ! cria-t-il.

Il attaqua.

Briza esquiva facilement le coup, car il n'était pas

destiné à l'atteindre mais à interrompre le sort qu'elle était en train de lui jeter.

— Je te maudis, renégat ! cracha-t-elle.

Sa gentillesse avait disparu.

— Baisse tes armes ou prépare-toi à mourir !

Son fouet-serpent redevint menaçant.

Drizzt se mit en position. Une lueur brûlait dans ses yeux lavande, le chasseur en lui prenait le contrôle, prêt à relever le défi.

Briza hésita, déconcertée par la férocité soudaine dont faisait preuve son frère. Ce n'était plus un drow ordinaire qu'elle avait devant elle. C'était beaucoup plus que cela, quelque chose d'encore plus impressionnant.

Mais elle était une haute prêtresse de Lolth, l'une des positions la plus élevée dans la hiérarchie drow. Elle n'allait pas se laisser effrayer par un simple mâle.

— Rends-toi ! lui ordonna-t-elle.

Drizzt n'était plus en mesure de comprendre ces paroles ; ce n'était plus lui mais le chasseur qui se tenait devant Briza. Le guerrier primaire et sauvage que le souvenir de Zaknafein avait fait resurgir était sourd aux mots et aux mensonges.

Le bras de Briza se leva et les six têtes de vipère de son fouet s'élancèrent, chacune cherchant le meilleur angle d'attaque.

Les cimeterres du chasseur répliquèrent par des mouvements rapides comme l'éclair. Briza ne pouvait suivre la cadence ; son attaque terminée, elle comprit qu'aucune des têtes de son fouet n'avait atteint sa cible, et que seulement cinq d'entre elles étaient encore intactes.

Prise d'une rage semblable à celle de son adversaire, elle chargea malgré son arme endommagée. Serpents, cimeterres, bras et jambes s'entrechoquaient dans un ballet mortel.

Une des vipères mordit le chasseur au mollet. Celui-ci ressentit une douleur fulgurante, suivie d'une sensation de froid qui se répandit dans ses veines. D'un coup de cimeterre, il mit fin à l'attaque d'une autre tête de serpent en la fendant en deux, juste entre les crochets.

Une troisième tête atteignit le chasseur. Une autre roula sur le sol.

Les adversaires s'écartèrent l'un de l'autre afin de prendre la mesure de l'adversaire. Briza haletait après ces quelques minutes d'assaut furieux tandis que la poitrine du chasseur se soulevait à un rythme régulier. En revanche, elle n'avait pas été touchée alors que Drizzt l'avait été deux fois.

Cela faisait longtemps qu'il avait appris à ignorer la douleur. Il était prêt à continuer et Briza, dont le fouet n'avait plus que trois têtes, fonçait aveuglément sur lui.

Elle hésita l'espace d'une demi-seconde quand elle remarqua que Dinin, toujours prostré au sol, semblait reprendre ses esprits. Peut-être son frère pourrait-il lui venir en aide…

Dinin se tortilla et essaya de se redresser mais il n'eut pas la force de se soulever.

— Maudit sois-tu ! grogna Briza.

Était-ce adressé à Dinin ou à Drizzt ? La réponse importait peu. Invoquant le pouvoir de sa Reine Araignée, la haute prêtresse de Lolth frappa de toutes ses forces.

Le chasseur décapita les trois têtes de serpent d'un seul croisement de ses sabres.

— Maudit sois-tu ! s'écria-t-elle de nouveau, s'adressant cette fois seulement à Drizzt.

Elle se saisit de la masse accrochée à sa ceinture et porta un coup violent à la tête de son frère rebelle.

Les cimeterres croisés bloquèrent la masse bien avant que celle-ci atteigne sa cible, et le chasseur frappa Briza au visage à trois reprises avec son pied.

Elle tituba en arrière ; du sang coulait de ses yeux et de son nez. Elle devinait la silhouette de son frère en dépit du sang qui lui brouillait la vue. Sa masse à la main, elle tenta un dernier assaut désespéré.

Le chasseur para l'attaque avec un cimeterre, le tranchant de la lame tourné vers l'extérieur. Au moment où les deux armes s'entrechoquèrent, Briza poussa un hurlement terrible et lâcha la sienne.

La masse tomba à terre ainsi que deux doigts de la prêtresse.

Dinin avait fini par se relever et se tenait derrière Drizzt, son épée à la main. Briza, rassemblant ses dernières forces, ne quittait pas son frère ennemi du regard dans l'espoir de retenir son attention. Si seulement elle pouvait le distraire suffisamment longtemps…

Le chasseur sentit le danger et se retourna.

La seule chose que Dinin vit dans les yeux lavande de son frère fut le reflet de sa propre mort. Il jeta sa lame par terre et croisa ses bras sur sa poitrine en signe de soumission.

Le chasseur grommela un ordre, difficilement intelligible, mais Dinin ne le comprit que trop bien, et il détala aussi vite que ses jambes le lui permettaient.

Briza voulut en faire autant mais fut stoppée net par la lame d'un cimeterre appuyée sur sa gorge, qui l'obligeait à renverser sa tête en arrière de sorte qu'elle ne voyait plus que les pierres sombres du plafond.

La douleur irradiait dans les membres du chasseur, et c'était cette garce, avec son fouet maléfique, qui la lui avait infligée. Il était décidé à le lui faire payer. Elle était sur son territoire !

La prêtresse faisait une dernière prière à Lolth quand elle sentit la lame aiguisée entailler sa chair. Un voile noir passa devant ses yeux, et l'instant d'après elle était libre. Elle regarda par terre et vit Drizzt cloué au sol par une imposante panthère noire. Sans se poser de questions, elle prit la fuite dans les tunnels.

Le chasseur se libéra des pattes de Guenhwyvar et se remit sur pied.

— Attrape-la ! Tue-la ! cria-t-il.

Guenhwyvar répondit à l'injonction en s'asseyant, tout en bâillant à s'en décrocher la mâchoire. D'un mouvement paresseux, elle coupa la cordelette qui retenait la bourse autour de son cou et celle-ci tomba à terre.

Le chasseur se consumait de rage.

— Qu'est-ce que tu fais ? hurla-t-il en ramassant la bourse.

La panthère était-elle passée à l'ennemi ? Drizzt recula d'un pas, hésitant à brandir ses cimeterres entre lui et l'animal. Guenhwyvar ne faisait aucun mouvement, et se contentait de le regarder.

Un moment plus tard, le cliquetis d'une arbalète fit comprendre à Drizzt l'absurdité de son raisonnement. Le carreau l'aurait sûrement atteint si la panthère n'avait pas bondi pour l'intercepter. Le poison drow n'avait aucun effet sur les êtres magiques comme elle.

Cinq soldats drows firent leur apparition : trois d'entre eux se tenaient sur l'un des côtés de l'embranchement, et les deux restants sur l'autre. Toute velléité de revanche l'ayant abandonné, Drizzt s'élança au côté de Guenhwyvar le long des tunnels tortueux. Privés des instructions et de la magie de la haute prêtresse, les soldats n'essayèrent même pas de les poursuivre.

Après un long moment, l'elfe et la panthère s'arrêtèrent sur un chemin de traverse et tendirent l'oreille, cherchant à déterminer s'ils étaient poursuivis.

— Viens, ordonna Drizzt.

Il se remit en route, certain que la menace de Dinin et Briza avait été repoussée avec succès.

Guenhwyvar se laissa tomber en position assise.

Drizzt dévisagea la panthère.

— Je t'ai demandé de venir, grogna-t-il.

Celle-ci darda son regard sur lui, un regard qui l'emplissait de culpabilité, puis elle se leva et marcha doucement vers son maître.

Drizzt fit un signe de tête approbateur, pensant que la panthère se décidait enfin à lui obéir. Il allait se mettre en route lorsqu'elle commença à dessiner des cercles autour de lui, l'empêchant d'avancer. Guenhwyvar continuait son mouvement circulaire, disparaissant progressivement dans une brume sombre. Le message était clair.

— Qu'es-tu en train de faire ? demanda l'elfe.

Mais la panthère ne ralentit pas.

— Je ne t'ai pas renvoyée ! hurla-t-il alors que la forme corporelle de l'animal disparaissait. Tournant frénétiquement sur lui-même, il tentait désespérément de la retenir.

— Je ne t'ai pas renvoyée ! répéta-t-il, anéanti.

Mais Guenhwyvar n'était plus là.

Drizzt entreprit seul la longue marche qui le ramenait à son abri. La dernière image de Guenhwyvar ne le quittait pas, les grands yeux du félin le poursuivaient. Sans doute possible, la panthère l'avait jugé. Dans sa rage meurtrière, il avait failli tuer sa sœur ; il l'aurait fait si l'animal n'avait pas bondi sur lui.

Il arriva enfin à son refuge et se traîna jusqu'à la cavité rectangulaire qui lui servait de chambre.

La pensée de ce qu'il avait fait l'obsédait. Dix ans plus tôt, il avait supprimé Masoj Hun'ett et avait fait le vœu de ne jamais plus tuer un autre drow. Pour lui, cette promesse était au cœur de ses principes, ceux-là mêmes pour lesquels il avait déjà renoncé à tant de choses.

Il aurait sûrement trahi son engagement si Guenhwyvar n'était pas intervenue. En fin de compte, valait-il vraiment mieux que ces elfes noirs qu'il avait laissés derrière lui ?

Drizzt était sorti vainqueur de la rencontre avec ses semblables et il savait qu'il pourrait continuer à se cacher de Briza – ou de tout autre ennemi que Matrone Malice enverrait à ses trousses. Mais, seul dans sa petite grotte, il comprit une chose qui le bouleversa profondément.

Il ne pouvait se cacher de lui-même.

4

Fuir le chasseur

Pris par sa routine quotidienne, Drizzt ne pensait plus à ce qu'il avait fait. Il survivrait, il le savait. Le chasseur n'avait pas d'autre choix. Mais le prix de plus en plus élevé qu'il lui fallait payer pour y parvenir faisait saigner le cœur de l'elfe.

Pendant la journée, il parvenait à maintenir la douleur à distance, mais le soir venu, il se sentait vulnérable. La rencontre avec les siens le hantait ; elle occupait tellement ses pensées qu'il la revivait chaque nuit. Chaque fois, il se réveillait terrifié et seul, poursuivi par les monstres de ses rêves. Il savait – et cette certitude attisait son sentiment d'impuissance – qu'aucune passe d'armes, si brillante soit-elle, ne pourrait en venir à bout.

L'idée que sa mère continue sa quête pour le capturer et le punir n'effrayait pas Drizzt, bien qu'il soit certain que c'est ce qu'elle allait faire. L'Outreterre était son monde à lui, un monde très différent des allées venteuses de Menzoberranzan, dont le fonctionnement était incompréhensible pour les drows vivant dans la cité. Dans l'immensité de l'Outreterre, Drizzt savait qu'il échapperait à n'importe lequel des ennemis que Matrone Malice enverrait à ses trousses.

Il avait par ailleurs réussi à se libérer de l'étouffante culpabilité qu'il ressentait par rapport à ce qu'il avait fait à Briza. En toute objectivité, c'étaient sa sœur et son frère qui avaient provoqué cette dangereuse rencontre, et c'était Briza qui, en tentant de lui lancer un sort, avait provoqué le combat. Pourtant, il savait qu'il passerait plusieurs jours à se demander dans quelle mesure le comportement qu'il avait eu était révélateur de sa nature profonde.

Était-il devenu ce chasseur sauvage et sans pitié à force de vivre dans des conditions difficiles ? Ou le chasseur en lui était-il l'expression de ce qu'il avait toujours été ? il ne s'agissait pas de questions auxquelles il pouvait répondre facilement. D'autant plus qu'il avait d'autres préoccupations pour le moment.

Depuis la rencontre avec les siens, il ne pouvait oublier le son de leur voix, la mélodie des mots qu'il pouvait comprendre et auxquels il pouvait répondre. De tous les souvenirs de ces quelques instants passés avec Dinin et Briza, c'étaient les mots et pas les coups qui lui revenaient le plus clairement. Drizzt s'accrochait désespérément à eux, se les remémorant encore et encore, craignant le jour où il ne pourrait plus les entendre.

Et où il serait de nouveau seul.

Il sortit de sa poche la figurine d'onyx pour la première fois depuis que Guenhwyvar s'était détournée de lui. Il la plaça sur une pierre devant lui et jeta un coup d'œil aux encoches sur le mur pour savoir combien de temps s'était écoulé depuis la dernière invocation de la panthère. Immédiatement, il se rendit compte de la futilité de cette attitude. Depuis quand gravait-il ce mur ? Et à quoi servaient ces marques de toute façon ? Comment pouvait-il être sûr de ses calculs, même s'il avait soigneusement fait une marque après chacune de ses périodes de sommeil ?

— Le temps n'a plus cours ici, murmura Drizzt d'un ton plaintif.

Il approcha sa dague de la pierre, malgré ce qu'il venait de dire.

— À quoi cela sert-il ? se ravisa-t-il en lâchant sa dague.

Le son de son arme heurtant la pierre le fit frissonner, comme s'il s'agissait du signal de sa reddition.

Sa respiration se fit difficile. La transpiration perla sur son front d'ébène et ses mains se glacèrent subitement. Tout autour de lui, les murs de sa grotte, la pierre qui l'avait abrité depuis des années des dangers envahissants de l'Outreterre, l'oppressaient désormais. Il imaginait des visages méprisants dans les fissures et les reliefs de la roche, qui se moquaient de lui et de sa fierté obstinée.

Il voulut fuir mais heurta une pierre et tomba sur le sol. Il s'écorcha le genou et fit un nouveau trou dans son *piwafwi*. Mais il n'en avait cure ; quand il regarda la pierre sur laquelle il avait trébuché, une autre pensée l'assaillit, semant en lui une grande confusion.

Le chasseur avait trébuché. Pour la première fois en une décennie, le chasseur avait trébuché.

— Guenhwyvar, rejoins-moi ! Viens, ma chère panthère ! cria Drizzt avec désespoir.

Il ne savait pas si elle allait répondre. Étant donné la froideur de leur dernière séparation, il n'était pas sûr que Guenhwyvar marcherait de nouveau à ses côtés. Il rampa vers la statuette ; chaque centimètre parcouru était une victoire sur son désespoir.

À ce moment-là, la brume tourbillonnante apparut. La panthère restait fidèle à son maître et ne pouvait en vouloir longtemps à celui qui était son ami.

Drizzt se détendit en voyant la brume prendre forme, et il se concentra sur cette vision pour faire disparaître ses hallucinations funestes. Guenhwyvar fut bientôt assise à côté de lui, occupée à lécher nonchalamment l'une de ses grosses pattes. Drizzt chercha le regard du félin et n'y lut aucun jugement. C'était simplement Guenhwyvar, son amie et son salut.

Il replia ses jambes sous lui, bondit sur elle et étreignit son cou puissant de toutes ses forces.

Guenhwyvar ne repoussa pas l'étreinte, se dégageant uniquement pour continuer à se lécher la patte. Si la panthère, dotée d'une intelligence d'un autre monde, comprenait l'importance de cette accolade, elle n'en montra aucun signe.

Les jours suivants, l'impatience domina l'humeur de Drizzt. Il était constamment en mouvement, parcourant le dédale de tunnels autour de son sanctuaire. Matrone Malice était après lui. Il ne pouvait se permettre aucune faille dans sa défense.

Au fond de lui, il connaissait la raison de son agitation constante. Patrouiller lui servait d'excuse ; en réalité, il prenait la fuite. Il voulait échapper aux voix et aux murs de sa petite grotte. Il fuyait Drizzt Do'Urden pour redevenir le chasseur.

Progressivement, il empruntait des parcours de plus en plus longs, qui le maintenaient hors de sa caverne pendant plusieurs jours. Secrètement, il espérait rencontrer un ennemi puissant. Il avait besoin qu'on lui rappelle l'utilité de son existence primaire ; un combat contre un ignoble monstre ferait appel à son instinct de survie.

Au lieu de cela, Drizzt entendit un jour le son familier de coups lointains martelés sur une paroi, le bruit rythmé et mesuré d'une pioche de mineur.

Il s'adossa au mur et réfléchit à ce qu'il allait faire. Il savait où le bruit le mènerait ; il le conduirait dans les tunnels qu'il avait arpentés à la recherche de son troupeau perdu, ces mêmes tunnels où il avait croisé les mineurs svirfnebelins quelques jours auparavant. Il ne voulait pas l'admettre, mais ce n'était pas une simple coïncidence s'il se retrouvait dans cette zone. Son subconscient l'avait conduit là pour entendre le martèlement des pioches ainsi que les éclats de rire et les bavardages des gnomes des profondeurs.

Il était déchiré. Il savait qu'espionner les mineurs svirfnebelins ne ferait qu'accroître sa détresse, et qu'entendre leur voix lui ferait sentir encore plus cruellement sa solitude. Les gnomes s'en retourneraient sûrement dans leur cité, et Drizzt se retrouverait de nouveau seul.

Mais l'envie de suivre les bruits était trop forte. Son esprit essayait de la combattre, mais sa décision avait été prise à l'instant où il avait posé le pied dans cette zone. Il se reprochait sa folie, secouant la tête en signe de désapprobation. En dépit de son raisonnement conscient, ses jambes bougeaient toutes seules et le conduisaient vers le martèlement des pioches.

Tandis qu'il observait les mineurs depuis une corniche surélevée, ses instincts de chasseur le disputaient à son envie de demeurer à proximité des gnomes. Mais Drizzt ne voulait pas partir. Pendant plusieurs jours, du moins d'après ses calculs, il resta dans les parages des mineurs, saisissant toutes les occasions d'attraper au vol des fragments de leurs conversations, ou de les observer en train de travailler ou de rire.

Quand le jour inévitable du départ arriva, il comprit sa folie. Il s'était montré faible en restant près d'eux ; il avait nié la réalité brutale de son existence. Maintenant, il devait retourner dans sa grotte vide et sombre où il se sentirait encore plus seul qu'avant.

Les wagonnets disparurent dans les tunnels en direction de la cité svirfnebeline. Drizzt se mit alors en route vers son sanctuaire, cette grotte remplie de mousse avec son ruisseau tumultueux et sa champignonnière entretenue par les myconides.

Au cours des siècles qu'il lui restait à vivre, Drizzt Do'Urden ne devait plus jamais revoir cet endroit.

Il fut incapable de se souvenir à quel moment il avait changé de direction ; ce n'était pas une décision consciente. Quelque chose l'avait attiré – peut-être le bruit persistant des wagonnets remplis de minerai ? – et c'est seulement lorsqu'il entendit le bruit des grandes portes extérieures de Blingdenpierre qu'il sut ce qu'il allait faire.

— Guenhwyvar, murmura-t-il à la statuette.

Il tressaillit au son de sa voix puissante. Cependant, les gardes svirfnebelins étant en grande conversation, Drizzt n'avait rien à craindre.

La brume grise tourbillonna autour de la figurine et la panthère répondit à l'appel de son maître. Elle aplatit ses oreilles et renifla avec précaution autour d'elle, tentant d'appréhender cet environnement inconnu.

Drizzt prit une longue inspiration et se contraignit à parler.

— Je voulais te dire au revoir, mon amie, chuchota-t-il.

Elle dressa les oreilles ; ses yeux jaunes et brillants étaient rivés sur son maître.

— Au cas où... Je ne peux plus continuer à vivre de cette façon, Guenhwyvar. J'ai peur de perdre tout ce qui donne un sens à ma vie. J'ai peur de me perdre. (Il jeta un œil par-dessus son épaule à l'escalier qui menait à Blingdenpierre.) Et cela est plus précieux que ma vie. Peux-tu comprendre, Guenhwyvar ? Je ne peux plus me contenter de simplement survivre. J'ai besoin que ma vie soit gouvernée autrement que par les instincts sauvages de la créature que je suis devenu.

Drizzt s'effondra contre la paroi du passage. Ses propos semblaient logiques et simples, mais il savait que chaque pas vers la cité des gnomes des profondeurs mettrait à l'épreuve son courage et ses convictions. Il se souvenait du jour où il s'était tenu sur la corniche devant les grandes portes de Blingdenpierre. Il avait voulu suivre les gnomes à l'intérieur, mais la paralysie qui l'avait figé avait été la plus forte.

— Tu m'as rarement jugé, Guenhwyvar, et chaque fois que tu l'as fait c'était avec justesse. Comprends-tu ma décision ? Dans quelques instants, nous allons peut-être nous perdre à jamais. Peux-tu comprendre les raisons qui me poussent à agir comme je le fais ?

La panthère tourna autour de Drizzt et frotta sa grosse tête contre les côtes du drow.

— Mon amie, pars maintenant, avant que je perde tout courage. Retourne chez toi et gardons l'espoir que nous nous reverrons un jour, chuchota-t-il à l'oreille du félin.

Guenhwyvar fit demi-tour et se dirigea lentement vers la statuette. Sa disparition parut trop rapide à Drizzt. Devant lui ne restait plus que la figurine, et il prit le temps de la contempler. Il réfléchit aux risques qu'il allait prendre. Puis, poussé par le même désir subconscient qui l'avait mené jusque-là, il se précipita vers l'escalier et entama son ascension. Au-dessus de lui, les gnomes des profondeurs s'étaient tus ; apparemment, ils s'attendaient que quelqu'un ou quelque chose arrive.

Mais quelle ne fut pas leur surprise quand ils virent rien de moins qu'un drow se tenir sur le promontoire, devant les portes de la cité !

Drizzt croisa les bras sur sa poitrine – un geste de paix chez les elfes noirs. Il ne lui restait plus qu'à espérer que les svirfnebelins connaissaient cette coutume, car ils étaient passablement énervés par sa présence. Il y eut une bousculade, certains se rentrèrent dedans, d'autres coururent vers la cité pour protéger la porte, d'autres encore entourèrent Drizzt avec leurs armes pointées sur lui ; enfin, un dernier groupe de gnomes descendit quelques marches pour s'assurer qu'il n'y avait pas une armée entière d'elfes noirs à sa suite.

Un svirfnebelin, chef des gardes, voulant apparemment des explications, adressa une série de questions à Drizzt en vociférant. L'elfe haussa les épaules en signe d'incompréhension, et ce mouvement, pourtant inoffensif, eut pour effet de faire reculer la demi-douzaine de gnomes des profondeurs agglutinés autour de lui.

Le chef des gardes haussa le ton et pointa l'extrémité de sa pique en fer en direction de Drizzt. L'elfe n'arrivait pas à comprendre ce langage étranger, et encore moins à y répondre. Très lentement et à la vue de tous, il glissa une main vers la boucle de son ceinturon. Le chef des gnomes des profondeurs assura fermement la prise sur son arme tout en observant attentivement chaque geste de l'elfe.

D'un rapide coup de poignet, Drizzt détacha sa ceinture et ses cimeterres firent un bruit de tous les diables en atterrissant par terre.

Les svirfnebelins bondirent à l'unisson, puis reprirent leurs esprits et se rapprochèrent de nouveau de lui. Sur un simple mot de leur chef, deux des gardes lâchèrent leurs armes pour commencer à fouiller l'intrus sans ménagement. Drizzt tressaillit quand ils trouvèrent la dague qu'il avait gardée dans sa botte. Il se trouvait stupide d'avoir oublié cette arme et de ne pas l'avoir signalée dès le début.

L'instant d'après, l'un des gnomes tomba sur la figurine d'onyx dans l'une des poches de son *piwafwi*. Instinctivement, Drizzt, le visage suppliant, tenta de la lui reprendre.

En guise de punition, il fut frappé dans le dos par l'extrémité en bois d'une lance. Les gnomes des profondeurs n'étaient pas une race malveillante, mais ils n'avaient aucune sympathie pour les elfes noirs. Ils avaient survécu pendant plusieurs siècles dans l'Outreterre avec peu d'alliés et beaucoup d'ennemis, parmi lesquels les drows occupaient depuis toujours la première place. Depuis la fondation de la cité de Blingdenpierre, la majorité des svirfnebelins qui avaient trouvé la mort dans les couloirs de l'Outreterre avait été tuée par des elfes noirs.

Et voilà que, sans aucune explication, l'un d'eux, qui, de plus, avait abandonné de son plein gré ses armes, se trouvait devant les portes de leur cité !

Les gnomes des profondeurs lièrent étroitement les mains de Drizzt derrière son dos tandis que quatre gardes maintenaient leurs armes pointées sur lui, prêts à intervenir au moindre mouvement suspect. Les svirfnebelins partis inspecter l'escalier déclarèrent à leur retour qu'il n'y avait pas d'autres elfes dans les parages. Malgré tout, le chef restait suspicieux ; il posta des gardes à de nombreux points stratégiques puis se dirigea vers les deux svirfnebelins qui se tenaient devant les portes de la cité.

Le portail massif s'ouvrit et Drizzt fut conduit à l'intérieur. En proie à la peur et à l'excitation, il pouvait seulement espérer qu'il avait laissé le chasseur dans les tunnels de l'Outreterre.

5

Un allié impie

Guère pressé de se retrouver devant sa mère indignée, Dinin se dirigeait lentement vers l'antichambre de la chapelle de la Maison Do'Urden. Matrone Malice l'avait convoqué, et il ne pouvait aller contre cette sommation. En pénétrant dans le corridor qui menait aux portes ornementées, il tomba sur Vierna et Maya, tout aussi hésitantes.

— De quoi s'agit-il ? demanda Dinin à ses sœurs en langue des signes.

— Matrone Malice a passé toute la journée avec Briza et Shi'nayne, répondit Vierna.

— À planifier une autre expédition pour retrouver Drizzt, signa-t-il sans enthousiasme.

Il n'aimait pas l'idée d'être inclus dans un tel projet – car il le serait sûrement.

Les deux sœurs avaient noté la grimace dédaigneuse de leur frère.

— Ce fut donc si terrible ? Briza n'en parle pas beaucoup, demanda Maya.

— Ses doigts coupés et son fouet détruit en disent long, intervint Vierna, un sourire ironique aux lèvres.

Comme toutes les autres filles de la Maison Do'Urden, elle aimait peu sa sœur aînée.

Le visage de Dinin ne fut éclairé par aucun sourire de satisfaction tandis qu'il se remémorait sa rencontre avec Drizzt.

— Tu as vu de quoi il était capable quand il était parmi nous. Il est dix fois meilleur après toutes ces années passées hors de la ville, poursuivit Dinin.

— Mais comment était-il ? demanda Vierna.

Elle était manifestement intriguée par la capacité de son frère à survivre. Depuis que la patrouille était revenue avec la confirmation que Drizzt était vivant, Vierna espérait secrètement revoir son cadet. Ils étaient du même père et elle avait encore de la sympathie pour lui, même si, compte tenu des sentiments de Malice, le contraire aurait été préférable.

Remarquant l'excitation de sa sœur et se rappelant sa propre humiliation, Dinin lui lança un regard désapprobateur.

— Ne t'inquiète pas, chère sœur ; si, cette fois-ci, Malice t'envoie hors de la ville dans les tunnels, comme je le crois, tu verras tout ce que tu veux voir de Drizzt, et plus encore !

Il claqua des mains pour souligner la fin de sa phrase, passa entre les deux femmes et ouvrit les portes de la chapelle.

— Votre frère a oublié comment on frappait à une porte, dit Matrone Malice à Briza et à Shi'nayne qui se tenaient à ses côtés.

Rizzen, agenouillé devant le trône, regarda par-dessus son épaule pour voir Dinin.

— Je ne t'ai pas autorisé à lever les yeux ! hurla Malice. Elle abattit son poing sur l'accoudoir du grand trône et, pris de peur, Rizzen se mit à plat ventre. Les mots de Malice avaient la force d'un sort.

— Rampe ! ordonna-t-elle.

Il se traîna jusqu'à ses pieds. Malice tendit la main vers lui tout en regardant Dinin. L'aîné comprit où sa mère voulait en venir.

— Embrasse ma main, dit-elle à Rizzen.

Rapidement, il baisa plusieurs fois la main tendue. Malice émit son troisième ordre.

— Lève-toi.

Rizzen était à moitié levé quand la Matrone le frappa en plein visage, le refaisant tomber sur le sol de pierre.

— Si tu bouges, je te tue, promit Malice.

Rizzen resta allongé, parfaitement immobile, car il ne doutait pas le moins du monde de la véracité de ces paroles.

Dinin savait que la démonstration s'adressait plus à lui qu'à Rizzen, car sa mère continuait à le regarder, impassible.

— Tu m'as déçu, dit-elle enfin.

Dinin accepta la remontrance sans broncher, se retenant même de respirer jusqu'à ce que Malice se tourne vers Briza.

— Et toi ! Avec six guerriers drows entraînés à tes côtés, toi, une haute prêtresse, tu n'as pas été capable de me ramener Drizzt ! hurla-t-elle.

Briza croisait et décroisait les doigts encore fragiles que Malice avait restaurés grâce à la magie.

— Sept contre un, et tu reviens ici avec des histoires à dormir debout !

— Je l'aurai, Mère Matrone, promit Maya alors qu'elle prenait place à côté de Shi'nayne.

Malice regarda Vierna, mais la seconde de ses filles était peu encline à faire ce genre de déclaration.

— Tu es bien arrogante, dit Dinin à Maya.

Immédiatement, la moue sceptique de Malice lui rappela durement que ce n'était pas à lui de parler.

Mais Briza poursuivit la pensée de son frère.

— Trop arrogante, grogna-t-elle.

Le regard de la Mère Matrone se posa sur elle mais Briza était une haute prêtresse qui était toujours sous la protection de la Reine Araignée. Elle avait le droit de parler.

— Tu ne sais rien de ton jeune frère, continua Briza, s'adressant aussi bien à Maya qu'à Malice.

— C'est seulement un mâle, rétorqua Maya. Je vais…

— Tu vas être tuée ! hurla Briza. Garde pour toi tes paroles insensées et tes promesses vaines, sœur cadette. Dans les tunnels, hors de Menzoberranzan, Drizzt te supprimerait sans le moindre effort ou presque.

Malice écoutait attentivement. Elle avait déjà entendu plusieurs fois le compte rendu que Briza avait fait de sa rencontre avec Drizzt, et elle connaissait suffisamment le courage et les pouvoirs de sa fille aînée pour savoir que celle-ci ne parlait pas à la légère.

Maya arrêta là la confrontation ; elle ne voulait pas se quereller avec Briza.

— Pourras-tu le battre ? demanda Malice à sa fille aînée. Maintenant que tu as une idée plus précise de ce qu'il est devenu…

En réponse, Briza remua de nouveau sa main blessée. Il lui faudrait encore plusieurs jours avant de pouvoir parfaitement utiliser ses nouveaux doigts.

— Ou toi ? demanda Malice à Dinin, comprenant que le geste appuyé de Briza était sa réponse finale.

Dinin ne savait pas trop quoi répondre à sa mère, dont les réactions étaient imprévisibles. La vérité pouvait le mettre au plus mal avec Malice, mais un mensonge signifierait à coup sûr un retour dans les tunnels à la poursuite de son frère.

— Dis-moi la vérité ! rugit Malice. Souhaites-tu repartir à la recherche de Drizzt, afin de bénéficier de nouveau de mes faveurs ?

— Je, je..., bégaya-t-il.

Puis il baissa les yeux, sur la défensive. Il comprit que sa mère avait jeté un sort de détection sur sa réponse ; elle voulait savoir s'il allait essayer de lui mentir.

— Non ; même si je dois perdre votre considération, Mère Matrone, je ne souhaite pas retourner à la poursuite de Drizzt, répondit-il catégoriquement.

Maya et Vierna, et même Shi'nayne, furent surprises par l'honnêteté de leur frère, car elles pensaient que rien ne pouvait être pire que de déclencher la colère d'une Mère Matrone.

Briza hocha la tête pour signifier son accord, car elle aussi avait vu plus de Drizzt que ce qu'elle avait voulu en voir. Malice avait compris la signification du geste de sa fille.

— Pardonnez-moi, Mère Matrone, continua Dinin, essayant d'apaiser les désagréments qu'il avait pu causer à Malice. J'ai vu Drizzt au combat. Il m'a défait trop facilement, comme je pensais qu'aucun ennemi ne pourrait le faire. Il a battu Briza à la loyale, et je ne l'avais encore jamais vue battue ! Je ne veux pas repartir en chasse de mon frère car j'ai peur que cela vous mette encore plus en colère et attire davantage de problèmes sur la Maison Do'Urden.

— Tu as peur ? demanda Malice sournoisement.

Dinin acquiesça.

— Et je sais que je vous décevrai encore une fois. Dans ces tunnels qu'il appelle sa maison, Drizzt est beaucoup plus fort que moi. Je ne peux espérer le battre.

— Il m'est possible d'accepter une telle lâcheté de la part d'un mâle, le railla froidement Malice.

Dinin ne pouvait faire autrement que d'encaisser stoïquement l'insulte.

— Mais toi, tu es une haute prêtresse de Lolth ! ironisa la Mère Matrone en s'adressant à Briza. Un mâle solitaire ne devrait pas être un problème pour quelqu'un qui tient ses pouvoirs de la Reine Araignée.

— Entends les paroles de Dinin, Matrone, répliqua Briza.

— Lolth est à tes côtés ! lui cria Shi'nayne.

— Mais Drizzt est hors d'atteinte de la Reine Araignée, lâcha Briza. J'ai peur que Dinin ait dit la vérité, pour nous tous. On n'arrivera pas à attraper Drizzt. L'Outreterre est son domaine, alors que nous y sommes des étrangers.

— Alors que va-t-on faire ? râla Maya.

Malice se carra sur son trône et posa sa main sur son menton pointu. Elle avait menacé Dinin mais il ne voulait pas se risquer à poursuivre Drizzt ; Briza, ambitieuse, puissante et sous la protection de Lolth, même si elle-même et la Maison Do'Urden ne l'étaient pas, était revenue sans son précieux fouet et plusieurs doigts en moins.

— Jarlaxle et sa bande de mercenaires ? proposa Vierna devant le dilemme de sa mère. Bregan D'aerthe nous est précieux depuis de nombreuses années.

— Le chef des mercenaires n'acceptera pas, intervint Malice. (Elle avait déjà tenté de l'engager pour cette tâche quelques années auparavant.) Chaque membre de Bregan D'aerthe se conforme aux décisions de Jarlaxle, et tout l'argent que nous possédons ne suffira pas à le tenter. Je le soupçonne de suivre exclusivement les ordres de Matrone Baenre. Drizzt est notre problème et nous sommes chargés par la Reine Araignée de le résoudre.

— J'irai si vous m'ordonnez de le faire, déclara Dinin. Je n'ai peur ni des lames de Drizzt ni même de la mort si je me bats pour vous ; j'ai seulement peur de vous décevoir encore, Mère Matrone.

Dinin connaissait suffisamment bien l'humeur sombre de sa mère pour savoir qu'elle n'avait aucune intention de le renvoyer à la poursuite de Drizzt ; il lui semblait donc sage de se montrer généreux tout en sachant qu'il ne lui en coûterait rien.

— Je te remercie, mon fils, déclara Malice.

Dinin se retint de rire en remarquant les regards étonnés de ses trois sœurs.

— Maintenant, laisse-nous. Nous avons des affaires en cours qui ne concernent pas les mâles, continua la Mère Matrone avec condescendance, mettant ainsi un terme à la minute de gloire de Dinin.

Celui-ci s'inclina profondément et se dirigea vers la porte. Ses sœurs notèrent la façon dont Malice avait rapidement fait disparaître toute fierté de sa démarche.

— Je me souviendrai de tes paroles, ironisa-t-elle.

Elle appréciait le jeu de pouvoir et les applaudissements silencieux. Dinin s'arrêta, la main sur la poignée de la porte.

— Un jour, tu me prouveras ta loyauté, n'en doute pas.

Il quitta la chapelle sous les rires des cinq hautes prêtresses.

Sur le sol, Rizzen se trouvait dans une position inconfortable. Malice avait congédié Dinin en laissant entendre qu'aucun mâle n'avait le droit de rester dans la pièce, mais elle ne lui avait pas encore accordé la permission de bouger. Il positionna ses mains et ses pieds sur le sol et se tint prêt à bondir.

— Tu es encore là ? lui hurla Malice. (Rizzen détala vers la porte.) Ne bouge plus ! lui cria la Mère Matrone.

Ses mots étaient porteurs d'un sort.

Rizzen s'arrêta immédiatement, contre sa volonté. Il ne pouvait résister à l'enchantement de Malice.

— Je ne t'ai pas donné la permission de bouger ! poursuivit celle-ci derrière lui.

— Mais..., tenta de protester Rizzen.

— Attrapez-le ! ordonna-t-elle à ses deux plus jeunes filles.

Vierna et Maya se précipitèrent sur lui et le saisirent sans ménagement.

— Jetez-le dans une cellule du donjon, reprit Malice, donnant ses instructions. Gardez-le vivant. Il nous sera utile plus tard.

Les jeunes prêtresses entraînèrent le mâle tremblant hors de l'antichambre. Rizzen n'osa pas résister.

— Vous avez un plan, dit Shi'nayne.

À l'instar de SiNafay, Mère Matrone de la Maison Hun'ett, la toute nouvelle Do'Urden avait appris à chercher une finalité dans chaque action. Elle connaissait bien les charges d'une Mère Matrone et comprit que ce qui venait de se passer avec Rizzen, qui n'avait rien fait de répréhensible, avait plus à voir avec un dessein calculé qu'avec une véritable explosion de colère.

— Je suis d'accord avec tes conclusions, indiqua Malice à Briza. Drizzt est hors d'atteinte.

— Comme Matrone Baenre l'a dit, nous ne pouvons nous permettre d'échouer. Votre siège au Conseil régnant doit être préservé à tout prix, lui rappela Briza.

— Nous ne pouvons pas échouer, répéta Shi'nayne à l'aînée des filles Do'Urden tout en observant Malice. (Un regard ironique illumina de nouveau le visage de l'ancienne Matrone tandis qu'elle continuait :) En dix ans de guerre contre la Maison Do'Urden, je suis arrivée à comprendre les méthodes de Matrone Malice. Votre mère trouvera un moyen d'attraper Drizzt. (Elle s'arrêta, remarquant le sourire grandissant de celle-ci.) Peut-être l'a-t-elle déjà trouvé.

— Nous verrons, ronronna Malice. (Sa confiance grandissait grâce aux paroles de son ancienne rivale.) Nous verrons.

Plus de deux cents soldats de la Maison Do'Urden grouillaient dans la grande chapelle, échangeant avec excitation des rumeurs sur les événements à venir. Ils étaient rarement autorisés dans cette enceinte sacrée, seulement lors des grandes fêtes de Lolth ou lors des prières communes précédant une bataille. Mais ce jour-là, il n'y avait pas de bataille prévue et ce n'était pas un jour sacré du calendrier drow.

Dinin Do'Urden, aussi anxieux qu'excité, se déplaçait parmi la foule, installant les elfes noirs dans les rangées de sièges qui encerclaient l'estrade centrale. N'étant qu'un mâle, il ne participerait pas à la cérémonie autour de l'autel et Matrone Malice ne l'avait pas mis dans la confidence. Elle lui avait fait comprendre que le résultat de cette journée serait capital pour le futur de la famille. Dinin était le chef de chœur ; il devrait continuellement se déplacer au milieu de l'assemblée pour faire en sorte que tous entonnent les bons couplets à la gloire de la Reine Araignée.

Dinin avait déjà joué ce rôle auparavant mais, cette fois, Matrone Malice l'avait prévenu qu'une seule voix discordante lui coûterait la vie. Autre chose perturbait l'aîné de la Maison Do'Urden ; dans ses tâches à la chapelle, il était normalement secondé par l'autre noble mâle de la Maison, l'actuel compagnon de Malice. Rizzen n'ayant pas été revu depuis le dernier rassemblement familial, Dinin se doutait bien que son règne de consort de la Maison Do'Urden approchait d'une fin tragique. Personne n'ignorait que Matrone Malice avait offert certains de ses précédents compagnons à Lolth.

Quand tous les soldats furent assis, des lueurs magiques de couleur rouge se mirent à briller dans toute la pièce. Leur intensité augmentait progressivement pour permettre aux yeux des elfes noirs de passer plus facilement du spectre infrarouge à celui de la lumière.

Des vapeurs brumeuses sortaient de sous les sièges, recouvrant le sol et s'élevant en volutes sinueuses. Dinin fit monter de la foule un léger bourdonnement destiné à appeler la Matrone Malice.

Celle-ci apparut dans la partie haute de la chapelle ; elle avait les bras écartés, et elle était vêtue d'une robe de cérémonie noire qui portait l'emblème de l'araignée, et dont les plis claquaient sous l'effet d'une brise enchantée. Elle descendit lentement en tournant au-dessus de la foule afin de pouvoir l'étudier et, surtout, d'en être admirée.

Quand Malice atterrit sur l'estrade centrale, Briza et Shi'nayne apparurent au plafond, puis descendirent de la même façon. Une fois en bas, elles rejoignirent leur place : Briza près d'un coffre recouvert d'une étoffe à côté de la table sacrificielle en forme d'araignée, et Shi'nayne derrière Matrone Malice.

Celle-ci frappa des mains et le bourdonnement cessa immédiatement. Huit brasiers s'enflammèrent autour de l'estrade ; grâce à la brume rougeoyante, la clarté des flammes était moins douloureuse pour les yeux sensibles des drows.

— Entrez, mes filles ! appela Malice.

Toutes les têtes se tournèrent vers les portes principales de la chapelle. Vierna et Maya obéirent, soutenant entre elles un Rizzen étourdi, apparemment drogué. Un cercueil flottait derrière elles.

Dinin, comme d'autres, supposait que Rizzen allait être sacrifié, mais il n'avait jamais entendu parler de la présence d'un cercueil lors d'une cérémonie.

Les jeunes filles Do'Urden se hâtèrent vers l'estrade centrale et ligotèrent Rizzen sur l'autel. Shi'nayne intercepta le cercueil et le mit sur le côté, près de Briza.

— Que vienne le serviteur ! ordonna Malice.

Dinin fit signe à l'assemblée d'entonner le chant approprié. Les flammes étaient de plus en plus hautes ; Malice et les hautes prêtresses exaltaient la foule à l'aide d'incantations magiques. Soudain, un vent qui semblait venu de nulle part souffla sur la brume et l'entraîna dans une danse frénétique.

Les flammes s'étirèrent pour se rejoindre au-dessus de la plate-forme circulaire où se trouvaient Malice et les autres prêtresses. Dans une même explosion, les huit brasiers crachèrent leurs dernières flammes avant de s'éteindre progressivement tandis que les lignes de feu formaient une boule qui se transforma peu à peu en une colonne enflammée.

Les soldats haletaient tout en poursuivant leurs chants tandis que la colonne passait par toutes les couleurs du spectre en refroidissant. À la place des flammes apparut une créature tentaculaire plus grande qu'un drow, au visage allongé dont les traits tombants faisaient penser à une bougie à moitié fondue. Tous surent qu'il s'agissait d'un yochlol – un serviteur de Lolth – même s'ils n'en avaient jamais vu auparavant, sauf peut-être dans les illustrations des livres des prêtres. Tous comprenaient maintenant l'importance de cette assemblée, car personne ne pouvait ignorer la signification de la présence d'une telle créature.

—Salutations, Serviteur, déclara Malice d'une voix forte. Daermon N'a'shezbaernon est béni par ta présence.

Le yochlol observa longuement l'assemblée, surpris que la Maison Do'Urden l'ait fait venir. La Matrone Malice n'avait pas les faveurs de Lolth.

Seules les hautes prêtresses perçurent la question télépathique du serviteur.

— *Comment se fait-il que tu fasses appel à moi ?*

— Je veux réparer les erreurs des Do'Urden ! cria Malice à voix haute. (Toute la foule était tendue à présent.) Et retrouver les faveurs de ta maîtresse, la seule raison d'être de notre existence !

Malice lança un regard insistant à Dinin, qui fit signe à l'assemblée d'entonner le grand chant de louanges à la Reine Araignée.

— *Je vois que tu as bien fait les choses, Matrone Malice*, pensa le yochlol à destination de Malice et d'elle seule. *Mais tu sais que cette assemblée ne t'est d'aucune utilité dans ta situation !*

— *Ce n'est que le début*, répondit mentalement la Mère Matrone.

Elle savait que le serviteur pouvait lire ses pensées et cela la réconfortait, car son désir d'avoir de nouveau les faveurs de Lolth était sincère.

— *Mon fils cadet a déplu à la Reine Araignée. Il doit payer pour cela.*

Les autres hautes prêtresses de Lolth, exclues de la conversation, rejoignirent le chœur.

— *Drizzt Do'Urden vit et il n'est toujours pas dans tes geôles*, rappela le yochlol à Malice.

— *Il y sera bientôt remédié*, promit cette dernière.

— *Qu'attends-tu de moi ?*

— Zin-carla ! cria Malice à voix haute.

Le yochlol recula momentanément, stupéfait par la hardiesse de la requête. Malice tenait bon, certaine que son plan n'échouerait pas. Autour d'elle, les hautes prêtresses retenaient leur souffle ; le triomphe – ou la destruction – était proche.

— *C'est notre don le plus cher. Il est rarement offert,*

même aux Matrones qui ont le soutien de la Reine Araignée. Et toi, qui as déplu à Lolth, tu oses demander le Zin-carla ?

— *C'est la solution*, répondit Malice. (Puis, ayant besoin du soutien de sa famille, elle continua à haute voix :) Mon fils cadet doit prendre conscience de la folie de son comportement et de la puissance des ennemis qu'il s'est faits. Qu'il soit le témoin de la terrible gloire de Lolth ! Ainsi il tombera à genoux et implorera son pardon ! (Puis elle reprit sa conversation télépathique :) *C'est seulement à ce moment-là que l'esprit-fantôme pourra planter une épée dans son cœur !*

Les yeux du yochlol devinrent blancs ; il méditait, cherchant dans son plan d'existence des indications sur ce qu'il convenait de faire. Il s'écoula plusieurs minutes, qui parurent interminables à la Matrone Malice et à la foule silencieuse, avant que le serviteur intervienne de nouveau.

— *As-tu le cadavre ?*

Malice fit un signe à Maya et Vierna ; elles se précipitèrent vers le cercueil pour en ôter le couvercle de pierre. Dinin comprit alors que la boîte n'était pas là pour Rizzen. Un cadavre animé en sortit en rampant et s'avança jusqu'à Malice d'un pas chancelant. Il était dans un état avancé de décomposition, mais Dinin et la plupart de ceux présents dans la chapelle le reconnurent immédiatement : il s'agissait du légendaire maître d'armes, Zaknafein Do'Urden.

— *Tu demandes le Zin-carla, afin que le maître d'armes que tu as offert à la Reine Araignée puisse réparer les erreurs de ton fils cadet ?* demanda le yochlol.

— *Cela me semble approprié*, répondit Malice.

Elle sentait que le serviteur était ravi, comme elle l'avait prévu. Zaknafein, le tuteur de Drizzt, était à l'origine de l'attitude blasphématoire qui avait perdu le jeune drow. Que ce même Zaknafein soit son bourreau satisferait Lolth, la reine du chaos.

— *Le Zin-carla requiert de grands sacrifices*, rappela le serviteur.

La créature contempla la table arachnéenne où Rizzen était étendu, inconscient. Elle semblait décontenancée à la vue de cette offrande pitoyable. Elle se tourna vers la Matrone pour lire ses pensées.

— *Continue*, dit le yochlol, soudainement très intéressé.

Malice leva les bras et entama un nouveau chant à la gloire de Lolth. Elle fit un mouvement vers Shi'nayne qui se dirigea vers le coffret près de Briza pour en sortir la dague cérémonielle, le bien le plus précieux de la Maison Do'Urden. Briza tressaillit quand elle vit sa nouvelle « sœur » tenir l'arme. La garde de la dague avait la forme d'un corps d'araignée et huit lames semblables à des pattes pointaient en dessous. Depuis des siècles, c'était le rôle de Briza de plonger la dague cérémonielle dans le cœur des offrandes sacrifiées à la Reine Araignée.

Shi'nayne, tout en s'éloignant, affichait un sourire satisfait. Elle rejoignit Malice près de l'autel et plaça la dague au-dessus du cœur du mâle condamné.

Malice arrêta son geste.

— Cette fois, je le ferai moi-même, expliqua-t-elle.

Le désarroi de Shi'nayne rendit son sourire à Briza.

Malice attendit la fin du chant et, devant la foule silencieuse, en entonna un nouveau, plus approprié.

— *Takken bres duis bres.*

Elle serrait la garde de l'instrument de mort de ses deux mains.

Quelques instants plus tard, le chant toucha à sa fin et Malice brandit le poignard au-dessus d'elle. L'assemblée attendait le moment d'extase, le don sauvage à la vile Reine Araignée.

La dague s'abattit rapidement. Mais Malice dévia son geste et la plongea dans le cœur de Shi'nayne, la Matrone SiNafay Hun'ett, sa rivale tant haïe.

— Non ! haleta SiNafay.

Mais il était trop tard, les huit lames en forme de pattes avaient transpercé son cœur. Elle remua les lèvres ; peut-être essayait-elle d'articuler une formule magique pour se guérir ou bien cherchait-elle à jeter une malédiction sur Malice. Quoi qu'il en soit, seul du sang sortit de sa bouche. Elle rendit l'âme et s'effondra sur Rizzen.

Toute la Maison s'emplit des cris de joie et d'émotion de la foule au moment où Malice retira la dague du corps de SiNafay Hun'ett, et avec elle le cœur de son ennemie.

— Mère perfide ! s'écria Briza au-dessus du tumulte, car même elle n'avait rien su du plan de Malice.

Elle était de nouveau l'aînée des filles de la Maison Do'Urden, cette position d'honneur qu'elle chérissait tant.

— *Perfide en effet !* ajouta le yochlol dans l'esprit de Malice. *Sache que nous sommes satisfaits !*

Après cette effroyable scène, le cadavre animé tomba mollement sur le sol. Malice regarda le serviteur et comprit.

— Mettez Zaknafein sur la table ! Vite !

Ses deux plus jeunes filles débarrassèrent l'autel des corps de Rizzen et de SiNafay pour y déposer celui du maître d'armes.

Briza aussi se mit en mouvement ; elle aligna les jarres d'onguent qui avaient été minutieusement préparées pour l'occasion. La réputation de Matrone Malice en matière de fabrication de baumes allait être mise à l'épreuve.

— M'accorde-t-on le Zin-carla ? demanda Malice à voix haute en se tournant vers le yochlol.

— *Tu n'es pas encore revenue dans les faveurs de Lolth*, lui répondit mentalement la créature.

Le message télépathique était si puissant que Malice tomba à genoux. Elle se prit la tête entre les mains, pensant que celle-ci allait exploser sous la pression grandissante.

Petit à petit, la douleur diminua.

— *Mais la Reine Araignée est satisfaite, Malice Do'Urden, et elle reconnaît que tes plans pour ton fils sacrilège sont appropriés. Le Zin-carla t'est accordé, mais sache que c'est ta dernière chance, Matrone Malice. Un échec aurait des conséquences que tu ne peux pas imaginer, pas même dans tes pires cauchemars !*

Le yochlol disparut dans l'explosion d'une boule de feu, qui ébranla la chapelle de la Maison Do'Urden. L'assemblée, dont l'exaltation était encore montée d'un cran devant la puissance indéniable de la déesse maléfique, entonna un nouveau chant de louange à Lolth sous la direction de Dinin.

— Dix décades ! cria le serviteur de là où il était.

Sa voix était si puissante que tous les drows sans exception se bouchèrent les oreilles et se recroquevillèrent sur le sol.

Ainsi, pendant dix décades, soit soixante-dix cycles de Narbondel, toute la Maison Do'Urden resterait dans la grande chapelle : Dinin et Rizzen dirigeraient les chants à la gloire de la Reine Araignée tandis que Malice et ses filles s'affaireraient autour du corps de Zaknafein, utilisant des baumes magiques et des sorts puissants.

Animer un cadavre n'avait rien d'exceptionnel pour une prêtresse, mais le Zin-carla allait bien au-delà. L'esprit-fantôme – tel serait le nom du mort-vivant ainsi obtenu – était supposé avoir les capacités de sa vie précédente et être contrôlé par la Mère Matrone désignée par la Reine Araignée. C'était le plus précieux des dons de Lolth, rarement demandé, et plus rarement encore accordé. Car le Zin-carla – littéralement « rendre l'esprit au corps » – était en effet une pratique risquée. Il fallait à la prêtresse en charge une volonté de fer pour isoler les capacités voulues du non-mort des souvenirs et des émotions parasites. Même pour une prêtresse dotée d'une grande force mentale, le juste équilibre entre contrôle et conscience était difficile à maintenir. De plus, Lolth n'accordait le Zin-carla que pour l'accomplissement d'une tâche bien précise, et la rupture de cet équilibre menait inévitablement à l'échec.

Or Lolth n'était guère clémente face à l'échec.

6

Blingdenpierre

Blingdenpierre était différente de tout ce qu'avait vu Drizzt jusqu'alors. Lorsque les gardes svirfnebelins lui avaient fait franchir les immenses portes de pierre et d'acier, l'elfe s'était attendu à découvrir une cité ressemblant peu ou prou à Menzoberranzan, quoique de dimensions plus modestes. Ses attentes ne pouvaient être plus éloignées de la réalité.

Alors que Menzoberranzan s'étendait dans une seule et immense caverne, Blingdenpierre était une cité composée de plusieurs petites cavités connectées les unes aux autres par d'étroits tunnels. La caverne la plus large du complexe, juste derrière les portes de fer, fut la première dans laquelle Drizzt entra. C'était là qu'était installée la garde de la ville ; la grotte avait été conçue et aménagée exclusivement pour la défense. Elle était étagée sur plusieurs dizaines de niveaux reliés les uns aux autres par une multitude d'escaliers polis. Ainsi, même si un assaillant se trouvait à moins de cinq mètres d'un défenseur, il lui faudrait gravir et descendre plusieurs escaliers avant d'être suffisamment proche de son adversaire pour le frapper. De petits murets de pierre parfaitement ajustés délimitaient les chemins et longeaient des murs plus hauts et plus épais destinés à ralentir les envahisseurs, les obligeant à rester longtemps à découvert.

Des vingtaines de svirfnebelins quittaient leur poste, voulant savoir s'il était vrai qu'un drow avait été amené dans la cité. Ils l'espionnaient depuis leurs abris, et Drizzt ne savait pas si leurs expressions traduisaient de la curiosité ou de l'hostilité. En tous les cas, les gnomes des profondeurs se tenaient prêts à toute éventualité ; chacun gardait ses carreaux et son arbalète à proximité.

Les svirfnebelins lui firent traverser la grotte, gravissant autant de marches qu'ils en descendaient, toujours sur des chemins bien délimités et encadrés par de nombreux gardes. Le chemin tournait, descendait, remontait brusquement pour revenir en arrière… Le seul moyen pour Drizzt de se repérer était de regarder le plafond qui restait visible même des niveaux les plus bas de la caverne. Le drow se plut à penser que, même en l'absence des gardes, les éventuels assaillants passeraient des heures à essayer de trouver leur chemin dans ce dédale de marches, mais il se garda bien de sourire pour de bon.

Arrivée au bout d'un corridor étroit où les gnomes des profondeurs ne pouvaient marcher qu'en file indienne et où Drizzt devait marcher en restant courbé, la troupe entra dans la cité elle-même. Plus large mais pas aussi longue que la première salle, cette grotte était aménagée comme la précédente mais avec beaucoup moins de niveaux. Des dizaines de niches se succédaient le long des murs, et des feux brûlaient par endroits – chose rare dans l'Outreterre où le combustible était difficile à trouver. Pour une cité des profondeurs, Blingdenpierre était lumineuse et bien chauffée, et en aucun cas inconfortable.

Drizzt se sentait soulagé, en dépit de sa position délicate, car il voyait les svirfnebelins continuer leur routine quotidienne tout autour de lui. Il sentait bien quelques regards curieux sur lui, mais ceux-ci ne s'attardaient jamais longtemps ; les gnomes des profondeurs de Blingdenpierre étaient un peuple industrieux qui n'avait guère le temps de s'adonner à l'oisiveté.

L'elfe noir fut de nouveau conduit sur des sentiers aménagés. À la différence des chemins tortueux et difficiles de la première grotte, ceux-ci étaient droits et plats et menaient apparemment tous à un grand édifice en pierre qui s'élevait au centre.

Le chef du groupe qui escortait Drizzt partit en avant pour parler aux deux gardes armés de piques qui se tenaient devant la structure centrale. L'un d'eux se précipita à l'intérieur tandis que l'autre maintenait la porte de fer ouverte afin de permettre à la patrouille et à son prisonnier de passer. Hâtant le pas pour la première fois depuis leur entrée dans la cité, les svirfnebelins poussèrent Drizzt dans un dédale de couloirs qui conduisaient à une chambre circulaire de moins de trois mètres de diamètre et dont le plafond était très bas. La pièce ne contenait rien, excepté une chaise en pierre. À peine l'elfe noir y fut-il installé qu'il comprit à quoi elle servait. Des fers en acier étaient intégrés à la chaise et Drizzt fut bientôt solidement attaché. Les svirfnebelins ne le ménageaient pas particulièrement, mais en voyant que la chaîne qui ceignait sa taille lui faisait mal, l'un d'eux n'hésita pas à la desserrer pour la repositionner afin que l'elfe ne souffre plus.

Ils laissèrent Drizzt seul dans cette pièce sombre et vide. La porte de pierre se referma dans un bruit sourd et il n'entendit plus rien.

Les heures passèrent.

Drizzt bandait ses muscles pour tenter de donner un peu de mou à ses liens. Il tortillait une de ses mains et tirait pour tenter de se libérer ; seule la douleur causée par l'acier mordant sur son poignet lui fit prendre conscience de ce qui était en train de se produire. Il redevenait chasseur, agissant pour survivre et désirant simplement s'échapper.

— Non ! hurla-t-il en s'efforçant de reprendre le contrôle de son corps.

Le chasseur en lui avait-il à ce point gagné du terrain ? Drizzt était venu de son plein gré et, jusqu'ici, tout s'était passé mieux qu'il l'avait espéré. Ce n'était pas le moment de tenter une action déraisonnable, mais le chasseur était peut-être assez puissant pour repousser les pensées rationnelles de Drizzt.

Il n'eut pas le temps de réfléchir à cela. En l'espace d'une seconde, la porte s'ouvrit brutalement, et un groupe de sept svirfnebelins âgés, à en juger par les nombreuses rides qui sillonnaient leur visage, entrèrent et se dispersèrent autour de lui. Drizzt sut qu'il s'agissait de personnalités importantes de la cité, car ils portaient des robes faites de fines étoffes tandis que les gardes étaient vêtus de vestes de cuir fermées par des anneaux de mithral. Les anciens s'affairaient, observaient Drizzt avec attention et échangeaient des propos dans leur langue incompréhensible.

L'un d'entre eux tenait l'emblème de la Maison de Drizzt, qui lui avait été confisqué à son arrivée.

— Menzoberranzan ? demanda-t-il.

Drizzt inclina la tête autant que le lui permettait la chaîne qui entourait son cou, pour essayer d'entrer en communication avec ses geôliers. Ce n'était visiblement pas dans leurs intentions, et ils reprirent leur conversation privée avec beaucoup plus d'animation.

Il en fut ainsi pendant plusieurs minutes ; Drizzt pouvait déterminer au son de leurs voix que deux parmi eux étaient loin d'apprécier la présence d'un prisonnier drow originaire de la cité de leurs pires ennemis. Au ton hargneux de leur discussion, il s'attendait presque que l'un d'eux vienne lui trancher la gorge.

Mais cela n'arriva pas ; les gnomes des profondeurs n'étaient ni irréfléchis ni cruels. L'un d'entre eux se détacha du groupe pour se tenir face à Drizzt.

— Par les pierres, elfe noir, pourquoi es-tu venu ? demanda-t-il dans un drow hésitant mais compréhensible.

Drizzt ne savait pas quoi répondre à cette simple question. Comment expliquer les années de solitude passées dans l'Outreterre ? Ou sa décision d'abandonner son peuple malveillant pour vivre selon ses principes ?

— Pour trouver des amis, répondit-il simplement.

Il s'agita nerveusement, pensant que sa réponse était hors de propos.

Le svirfnebelin n'était pas de cet avis, apparemment. Il se gratta le menton et considéra les paroles de l'elfe avec attention.

— Tu... Tu viens de Menzoberranzan ? demanda-t-il.

Son nez aquilin se plissait à chaque mot énoncé.

—Oui, confirma Drizzt en reprenant confiance. J'ai quitté ma cité il y a de nombreuses années. (Son regard se perdit dans ses pensées alors qu'il se rappelait la vie qu'il avait laissée derrière lui.) Mais je ne m'y suis jamais senti chez moi.

—Ah, mais tu mens, elfe noir! s'écria le svirfnebelin.

Il tenait à la main l'emblème de la Maison Do'Urden et ne semblait pas avoir compris le sens des paroles de Drizzt.

—J'ai en effet vécu longtemps dans la cité drow, rectifia-t-il rapidement. Je suis Drizzt Do'Urden, autrefois Second Fils de la Maison Do'Urden. (Il regarda l'emblème gravé des armes de sa famille que tenait le gnome.) Daermon N'a'shezbaernon.

Le svirfnebelin retourna vers ses camarades qui se mirent à parler tous en même temps. L'un d'entre eux avait semblé reconnaître le nom ancien de la Maison drow, ce qui surprit Drizzt.

Le gnome qui l'avait interrogé tapotait ses lèvres ridées avec ses doigts, faisant de petits bruits agaçants pendant qu'il réfléchissait à la suite de l'interrogatoire.

—D'après nos informations, la Maison Do'Urden existe toujours, lâcha-t-il avec désinvolture, attentif aux réactions de Drizzt. (Devant le silence du prisonnier, il reprit.) N'es-tu pas le renégat? éructa-t-il d'un ton accusateur.

Comment pouvait-il être au courant?

—Je suis renégat par choix…, commença à expliquer Drizzt.

—Ah! elfe noir, l'interrompit le gnome, redevenu calme. Que tu sois ici par choix, je veux bien le croire. Mais un renégat? Par les pierres… (Le visage du gnome des profondeurs se crispa soudain de manière effrayante.) Dis plutôt un espion !

Il s'apaisa aussi soudainement qu'il s'était emporté.

Drizzt l'observait avec attention. Ces brusques changements de comportement étaient-ils une technique pour que le prisonnier baisse sa garde ? Ou étaient-ils caractéristiques de cette race ? Drizzt était en train de chercher des réponses à ces questions, essayant de se souvenir de sa précédente rencontre avec les gnomes des profondeurs, quand soudain son interrogateur sortit d'une des poches de sa robe une figurine familière.

— Dis-moi la vérité maintenant, elfe noir, tu t'épargneras bien des tourments. Qu'est-ce que ceci ? demanda le gnome calmement.

Drizzt sentit ses muscles se crisper de nouveau. Le chasseur en lui voulait appeler Guenhwyvar pour qu'elle mette en pièces ces vieux svirfnebelins ridés. L'un d'entre eux avait sûrement les clés de ses chaînes ; alors, il serait libre…

Drizzt évacua ces pensées et écarta le chasseur de son esprit. Il savait que sa situation était désespérée ; il le savait depuis qu'il avait décidé de venir à Blingdenpierre. Si les svirfnebelins le prenaient pour un espion, alors ils l'exécuteraient. Même s'ils n'étaient pas sûrs de ses intentions, pouvaient-ils prendre le risque de le laisser en vie ?

— C'était une folie de venir ici, murmura l'elfe.

Il comprenait le dilemme devant lequel il avait placé les gnomes des profondeurs en venant dans leur cité. Le chasseur tenta de nouveau de s'insinuer dans ses pensées. Il n'avait qu'un mot à dire et la panthère serait là.

— Non ! hurla-t-il pour la seconde fois, repoussant la part obscure de son être.

Les gnomes firent un pas en arrière, craignant que l'elfe soit en train de lancer un sort. Une fléchette se planta dans la poitrine du prisonnier en libérant un petit nuage de gaz.

Drizzt sentit qu'il s'évanouissait à mesure que le gaz emplissait ses narines. Il entendait les svirfnebelins débattre à son propos, discuter de son avenir dans leur langue incompréhensible. Il devinait la forme de l'un d'entre eux, juste une ombre, qui se rapprochait. Celle-ci lui ouvrit les mains à la recherche d'éventuels objets magiques.

Quand les pensées et la vision de l'elfe redevinrent claires, rien n'avait changé. On lui mit devant les yeux la figurine d'onyx. Le même gnome lui demanda, cette fois-ci avec beaucoup plus d'insistance :

— Qu'est-ce que c'est ?

— Ma seule amie, chuchota l'elfe.

Drizzt réfléchit longuement à ce qu'il allait faire. Il ne pourrait pas en vouloir aux svirfnebelins si ceux-ci décidaient de le tuer, mais Guenhwyvar méritait mieux que de finir en statuette décorative sur la cheminée d'un gnome ignorant tout d'elle.

— Son nom est Guenhwyvar. Appelle la panthère et elle viendra en alliée et en amie. Prends-en soin, car elle est précieuse et très puissante, expliqua-t-il.

Le regard du svirfnebelin allait de la figurine à l'elfe avec curiosité et appréhension. Il tendit la figurine à l'un de ses compagnons qui s'en saisit et quitta la pièce ; il ne faisait pas confiance au drow. Si l'elfe avait dit la vérité – ce dont le gnome ne doutait pas –, cela voulait dire qu'il leur avait abandonné un objet magique de grande valeur et, ce qui était plus surprenant encore, qu'il avait renoncé à son seul moyen d'évasion. Ce svirfnebelin était âgé de près de deux siècles et, comme tous ceux de sa race, il connaissait les coutumes des elfes noirs. Qu'un des leurs agisse de la sorte le plongeait dans une profonde perplexité. Les elfes noirs avaient la réputation – bien méritée – d'être cruels et malfaisants, et quand un individu drow s'avérait conforme à cette description, il était facile de lui régler son compte, sans le moindre remords. Mais que faire avec un drow qui témoignait d'une moralité inattendue ?

Les svirfnebelins revinrent à leur conversation privée, ignorant de nouveau Drizzt. Puis ils quittèrent la pièce, à l'exception de celui qui parlait la langue du prisonnier.

— Qu'allez-vous faire ? osa demander l'elfe.

— Il n'y a que le roi qui puisse te juger, répondit sobrement le gnome. Il décidera de ton destin peut-être dans quelques jours, sur la base des observations de son conseil consultatif, que tu viens de rencontrer.

Le gnome des profondeurs se prosterna, puis se redressa, les yeux rivés à ceux de Drizzt.

— Je suppose, elfe noir, que tu seras exécuté. (Drizzt acquiesça ; la logique voulait qu'il meure.) Mais je crois que tu es différent, elfe noir. Je vais peut-être recommander l'indulgence, voire demander ta grâce, continua le svirfnebelin.

Tout en haussant ses épaules trapues, il se tourna et se dirigea vers la porte.

Le ton du gnome des profondeurs avait réveillé des souvenirs chez Drizzt. Un autre svirfnebelin lui avait déjà parlé de cette manière, en employant des propos similaires, quelques années auparavant.

— Attends, fit le prisonnier.

Le gnome s'arrêta et fit volte-face. L'elfe fouillait dans sa mémoire pour essayer de retrouver le nom du svirfnebelin qu'il avait sauvé.

— Qu'y a-t-il ? s'impatienta le gnome.

— Un gnome des profondeurs, de ta cité, je crois... Oui, il ne peut en être autrement, dit l'elfe.

— Tu connais quelqu'un de mon peuple ? interrogea le svirfnebelin en se rapprochant. Donne-moi son nom.

— Je ne le connais pas. Je faisais partie d'un groupe de chasseurs, il y a quelques années – dix ans peut-être. Nous nous étions battus avec un groupe de svirfnebelins qui s'étaient aventurés sur notre territoire.

Il marqua un temps d'arrêt, s'apercevant que le gnome des profondeurs commençait à se renfrogner, mais il savait que le survivant de cette rencontre était son seul espoir.

— Un seul gnome des profondeurs en réchappa et rentra probablement à Blingdenpierre.

— Quel était le nom de ce survivant ? demanda le svirfnebelin en colère, les bras croisés sur sa poitrine et ses lourdes bottes martelant le sol de pierre.

— Je ne m'en souviens pas, dut admettre Drizzt.

— Pourquoi me racontes-tu cela ? gronda le gnome des profondeurs. Je pensais que tu étais différent des...

— Il a perdu ses mains dans la bataille, poursuivit Drizzt avec obstination. S'il te plaît, tu dois le connaître...

— Belwar ? répliqua soudain le svirfnebelin.

Le nom raviva d'autres souvenirs chez Drizzt.

— Belwar Dissengulp ! s'écria-t-il. Alors il est vivant ! Il pourra se rappeler...

— Il ne pourra jamais oublier ce jour maudit, elfe noir, déclara le svirfnebelin entre ses dents serrées, la colère déformant sa voix. Personne à Blingdenpierre ne pourra jamais oublier ce jour maudit !

— Va le chercher. Va chercher Belwar Dissengulp, supplia Drizzt.

Le gnome des profondeurs sortit de la cellule, décontenancé par ce prisonnier décidément plein de surprises.

La porte de pierre claqua en se refermant. Drizzt, de nouveau seul, essaya de chasser tout espoir, car il savait sa fin proche.

— Pensais-tu vraiment que j'allais me séparer de toi ? disait Malice à Rizzen quand Dinin entra dans l'antichambre de la chapelle. Ce n'était qu'un stratagème pour endormir les soupçons de SiNafay Hun'ett.

— Je te remercie, Mère Matrone, répondit celui-ci, soulagé.

Il s'éloigna du trône à reculons, s'inclinant respectueusement à chaque pas.

Malice regarda sa famille rassemblée autour d'elle.

— Notre tâche est terminée, Zin-carla est achevé ! proclama-t-elle.

Dinin se tordait les mains d'impatience. Seules les femelles de la famille avaient vu le résultat de leur travail. Sur un signe de Malice, Vierna se dirigea vers un rideau sur le côté de la salle et le tira. Zaknafein, le maître d'armes, se tenait là. Ce n'était plus un corps en décomposition ; il semblait avoir retrouvé la vitalité de son existence passée. Dinin se dandinait sur place tandis que le maître d'armes avança pour venir se placer devant la Matrone Malice.

— Tu es aussi beau garçon qu'avant, mon cher Zaknafein, ironisa-t-elle.

Le mort-vivant ne répondit rien.

— Et beaucoup plus obéissant, ajouta Briza, déclenchant une salve de gloussements.

— C'est ce qui va… aller chasser Drizzt ? osa demander Dinin.

Il savait que ce n'était pas à lui de parler, mais Malice et les autres étaient trop absorbées par le spectacle pour le punir.

— Zaknafein sera celui qui administrera à ton frère le châtiment qu'il mérite, promit sa mère. (Rien qu'à cette évocation, ses yeux brillaient.) Mais, attendez, il est trop beau pour inspirer de la peur à mon impudent de fils, poursuivit-elle, taquine, ses yeux passant de l'esprit-fantôme à Rizzen.

Les autres prêtresses échangèrent des regards interrogateurs, se demandant si leur mère tentait encore d'apaiser son compagnon après l'épreuve qu'elle lui avait fait subir.

— Approche, mon concubin. Prends ton épée et taillade le visage de ton rival mort. Cela te fera du bien et inspirera de la terreur à Drizzt quand il croisera son ancien mentor !

Rizzen, d'abord très hésitant, prenait confiance au fur et à mesure qu'il s'approchait de l'esprit-fantôme.

Zaknafein se tenait parfaitement immobile, sans respirer ni même cligner des yeux. Il semblait ne pas avoir conscience de ce qui se passait autour de lui. Rizzen posa une main sur son épée et jeta un dernier regard à Malice, attendant son signal.

La Mère Matrone fit un signe de tête. Dans un rugissement, Rizzen sortit l'épée de son fourreau et visa Zaknafein au visage.

Il n'eut pas le temps de s'en approcher.

Avec une rapidité telle qu'elle était imperceptible à l'œil nu, l'esprit-fantôme entra en action. Deux épées surgirent et se mirent à taillader tous azimuts, plongeant dans la chair et parant les coups avec une extrême précision. L'épée de Rizzen vola dans les airs et, avant que celui-ci ait eu le temps de protester, l'une des lames de Zaknafein lui tranchait la gorge tandis que l'autre lui transperçait le cœur.

Rizzen était mort avant de toucher le sol, mais l'esprit-fantôme n'en avait pas terminé avec lui. Ses armes continuaient leur ouvrage, tailladant et lacérant une dizaine de fois le corps du concubin jusqu'à ce que Malice, satisfaite de la démonstration, mette fin au carnage.

— Celui-ci m'ennuyait, et j'ai déjà choisi un nouveau mâle parmi la soldatesque, expliqua-t-elle à ses enfants incrédules.

La stupéfaction qui se lisait sur leur visage n'était pas liée à la mort de Rizzen ; ils ne s'étaient jamais attachés aux concubins que se choisissait leur mère, leur durée de vie était trop courte. C'était la rapidité et l'agilité de l'esprit-fantôme qui leur avaient coupé le souffle.

— Aussi habile que de son vivant, remarqua Dinin.

— Encore meilleur ! Zaknafein est le guerrier qu'il a toujours été et, maintenant, il n'a plus que ses techniques de combat à l'esprit. Il ne déviera pas de son objectif. Regardez-le, mes enfants : Zin-carla, le don de Lolth.

Malice se tourna vers Dinin et lui sourit malicieusement.

— Je ne m'approcherai pas de cette chose, haleta-t-il.

Peut-être que sa mère voulait une deuxième démonstration.

Elle se moqua de lui.

— Ne crains rien, mon fils. Je n'ai aucune raison de te faire du mal.

Les paroles de sa mère ne l'apaisèrent pas. Malice n'avait pas besoin de raisons, le corps lacéré de Rizzen en était la preuve.

— Tu guideras l'esprit-fantôme à l'extérieur, reprit Malice.

— À l'extérieur ? répondit Dinin, perplexe.

— Dans la zone où vous avez croisé ton frère.

— Je dois rester aux côtés de cette chose ? souffla l'aîné des Do'Urden.

— Mène-le là-bas et tu pourras l'y laisser. Zaknafein connaît sa proie. Des sorts l'aideront dans sa traque, expliqua Malice.

Se tenant à l'écart, Briza semblait préoccupée.

— Qu'y a-t-il ? lui demanda sa mère, la voyant froncer les sourcils.

— Je ne doute ni de la puissance de l'esprit-fantôme, ni de la magie dont tu l'as pourvu, hésita l'aînée des filles.

Elle savait que Malice ne tolérerait aucun désaccord étant donné l'importance du sujet.

— Tu as encore peur de ton jeune frère ? interrogea la Matrone.

Briza ne savait trop que répondre.

— Fais taire tes peurs, si fondées qu'elles puissent te paraître, déclara Malice calmement. Cela vaut pour tous ! Zaknafein est le don de notre reine. Rien dans toute l'Outreterre ne pourra l'arrêter !

Elle se tourna vers le monstre mort-vivant.

— Tu ne me décevras pas, n'est-ce pas, mon maître d'armes ?

Ses épées ensanglantées rangées dans leur fourreau, Zaknafein restait impassible, les bras le long du corps et le regard fixe. Telle une statue, il semblait ne pas respirer.

Mais ceux qui auraient été tentés de croire que Zaknafein était inanimé n'avaient qu'à regarder le corps lacéré et mutilé de l'ancien maître de la Maison Do'Urden pour se convaincre du contraire.

Deuxième partie

Belwar

L'amitié : ce mot n'a pas le même sens pour les différentes races et cultures de l'Outreterre et des Royaumes de la surface. À Menzoberranzan, l'amitié naît généralement d'un profit mutuel. Elle reste assurée tant que les deux parties y trouvent leur compte, mais la loyauté n'est pas un principe respecté chez les drows. Si un elfe noir estime qu'il s'en tirera mieux sans son ami, il aura tôt fait de mettre un terme à la relation qui les unit, et très probablement à la vie de son congénère.

J'ai eu peu d'amis dans ma vie et, même si je vivais mille ans, je ne pense pas que je m'en ferais davantage. Il n'y a pas de quoi se lamenter, car ceux que j'ai appelés mes amis en valaient la peine ; c'étaient des personnes dotées d'un fort caractère qui ont enrichi mon existence. D'abord, il y a eu Zaknafein, mon père et mentor, qui m'a montré que je n'étais pas seul et que j'avais raison de respecter mes croyances. Zaknafein m'a sauvé à la fois de la violence aveugle et du fanatisme qui condamnaient mon peuple au chaos.

J'étais tout aussi perdu lorsqu'un gnome des profondeurs dépourvu de mains est arrivé dans ma vie, un svirfnebelin que j'avais sauvé d'une mort certaine, quelques années auparavant, en le protégeant de la lame sans pitié de mon frère Dinin. Il me rendit la pareille quand je le rencontrai de nouveau – cette fois-ci c'était moi qui me trouvais dans les griffes de son peuple. J'aurais été exécuté si Belwar Dissengulp n'était pas intervenu.

Mon séjour à Blingdenpierre, la cité des gnomes des profondeurs, fut un court instant dans ma longue vie. Je me souviendrai toujours avec émotion de la cité de Belwar et de son peuple. C'était la première société que je rencontrais qui était fondée sur la force de la communauté et pas sur l'obsession d'un individualisme forcené. Ensemble, les gnomes des profondeurs déjouaient les périls de l'Outreterre, exploitaient leurs mines de pierres et s'amusaient.

En effet, les plaisirs sont plus importants quand ils sont partagés.

Drizzt Do'Urden.

7

Le très vénérable maître-terrassier

— Nous vous remercions d'être venu, très vénérable maître-terrassier, dit l'un des gnomes rassemblés à l'extérieur de la petite salle où se trouvait le prisonnier drow.

Tous les anciens s'inclinèrent à son arrivée.

Belwar Dissengulp sursauta devant ce gracieux salut. Il ne s'était jamais habitué à la déférence que son peuple ne cessait de lui témoigner depuis ce jour désastreux, dix ans auparavant, durant lequel son groupe de mineurs avait été découvert par les elfes noirs dans des couloirs à l'est de Blingdenpierre, près de Menzoberranzan. Horriblement mutilé et ayant perdu presque tout son sang, Belwar avait réussi à se traîner jusqu'à la cité. Il avait été le seul à revenir de l'expédition.

Le groupe de svirfnebelins s'écarta pour lui donner une vue dégagée de la pièce où se tenait le drow. De l'intérieur, la salle circulaire aux murs de pierre semblait inviolable, sans autre ouverture que la lourde porte aux joints d'acier. Elle était pourtant dotée d'une fenêtre rendue invisible par un sort, qui permettait aux gardes d'observer le prisonnier sans que lui les voie ou les entende. Belwar étudia Drizzt pendant quelques instants.

— C'est un drow, souffla le maître-terrassier de sa voix caverneuse. (Il était agacé car il ne comprenait toujours pas pourquoi on était venu le chercher.) Semblable à n'importe quel drow.

— Le prisonnier prétend vous avoir rencontré dans l'Outreterre, lui dit un des anciens. (Il termina sa phrase en regardant le sol et, dans un murmure, il ajouta :) Ce jour de grand deuil.

Belwar tressaillit de nouveau. Combien de fois devrait-il revivre ce jour ?

— Cela se pourrait, dit-il d'un ton évasif. J'aurais bien du mal à faire la différence entre deux drows, et je n'ai d'ailleurs aucune envie de m'y essayer !

— C'est vrai qu'ils se ressemblent tous, ajouta l'autre.

Alors que le svirfnebelin parlait, Drizzt tourna la tête ; maintenant il leur faisait face sans le savoir, l'illusion de la pierre les dissimulant à sa vue.

— Peut-être vous rappellerez-vous son nom, maître-terrassier, intervint un autre ancien.

Il fit une pause quand il s'aperçut de l'intérêt soudain de Belwar pour le drow.

La chambre circulaire n'était pas éclairée et, dans l'obscurité, les yeux d'une créature capable de distinguer le spectre infrarouge brillaient intensément. Normalement, ils se transformaient en deux points de lumière rouge mais, dans le cas du prisonnier, il n'en était rien. Même dans le noir, ses yeux restaient lavande.

Belwar se souvenait de ce regard.

— *Magga cammara*, Drizzt, bredouilla-t-il.

— Vous le connaissez donc ! crièrent simultanément plusieurs des svirfnebelins.

Belwar leva les bras ; l'un se terminait par la pointe d'une pioche de mithral, l'autre par une tête de marteau.

— Ce drow, ce Drizzt, c'est lui qui est responsable de ma condition, essaya-t-il d'expliquer.

Il y eut des murmures ; certains faisaient déjà des prières pour le prisonnier condamné, pensant que ce souvenir irritait le maître-terrassier.

— On en reste donc à la décision du roi Schnicktick ; le drow sera exécuté immédiatement, dit l'un d'entre eux.

— Mais il… Ce Drizzt m'a sauvé la vie, objecta Belwar. (Les autres, incrédules, se tournèrent vers lui.) La décision de me couper les mains n'était pas la sienne. C'est lui qui a suggéré de me laisser rentrer à Blingdenpierre. « Pour l'exemple », avait-il dit. Mais j'avais compris qu'il n'avait prononcé ces paroles que pour calmer ses cruels congénères. En vérité, il voulait que je sois épargné !

Une heure plus tard, un seul conseiller svirfnebelin – celui qui lui avait parlé un instant plus tôt – vint voir Drizzt.

— Le roi a décidé que tu devais être exécuté, dit-il sans ambages en s'approchant de la chaise où était toujours attaché l'elfe.

— Je comprends, répondit le drow le plus calmement

possible. J'accepte ce verdict. (Il regarda ses entraves pendant un instant.) Je n'ai de toute façon pas d'autre choix.

Le svirfnebelin s'immobilisa et contempla son imprévisible prisonnier. Il croyait vraiment à sa sincérité. Avant qu'il continue à lui expliquer le déroulement de la journée, Drizzt décida de parler.

—Je te demande une faveur.

Le gnome le laissa finir, curieux d'entendre ce que cet elfe singulier avait à dire.

—La panthère. Tu t'apercevras que Guenhwyvar est une partenaire valeureuse et une amie sincère. Quand je ne serai plus, tu dois t'assurer qu'elle soit offerte à un maître qui la mérite, Belwar Dissengulp peut-être. Promets-le-moi, noble gnome.

Le svirfnebelin secoua sa tête chauve, non pas en signe de refus mais d'incrédulité.

—Le roi, bien qu'il ait des remords, ne pouvait prendre le risque de te laisser en vie, dit-il sombrement. (Il fit ensuite un large sourire avant d'ajouter :) Mais la situation a changé !

Drizzt baissa la tête, osant à peine y croire.

—Le maître-terrassier s'est souvenu de toi, elfe noir. Belwar Dissengulp a intercédé en ta faveur et il accepte de te prendre sous sa responsabilité !

—Alors... je ne vais pas mourir ?

—Non, à moins que tu amènes la mort sur toi.

Drizzt avait du mal à trouver ses mots.

—Et je vais être autorisé à vivre parmi vous ? À Blingdenpierre ?

—Cela reste à déterminer, répondit le svirfnebelin. Belwar Dissengulp a parlé en ta faveur et cela est une très bonne chose. Pour l'instant, tu vas vivre avec lui. Par la suite, peut-être...

Il ne termina pas sa phrase et haussa les épaules, l'air dubitatif.

Après son expérience de prisonnier, la promenade à travers les cavernes de Blingdenpierre était une vraie renaissance pour le drow tourmenté. Tout ce que voyait Drizzt dans la cité svirfnebeline contrastait avec Menzoberranzan. Les elfes noirs avaient fait de l'immense caverne qui abritait leur cité une véritable œuvre d'art, d'une beauté incontestable. La cité des gnomes des profondeurs était belle elle aussi, mais elle conservait un aspect brut. Là où les drows avaient transformé leur environnement pour satisfaire leurs goûts, les svirfnebelins s'étaient fondus dans le décor naturel.

Menzoberranzan, dont le plafond était si haut qu'on ne le voyait même pas, était bien plus vaste que Blingdenpierre. La cité drow se composait de bâtiments semblables à de véritables forteresses, abritant chacun une famille qui vivait repliée sur elle-même. Dans la cité des gnomes régnait un sens collectif de l'habitat, comme si derrière les immenses portes de pierre et d'acier se tenait une structure unique, un abri communautaire contre les dangers omniprésents de l'Outreterre.

L'architecture de Blingdenpierre était différente, elle aussi. Tout comme les traits de ses habitants, les lignes de la cité étaient arrondies et accueillantes. À l'opposé, Menzoberranzan était un lieu tout en angles, aussi aiguisés que la pointe d'une stalactite, avec des ruelles et des recoins sombres. Drizzt considérait que la physionomie des deux cités en disait long sur la nature de leur peuple respectif : douce pour la première, dure pour la seconde. Et il espérait que les habitants de Blingdenpierre se révéleraient aussi généreux que les courbes de leur cité.

L'habitation de Belwar se trouvait dans l'une des cavités les plus éloignées du centre ; c'était une petite structure de pierre aménagée autour de l'ouverture d'une grotte plus petite encore. À la différence de la plupart des habitations svirfnebelines, celle du maître-terrassier avait une porte d'entrée.

L'un des cinq gardes qui escortait Drizzt frappa à la porte avec le manche de sa masse.

— Salutations, très vénérable maître-terrassier. Par ordre du roi Schnicktick, nous te livrons le drow.

Drizzt prit note du ton respectueux de la voix du garde. Il avait toujours craint pour Belwar depuis ce fameux jour, il y a plus de dix ans, et il s'était constamment demandé si le fait de lui avoir coupé les mains n'avait pas été plus cruel que de le tuer. Les infirmes ne vivaient pas longtemps dans l'Outreterre.

La porte de pierre s'ouvrit et Belwar salua ses hôtes. Immédiatement, ses yeux rencontrèrent ceux de Drizzt, et le regard qu'ils échangèrent était le même qu'il y a dix ans, lorsqu'ils s'étaient séparés.

Le drow lut de la gravité dans les yeux du maître-terrassier, mais la fierté était toujours là, même si elle avait un peu perdu en intensité. Drizzt ne voulait pas regarder les membres mutilés du svirfnebelin ; leur vue lui rappelait trop de cruels souvenirs. Mais, inévitablement, le regard du drow glissa sur le torse musclé de Belwar jusqu'à l'extrémité de ses bras qui pendaient le long de son corps.

Contrairement à ce qu'il avait craint, Drizzt fut émerveillé en découvrant les « mains » de Belwar. Au bout de son bras droit, parfaitement ajustée, se trouvait la tête rectangulaire d'un marteau en mithral, sur laquelle étaient sculptés de magnifiques runes ainsi qu'un élémental de terre et d'autres créatures que Drizzt ne connaissait pas.

La « main » gauche de Belwar était tout aussi spectaculaire ; il s'agissait d'une pioche à double tête, elle aussi en mithral et pareillement ornée de runes et de gravures, dont l'une des plus remarquables, située sur la surface plane du côté le plus large de l'instrument, était un dragon prenant son envol. Drizzt pouvait sentir la magie palpiter dans les mains de Belwar. Il comprit que de nombreux autres svirfnebelins, artisans et magiciens, avaient participé à la fabrication de ces objets hors du commun.

— Utiles, fit remarquer Belwar.

Il avait laissé Drizzt contempler ses mains de mithral pendant un long moment.

— Magnifiques, souffla Drizzt.

Et il ne parlait pas que du marteau et de la pioche. Bien sûr que les mains du gnome étaient extraordinaires, mais leur fabrication – et tout ce qu'elle supposait – avait encore plus de valeur aux yeux du drow. Si un elfe noir, et particulièrement un mâle, avait rampé jusqu'à Menzoberranzan mutilé comme l'avait été Belwar, il aurait été rejeté par sa famille et condamné à errer seul, jusqu'au jour où un esclave ou un autre drow aurait mis fin à sa misérable existence. Il n'y avait pas de place pour la faiblesse physique dans la société drow. Ici, au contraire, les svirfnebelins avaient accepté Belwar et s'étaient occupés de lui de la plus belle des manières.

Drizzt regarda de nouveau le maître-terrassier dans les yeux.

— Tu t'es souvenu de moi, dit-il. J'avais craint…

— Nous parlerons plus tard, Drizzt Do'Urden, l'interrompit Belwar. (Il s'adressa ensuite aux gardes dans sa langue, que Drizzt ne comprenait pas.) Si votre tâche est accomplie, vous pouvez nous laisser.

— Nous sommes à vos ordres, très vénérable maître-terrassier, répondit l'un d'eux. (Drizzt remarqua le léger frisson qui parcourut Belwar à la mention du titre.) Le roi nous a chargés d'escorter le drow jusqu'à vous et de rester à vos côtés en attendant que toute la vérité soit faite à son sujet.

— Vous pouvez partir alors, répliqua Belwar, sa voix puissante laissant pointer une certaine colère. (Il finit sa phrase en regardant directement Drizzt.) Je sais déjà tout ce qu'il y a à savoir sur lui. Je ne suis pas en danger.

— Mais, très vénérable…

— Il n'y a pas de « mais » qui tienne, trancha Belwar en voyant que le garde voulait encore discuter. Vous pouvez partir. Je m'en suis porté garant, je m'en occupe et je n'ai rien à craindre de lui.

Le garde s'inclina profondément et s'éloigna d'un pas lent. Belwar emmena Drizzt à l'intérieur tout en lui faisant furtivement remarquer que deux des gardes s'étaient postés à proximité.

— Ils se préoccupent trop de ma santé, fit-il sèchement dans la langue drow.

— Tu devrais être reconnaissant d'une telle attention, objecta Drizzt.

— Mais je suis reconnaissant ! riposta Belwar, son visage empourpré par la colère.

Drizzt comprit que le maître-terrassier n'était pas un ingrat ; simplement il ne pensait pas mériter que l'on s'occupe autant de lui. Il ne s'attarda pas sur le sujet pour éviter d'embarrasser plus longtemps le fier svirfnebelin.

L'intérieur de la maison de Belwar était spartiate. Il y avait une table en pierre, un seul tabouret, quelques étagères sur lesquelles étaient posés des pots et des cruches, et un foyer surplombé d'une grille métallique pour la cuisine. Dans la pièce du fond, dont l'entrée était grossièrement taillée, se trouvaient ses quartiers. Le mobilier était constitué en tout et pour tout d'un hamac suspendu entre les deux murs. Un second hamac, acquis récemment à l'intention de Drizzt, était plié sur le sol. Une veste de cuir était accrochée au mur du fond au-dessus d'une pile de sacs et autres sacoches.

— Nous l'accrocherons dans l'entrée, dit Belwar en pointant sa main-marteau en direction du hamac. (Drizzt se dirigeait vers l'objet quand Belwar l'arrêta avec sa main-pioche.) Nous nous en occuperons plus tard. D'abord tu dois me dire pourquoi tu es venu ici.

Il contempla les vêtements élimés et le visage éraflé et sale du drow. Il était évident que celui-ci avait passé une longue période à arpenter l'Outreterre.

— Et surtout, tu dois me dire d'où tu viens.

Drizzt se laissa tomber sur le sol et s'adossa au mur.

— Je suis venu car je n'avais nulle part ailleurs où aller, répondit-il honnêtement.

— Depuis combien de temps vis-tu hors de ta cité, Drizzt Do'Urden ? lui demanda Belwar avec douceur.

Même lorsqu'il baissait le ton, la voix du gnome sonnait aussi clairement qu'une cloche finement accordée. Sa capacité à exprimer une compassion sincère ou à inspirer de la terreur – deux exemples parmi tant d'autres – simplement en modulant l'intensité de sa voix émerveillait le drow.

Drizzt haussa les épaules et laissa sa tête partir en arrière, les yeux rivés au plafond. Son esprit tentait de remonter le temps.

— Des années… J'ai arrêté de compter. (Il regarda de nouveau le svirfnebelin.) Le temps ne veut pas dire grand-chose dans les couloirs de l'Outreterre.

À la vue de l'état pitoyable dans lequel se trouvait le drow, Belwar ne pouvait que croire à la sincérité de ses paroles ; pourtant quelque chose l'intriguait. Il s'approcha de la table au centre de la pièce et s'assit sur le tabouret. Il avait vu Drizzt se battre ; une fois, il l'avait même vu vaincre un élémental de terre, ce qui n'était pas chose facile ! Mais s'il disait la vérité, s'il avait vraiment survécu seul dans l'obscurité de l'Outreterre pendant des années, alors son respect pour lui n'en serait que plus grand.

— Tu dois me raconter toutes tes aventures, Drizzt Do'Urden. Je dois tout savoir de toi, ainsi je serai mieux à même de comprendre le but de ta venue dans la cité des ennemis de ta race.

Drizzt fit une longue pause, se demandant par où commencer. Il avait confiance en Belwar – pouvait-il faire autrement ? –, mais il ne savait pas si le svirfnebelin pouvait comprendre le dilemme qui l'avait forcé à quitter la sécurité de Menzoberranzan. Est-ce que le gnome, qui vivait dans une communauté fondée sur l'entraide et l'amitié, pourrait prendre la mesure de la tragédie que représentait la vie à Menzoberranzan ? Drizzt en doutait, mais il n'avait pas d'autre choix que de raconter son histoire.

D'une voix douce, il se mit à relater à Belwar les dix dernières années de sa vie ; la guerre larvée entre la Maison Do'Urden et la Maison Hun'ett ; sa rencontre avec Masoj et Alton, à l'issue de laquelle il avait obtenu Guenhwyvar ; le sacrifice de Zaknafein, son mentor, père et ami ; sa décision, à la suite de ce drame, d'abandonner sa famille et leur déesse maléfique, Lolth. Belwar comprit que Drizzt parlait de la déesse noire que les gnomes des profondeurs appelaient également Lolth, mais il ne releva pas. En écoutant le drow, il fut convaincu que l'intuition qu'il avait eue à son sujet, alors qu'il ne connaissait pas ses réelles intentions, ce fameux jour où ils s'étaient rencontrés, plusieurs années auparavant, était juste. Le gnome se prit même à trembler et à frissonner pendant que Drizzt continuait à raconter sa vie dans l'Outreterre, sa rencontre avec le basilic et l'affrontement qui l'avait opposé à son frère et à sa sœur.

Avant même que l'elfe noir ait mentionné les raisons qui l'avaient poussé à partir à la recherche des svirfnebelins – la solitude insoutenable et la peur de perdre son identité dans la sauvagerie nécessaire à la survie dans l'obscurité –, Belwar les avait devinées. Au moment de raconter les derniers jours qui précédèrent son entrée dans Blingdenpierre, Drizzt choisit ses mots avec une extrême précaution. Il n'était toujours pas en paix avec ce qu'il ressentait et n'avait pas encore surmonté les peurs qu'il nourrissait quant à son identité profonde. Il n'était pas encore prêt à s'en ouvrir à son nouveau compagnon, même s'il lui faisait confiance.

Quand Drizzt eut fini, le maître-terrassier garda le silence, se contentant de le regarder. Il comprenait combien ce récit avait été douloureux et ne chercha pas à en savoir davantage.

— *Magga cammara*, chuchota simplement le svirfnebelin.

Drizzt le regarda d'un air interrogateur.

— Par les pierres, expliqua Belwar. *Magga cammara.*

— Par les pierres, en effet, acquiesça Drizzt.

Un long et inconfortable silence s'ensuivit.

— C'est une bien belle histoire, en tout cas, finit par dire Belwar.

Il tapota l'épaule du drow en allant chercher le hamac dans sa chambre. Avant même que Drizzt ait pu se lever pour l'aider, Belwar avait tout installé.

— Dors en paix, Drizzt Do'Urden, dit-il alors qu'il se retirait dans sa chambre. Ici tu n'as pas d'ennemis et aucun monstre ne rôde derrière ma porte.

Belwar disparut dans l'autre pièce et Drizzt resta seul, submergé par le tumulte de ses pensées et de ses émotions.

Il n'était pas encore apaisé mais il retrouvait l'espoir.

8

Étrangers

Drizzt observait par la porte ouverte de la maison de Belwar la routine quotidienne de la cité svirfnebeline, comme il le faisait chaque jour depuis plusieurs semaines. Il avait le sentiment que sa vie était encore en suspens, que tout tournait au ralenti. Il n'avait ni vu ni entendu Guenhwyvar depuis qu'il habitait dans la maison de Belwar et il ne s'attendait pas que son *piwafwi*, son armure et ses armes lui soient rendus de sitôt. Il acceptait tout cela stoïquement, se disant que lui et la panthère étaient bien mieux maintenant qu'ils ne l'avaient été depuis longtemps, et que les svirfnebelins prenaient soin de la statuette ainsi que de ses autres possessions. Il ne pouvait que laisser les événements suivre leur cours.

Belwar, qui ne quittait sa maison qu'en de rares occasions, était sorti ce jour-là. Bien que les discussions avec le gnome ne soient pas fréquentes – Belwar n'était pas du genre à parler juste pour entendre le son de sa propre voix –, Drizzt regrettait que le maître-terrassier soit absent. Leur amitié grandissait.

Un groupe de jeunes svirfnebelins passèrent devant la maison et crièrent quelques mots à l'adresse du drow. C'était déjà arrivé auparavant, surtout au cours des premiers jours qui avaient suivi son arrivée dans la cité. Au début, il s'était demandé si on le saluait ou si on l'insultait. Cette fois-ci, il comprit le sens amical de ces paroles car Belwar avait pris le temps de lui enseigner les rudiments de la langue locale.

Le maître-terrassier revint quelques heures plus tard et trouva Drizzt assis sur un tabouret, occupé à regarder le monde défiler devant lui.

— Dis-moi, elfe noir, l'apostropha-t-il de sa voix chaude et mélodieuse. Que vois-tu quand tu nous observes ? Sommes-nous si différents de ton peuple ?

— Ce que je vois me remplit à la fois d'espoir et de désespoir, répondit Drizzt.

Belwar comprenait. Il savait que la société svirfnebeline correspondait davantage aux principes du drow renégat, mais qu'observer l'effervescence de Blingdenpierre de loin évoquait de douloureux souvenirs à son nouvel ami.

— J'ai rencontré le roi Schnicktick aujourd'hui. En vérité, il montre beaucoup d'intérêt à ton égard.

— Plutôt de la curiosité, rectifia Drizzt en souriant.

Belwar se demandait quelles souffrances pouvait bien cacher ce sourire.

Il esquissa un petit geste d'excuse, désarmé par la sincérité de son ami.

— De la curiosité, si tu veux, mais, sans vouloir t'offenser, tu es loin de ressembler à l'image que nous nous faisons des drows.

— Cela ne m'offense pas le moins du monde. Toi

et ton peuple m'avez donné plus que ce que j'avais osé espérer. Si j'avais été tué lors de mon premier jour dans la cité, je n'en aurais pas tenu rigueur aux svirfnebelins.

Belwar s'aperçut que Drizzt fixait le groupe de jeunes gnomes.

— Tu devrais aller les voir, lui suggéra-t-il.

Drizzt, surpris, le dévisagea. C'était la première fois depuis qu'ils partageaient cette maison que le svirfnebelin proposait une telle chose. Drizzt avait supposé qu'il restait l'hôte du maître-terrassier, et que, par conséquent, celui-ci était chargé de contrôler ses allées et venues.

Belwar fit un signe de tête vers la porte, réitérant silencieusement sa proposition. De l'autre côté de la caverne, le groupe de jeunes svirfnebelins, qui étaient environ une dizaine, avait commencé un concours de lancer de pierres, plutôt volumineuses. Le but était d'atteindre un faux basilic grandeur nature, fabriqué avec des roches et de vieilles armures. Les svirfnebelins faisaient preuve d'un grand talent dans l'art de la magie et de l'illusion ; l'un d'entre eux avait justement gommé, grâce à des enchantements mineurs, les irrégularités que présentait le faux basilic afin de le rendre plus lisse et donc beaucoup plus réaliste.

— Elfe noir, il faut que tu sortes d'ici, combien de temps encore te contenteras-tu des murs nus de ma maison ? le raisonna Belwar.

— Ils te suffisent bien, rétorqua Drizzt d'un ton un peu plus agressif qu'il l'avait voulu.

— C'est vrai, répondit Belwar d'une voix douce en haussant les épaules et en embrassant la pièce du regard.

Drizzt percevait sa profonde tristesse. Quand le gnome se retourna vers l'elfe, son visage rond avait une expression résignée.

—*Magga cammara*, elfe noir, que cela te serve de leçon.

—Pourquoi ? lui demanda Drizzt. Pourquoi Belwar Dissengulp, le très vénérable maître-terrassier (l'intéressé tressaillit de nouveau en l'entendant prononcer ces mots), se terre-t-il dans l'obscurité de sa propre maison ?

La mâchoire de Belwar se contracta et ses yeux noirs s'étrécirent.

—Sors d'ici, dit-il de sa voix forte. Tu es encore jeune, elfe noir, et tu as tout l'avenir devant toi. Moi je suis vieux, ma vie est derrière moi.

—Tu n'es pas si vieux que ça, commença à argumenter Drizzt.

Il était déterminé, cette fois-ci, à pousser le maître-terrassier à révéler ce qui le troublait tant. Mais Belwar se dirigea silencieusement vers sa chambre et tira la couverture qui faisait office de porte.

Drizzt secoua la tête et, frustré, il frappa son poing dans la paume de sa main. Belwar avait tant fait pour lui : il l'avait sauvé de la sentence du roi Schnicktick, était devenu son ami au fil des semaines et lui avait appris le langage de son peuple et ses coutumes. Drizzt n'avait pas pu lui rendre la pareille, mais il voyait bien que le maître-terrassier en avait gros sur le cœur. Il avait envie de se précipiter dans la chambre de Belwar et de l'obliger à partager ses sombres pensées.

Cependant, Drizzt ne se sentait pas autorisé à agir de la sorte avec son nouvel ami. Il se jura de trouver l'explication de la douleur du maître-terrassier le moment venu. Pour l'instant, il était lui-même devant un dilemme. Allait-il sortir dans Blingdenpierre comme Belwar l'avait encouragé à le faire ou non ?

Drizzt observa de nouveau le groupe de jeunes svirfnebelins. Trois d'entre eux se tenaient parfaitement immobiles devant l'effigie du basilic, feignant d'avoir été changés en pierre. Curieux, Drizzt se dirigea vers le pas de la porte et, avant même de s'en rendre compte, il était dehors et s'approchait des jeunes gnomes.

Ceux-ci abandonnèrent leur jeu dès que le drow arriva près d'eux ; la rencontre avec l'elfe noir dont ils n'avaient cessé de parler depuis des semaines les intéressait bien davantage. Ils se précipitèrent autour de lui, échangeant des murmures qui trahissaient leur curiosité.

Drizzt sentit ses muscles se tendre involontairement alors que les svirfnebelins l'encerclaient. Le chasseur en lui y voyait une menace qu'il ne pouvait tolérer. L'elfe noir dut mener une bataille intérieure intense pour étouffer son alter ego en se rappelant avec force que les jeunes gnomes n'étaient pas ses ennemis.

— Salutations, ami drow de Belwar Dissengulp, dit l'un en guise d'introduction. Je m'appelle Seldig, et je suis en apprentissage pour devenir mineur dans moins de trois ans.

Il fallut un long moment à Drizzt pour comprendre les paroles que le jeune gnome venait de prononcer à toute allure. Il avait en revanche compris l'importance du futur métier de Seldig, car Belwar lui avait expliqué que les mineurs, ceux qui allaient dans l'Outreterre à la recherche des minerais rares et des pierres précieuses, occupaient l'une des positions sociales les plus élevées de toute la cité.

— Salutations, Seldig. Je suis Drizzt Do'Urden, répondit finalement l'elfe noir.

Ne sachant pas trop quoi faire, il croisa ses bras sur sa poitrine. C'était un signe de paix chez les elfes mais il ne savait pas s'il avait le même sens dans toute l'Outreterre.

Les svirfnebelins échangèrent des regards et reproduisirent son geste. Ils sourirent devant le soupir de soulagement de Drizzt.

— On dit que tu es allé dans l'Outreterre, continua Seldig.

Il fit signe à Drizzt de les suivre, lui et ses compagnons, vers l'aire de jeu.

— J'y ai vécu plusieurs années, répondit Drizzt en lui emboîtant le pas.

La proximité des gnomes des profondeurs mettait le chasseur en lui de plus en plus mal à l'aise, mais l'elfe noir arrivait à contrôler sa paranoïa. Quand le groupe atteignit le faux basilic, Seldig s'assit et demanda à Drizzt de raconter quelques-unes de ses aventures.

Le drow hésita, car il ne maîtrisait pas suffisamment leur langue, mais Seldig et les autres insistèrent. Drizzt finit par accepter et se leva. Il passa un moment à rassembler ses pensées pour essayer de trouver une histoire qui pourrait intéresser ses auditeurs. Inconsciemment, son regard parcourut la caverne pour trouver l'inspiration. Il s'arrêta sur l'effigie du monstre.

— C'est un basilic, expliqua Seldig.

— Je sais, j'ai déjà croisé une telle créature.

Il se retourna nonchalamment vers le groupe et fut surpris par leur réaction. Seldig et tous ses compagnons s'étaient rapprochés ; ils étaient bouche bée, l'air à la fois interrogateur, terrifié et ravi.

— Tu as vu un basilic, elfe noir ? Un vrai basilic, vivant ? demanda, incrédule, l'un d'entre eux.

Drizzt eut un sourire quand il comprit la raison de leur stupéfaction. Les svirfnebelins, au contraire des elfes noirs, protégeaient les plus jeunes de leur communauté. Bien que ces gnomes aient probablement le même âge que lui, ils n'étaient jamais – ou presque – sortis de Blingdenpierre, alors qu'au même âge les jeunes drows parcouraient les tunnels hors de Menzoberranzan depuis plusieurs années déjà. Ce qui, aux yeux des jeunes gnomes, rendait incroyable le fait que Drizzt reconnaisse le basilic, c'était que ce monstre extraordinaire était très rare, même dans l'Outreterre.

— Tu disais que les basilics n'existaient pas, cria l'un des svirfnebelins à un autre en lui décochant un coup sur l'épaule.

— Je n'ai jamais dit ça, protesta celui-ci en lui rendant la pareille.

— Mon oncle en a vu un, une fois, intervint un troisième.

— Ton oncle n'a vu que des marques sur un mur ! Il n'y a que lui qui en a déduit que c'étaient des empreintes de basilic, plaisanta Seldig.

Le sourire de Drizzt s'élargit. Les basilics étaient des créatures magiques plus communes dans d'autres plans d'existence. Alors que les drows, en particulier les hautes prêtresses, ouvraient souvent des portes vers d'autres dimensions, pour les svirfnebelins, l'existence de tels monstres avait quelque chose d'incroyable.

Seuls très peu d'entre eux avaient posé un jour les yeux sur un vrai basilic. Drizzt eut un petit rire en pensant qu'ils devaient être encore moins nombreux à en avoir réchappé !

— Si ton oncle avait remonté la piste et retrouvé le monstre, continua Seldig, il serait, encore aujourd'hui, un tas de pierres dans un des tunnels ! Et, je vous le dis, les pierres ne racontent pas d'histoires !

Le jeune gnome à qui Seldig venait de s'adresser regarda autour de lui dans l'espoir d'entendre quelqu'un contester la démonstration de ce dernier.

— Drizzt Do'Urden en a vu un, et il n'a rien d'une statue de pierre ! finit-il par dire lui-même. (Tous les yeux se posèrent de nouveau sur Drizzt.) En as-tu réellement vu un, elfe noir ? demanda Seldig. Je te demande de me dire la vérité.

— Oui, une fois, répondit Drizzt.

— Et tu lui as échappé avant de croiser son regard ? poursuivit le jeune gnome.

C'était une question que lui et ses compagnons considéraient comme purement rhétorique.

— Échappé ? répéta Drizzt. (Il n'était pas sûr de la signification de ce mot dans le langage svirfnebelin.)

— Échappé, ça veut dire, heu… s'enfuir, expliqua Seldig.

Il regarda l'un de ses camarades qui, brusquement, feignit d'être pris de terreur, trébucha et courut avec frénésie quelques mètres plus loin. Les autres gnomes applaudirent la performance et Drizzt se joignit aux rires.

— Tu as donc fui le basilic avant de croiser son regard, raisonna Seldig.

Drizzt haussa les épaules, un peu embarrassé, et Seldig devina qu'il ne disait pas tout.

— Tu ne t'es pas enfui ?

— Je ne pouvais pas… m'enfuir, expliqua Drizzt. Le basilic avait envahi mon refuge et tué beaucoup de mes rothés. (Il s'arrêta pour trouver le mot svirfnebelin correspondant et il prit le temps de l'expliquer.) Les endroits où s'installer sont difficiles à trouver dans les vastes étendues de l'Outreterre. Lorsqu'on a la chance d'en trouver un, il faut le défendre coûte que coûte.

— Tu l'as combattu ? s'écria une voix à l'arrière du groupe.

— En lui jetant des pierres de loin ? C'est la méthode recommandée, intervint Seldig.

Drizzt regarda les énormes rochers que les jeunes gnomes avaient tout à l'heure lancés sur le faux basilic puis considéra sa gracile constitution.

— Je n'arriverais même pas à soulever l'une de ces pierres, dit-il en éclatant de rire.

— Alors comment ? Tu dois nous le dire, le supplia Seldig.

Maintenant, Drizzt tenait son récit. Il fit une pause de quelques instants, le temps de rassembler ses pensées. Il savait que ses connaissances de la langue svirfnebeline étaient trop limitées pour qu'il parvienne à rendre compte de tous les détails de son histoire. Il décida donc de joindre le geste à la parole. Il prit deux bâtons que les svirfnebelins avaient en leur possession pour imiter ses cimeterres, puis il examina le faux basilic pour s'assurer qu'il supporterait son poids.

Les jeunes svirfnebelins se pressèrent autour de Drizzt pendant qu'il plantait le décor, expliquant en quoi consistait son sort de ténèbres et décrivant la position de Guenhwyvar, sa panthère. Les svirfnebelins étaient assis sur leurs mains et retenaient leur respiration tandis qu'ils l'écoutaient. Le monstre prenait vie dans leur esprit. Ils le visualisaient, énorme, ainsi que Drizzt, cet étranger à leur monde, qui le suivait furtivement dans l'obscurité.

Le spectacle suivait son cours puis le moment vint pour Drizzt de simuler le combat. Il entendit les svirfnebelins haleter à l'unisson lorsqu'il bondit sur le dos du basilic et entreprit de remonter jusqu'à la tête du monstre en se déplaçant avec précaution. Drizzt se sentait porté par leur excitation et cela raviva ses souvenirs.

Il avait l'impression d'y être de nouveau.

Les gnomes des profondeurs se rapprochèrent, pressentant une démonstration flamboyante d'escrime de la part de ce drow exceptionnel qui avait vécu dans les profondeurs de l'Outreterre.

Quelque chose de terrible se produisit alors.

Au moment où il s'apprêtait à frapper le faux monstre avec l'un de ses bâtons, Drizzt cessa d'être un conteur qui amusait son auditoire avec une histoire de valeureux guerrier pour redevenir le chasseur qui, ce jour-là, avait terrassé le basilic dans les tunnels qui entouraient son antre.

Il enfonçait ses bâtons dans les yeux du monstre et donnait des coups violents dans la tête de pierre.

Les svirfnebelins reculèrent, certains par peur, d'autres par simple précaution. Le chasseur s'acharnait sur la pierre qui commençait à s'ébrécher et à se lézarder. Le rocher qui figurait la tête du monstre se détacha et tomba, entraînant l'elfe noir dans sa chute. Celui-ci exécuta un roulé-boulé parfait, se remit sur ses pieds et repartit aussitôt à l'assaut, frappant furieusement avec ses bâtons. Les armes de bois se brisèrent et les mains de Drizzt se mirent à saigner, mais le chasseur ne voulait pas abandonner.

Des mains puissantes de gnomes l'attrapèrent par les bras pour tenter de le calmer. Le chasseur fit face à ces nouveaux adversaires. Ils étaient plus forts que lui et ils le tenaient fermement, mais grâce à quelques mouvements adroits, il leur fit perdre l'équilibre. Le chasseur les frappa aux genoux avant de faire volte-face et de les repousser avec force.

Il se remit aussitôt en position d'attaque, ses faux cimeterres brisés prêts à l'emploi, alors qu'un nouvel ennemi s'approchait de lui.

Belwar n'avait pas peur ; il tenait ses bras largement écartés, dans une attitude pacifique.

— Drizzt ! Drizzt Do'Urden ! appelait-il sans relâche.

Le chasseur regardait le marteau et la pioche du svirfnebelin, et la vue de ses mains de mithral lui rappela des souvenirs apaisants. Brusquement, il fut de nouveau Drizzt. Sonné et honteux, il laissa tomber ses bâtons et regarda ses mains écorchées.

Belwar retint le drow alors qu'il s'évanouissait, le prit dans ses bras et le porta jusqu'à son hamac.

Le sommeil de Drizzt fut agité par des rêves troublants, des souvenirs de l'Outreterre et de cette part sombre de lui-même, à laquelle il ne pouvait échapper.

— Comment expliquer mes actes ? demanda-t-il à Belwar quand celui-ci le trouva assis sur le bord de la table en pierre, plus tard dans la nuit. Comment puis-je me faire pardonner ?

— Il n'y a rien à pardonner, dit Belwar.

Drizzt le regarda, stupéfait.

— Tu ne comprends pas, commença l'elfe noir.

Il se demandait comment faire pour que le maître-terrassier comprenne la puissance des forces qui s'étaient emparées de lui.

— Tu as passé de nombreuses années dans l'Outreterre, survivant là où personne ne le pourrait, dit Belwar.

— Mais ai-je seulement survécu ? s'interrogea Drizzt à voix haute.

La main-marteau se posa doucement sur son épaule et le maître-terrassier vint s'asseoir à ses côtés. Ils restèrent ainsi toute la nuit. Drizzt ne dit rien de plus, et Belwar respecta son silence. Il savait que son rôle, cette nuit-là, consistait simplement à être près de son ami.

Ils ne savaient pas combien de temps s'était écoulé quand ils entendirent la voix de Seldig de l'autre côté de la porte.

— Viens, Drizzt Do'Urden. Viens nous raconter une autre de tes aventures dans l'Outreterre.

Drizzt lança à Belwar un regard d'incompréhension ; il se demandait si cette invitation était une farce perfide ou une blague ironique.

Le sourire du gnome dissipa ses doutes.

— *Magga cammara*, elfe noir, ils ne te laisseront jamais tranquille, gloussa Belwar.

— Renvoie-les ! insista Drizzt.

— Tu veux abandonner, toi qui as survécu aux épreuves de l'obscurité ? répondit le svirfnebelin, d'une voix plus ironique que d'habitude.

— C'est trop dangereux, expliqua Drizzt, désespéré. (Il cherchait ses mots.) Je ne le contrôle pas… je n'arrive pas à m'en débarrasser…

— Va avec eux, elfe noir ; ils feront plus attention cette fois.

— Cette… bête… me suit, essaya d'expliquer Drizzt.

— Peut-être encore pour un petit moment, répondit le maître-terrassier d'un ton léger. *Magga cammara*, Drizzt Do'Urden ! Qu'est-ce que cinquante jours comparés aux dix ans que tu as passés à survivre dans l'Outreterre ? Tu arriveras à te libérer de cette… bête.

L'elfe vit dans le regard gris foncé de Belwar Dissengulp qu'il était sincère.

— Mais seulement si tu te décides à l'affronter, conclut le svirfnebelin.

— Allez, viens, Drizzt Do'Urden, appela de nouveau Seldig.

Cette fois, et toutes celles qui suivirent, Drizzt, et seulement Drizzt, répondit à l'appel.

Le roi des myconides regardait l'elfe noir rôder dans la partie inférieure de la caverne qui était recouverte de mousse. Il savait que ce n'était pas le même drow que celui qui était parti, mais Drizzt, qui était le seul elfe noir qu'il avait rencontré auparavant, avait été un allié. Oubliant le danger, le géant de trois mètres descendit à la rencontre de l'étranger.

L'esprit-fantôme de Zaknafein n'essaya ni de fuir ni de se cacher à l'approche de l'homme-champignon. Il tenait ses épées. Le roi des myconides émit un nuage de spores pour tenter d'entrer en liaison télépathique avec le nouveau venu.

Mais les monstres morts-vivants existaient simultanément dans deux plans distincts, et leur esprit était imperméable à de telles tentatives. Le corps de Zaknafein faisait face au myconide, mais son esprit était beaucoup plus loin, relié à sa forme corporelle par la volonté de Matrone Malice. L'esprit-fantôme franchit les derniers mètres qui le séparaient de son adversaire.

Le myconide émit un second nuage de spores destiné cette fois à apaiser un rival. En vain. L'esprit-fantôme se rapprochait à une allure régulière ; le géant souleva ses bras puissants et les abattit sur lui.

Zaknafein brisa l'élan de l'attaque en décochant avec ses lames aiguisées une suite de coups rapides qui sectionnèrent les mains du myconide. Plus rapide que l'éclair, l'esprit-fantôme taillada le torse du roi, lui causant de profondes blessures qui le firent tomber en arrière.

Du niveau supérieur, des dizaines de myconides, les plus âgés et les plus forts, se précipitèrent au secours de leur roi blessé. L'esprit-fantôme les vit approcher mais il n'en avait pas peur. Il acheva tranquillement le géant et fit face à l'assaut.

Les hommes-champignons arrivèrent, émettant toutes sortes de spores. Zaknafein les ignora – aucune ne pouvait l'affecter – et il se concentra seulement sur les bras armés. Les myconides chargèrent tout autour de lui.

Mais tous trépassèrent.

Ils s'étaient occupés de leur champignonnière pendant des siècles en secret, vivant en paix et suivant leur propre voie. Mais l'esprit-fantôme n'en avait cure. La découverte de la grotte abandonnée qui avait servi de refuge à Drizzt l'avait plongé dans une rage qu'il lui fallait évacuer. Zaknafein escalada la paroi jusqu'à la champignonnière et déchiqueta tout ce qui se trouvait sur son chemin.

Les champignons géants tombaient comme des arbres abattus. En contrebas, le petit troupeau de rothés, nerveux de nature, s'éparpilla dans une folle cavalcade dans les tunnels de l'Outreterre. Les quelques myconides restants, témoins de la puissance de cet elfe noir, tentèrent d'échapper à sa folie destructrice. Mais ils se déplaçaient avec lenteur et Zaknafein les chassa sans répit jusqu'au dernier.

De leur règne dans la grotte et de la champignonnière qu'ils avaient entretenue pendant si longtemps, il ne resta bientôt plus rien.

9

Des murmures dans les tunnels

La patrouille svirfnebeline avançait pas à pas dans le tunnel tortueux, marteaux de guerre et pioches prêts à servir. Bien qu'ils ne soient pas loin de Blingdenpierre – à moins d'une journée de marche –, les gnomes des profondeurs avaient adopté les formations de guerre qu'ils réservaient d'ordinaire à leurs expéditions dans l'Outreterre profonde.

Le tunnel puait la mort.

Le gnome de tête, sentant que le lieu du carnage était tout proche, regarda prudemment par-dessus un rocher.

— *Des gobelins!* transmirent ses sens à ses compagnons.

Ces derniers entendirent le message aussi clairement que s'il avait été prononcé à voix haute, grâce à la liaison empathique qui reliait les svirfnebelins entre eux et leur permettait d'échanger des pensées simples.

C'est de cette manière qu'ils communiquaient lorsqu'ils étaient confrontés aux dangers de l'Outreterre.

Les autres svirfnebelins saisirent leurs armes et commencèrent, non sans excitation, à élaborer un plan de bataille en utilisant leur lien empathique. Le chef de file, le seul à avoir regardé par-dessus le rocher, les interrompit pour leur transmettre une information capitale.

— *Des gobelins morts !*

Les autres firent le tour du rocher et découvrirent une scène effroyable. Une vingtaine de gobelins gisaient sur le sol, tailladés et transpercés de toutes parts.

— C'est l'œuvre de drows, chuchota un des svirfnebelins.

Il avait remarqué la netteté des blessures et l'évidente facilité avec laquelle les lames avaient transpercé la peau de ces infortunées créatures. Parmi toutes les races de l'Outreterre, les drows étaient les seuls à manier des lames aussi coupantes et fines.

— *Trop près*, répondit par liaison empathique un autre gnome des profondeurs tout en donnant un coup dans l'épaule de celui qui venait de s'exprimer.

— Ils sont morts depuis au moins une journée, intervint un autre à voix haute, méprisant la prudence de son compagnon. Aucun elfe noir ne s'attarderait par ici, ce n'est pas dans leurs habitudes.

— Comme il n'est pas dans leurs habitudes de massacrer une bande de gobelins, répliqua celui qui voulait garder le silence. Surtout quand il y a des prisonniers à faire !

— Ils auraient fait des prisonniers s'ils comptaient retourner directement à Menzoberranzan, fit remarquer le premier. (Il se tourna vers le chef.) maître-terrassier Krieger, nous devons tout de suite retourner à Blingdenpierre pour faire un rapport sur ce massacre !

— C'est un peu léger pour un rapport. Des gobelins morts dans un tunnel, ce n'est pas si rare.

— Ce n'est pas le seul signe d'activité drow dans la zone, objecta l'autre.

Le maître-terrassier ne pouvait contester ni la justesse des paroles de son compagnon ni la sagesse de sa suggestion. Deux autres patrouilles étaient revenues récemment à Blingdenpierre avec des histoires de monstres retrouvés morts – probablement tués par des drows – dans les couloirs de l'Outreterre.

— Et regardez, continua l'autre gnome des profondeurs.

Il se pencha pour récupérer une bourse qu'avait sur lui l'un des gobelins. Il l'ouvrit et en sortit une poignée de pièces d'or et d'argent.

— Quel genre d'elfe noir serait pressé au point de laisser derrière lui un tel butin ?

— Comment être sûrs que c'est là l'œuvre de drows ? demanda Krieger, bien que lui-même en soit persuadé. Peut-être que d'autres créatures sont venues sur notre territoire, ou alors des ennemis moins dangereux, comme des orques ou d'autres gobelins, ont trouvé des armes drows.

— *Drows !* répondirent plusieurs autres gnomes d'une seule pensée.

— Les entailles sont nettes et précises, dit l'un. Et rien ne semble indiquer qu'il y ait eu des blessés dans le camp adverse. Qui d'autre que les elfes noirs tue avec autant d'efficacité ?

Le maître-terrassier Krieger s'avança seul un peu plus loin dans le passage, cherchant parmi les pierres des indices susceptibles de l'aider à résoudre ce mystère.

À la différence de la plupart des créatures, les gnomes des profondeurs avaient un lien privilégié avec les pierres, mais les parois rocheuses ne lui dirent rien. Les gobelins avaient été tués par des armes, pas par les griffes d'un monstre et, pourtant, ils n'avaient pas été détroussés. Tous les corps étaient concentrés sur un petit périmètre, ce qui prouvait que les gobelins n'avaient pas eu le temps de fuir. Que ces vingt gobelins aient été tués aussi rapidement impliquait qu'ils avaient dû être attaqués par une patrouille drow assez nombreuse et, même si les elfes noirs n'avaient été qu'une poignée, l'un d'entre eux au moins aurait pillé les corps.

— Que fait-on maintenant, maître-terrassier ? demanda l'un des svirfnebelins qui se tenait derrière Krieger. On continue vers le filon de minerai signalé ou on retourne faire notre rapport à Blingdenpierre ?

Krieger était un vieux svirfnebelin qui pensait connaître toutes les ruses de l'Outreterre. Il n'aimait pas les mystères et cette scène sans le moindre indice le laissait perplexe. Il décida de rentrer, et relaya son ordre par le biais de la liaison empathique. Personne ne le contredit ; les gnomes des profondeurs veillaient toujours à éviter autant que possible les drows.

La patrouille adopta une formation défensive serrée et prit le chemin du retour.

Planant très haut dans l'ombre des stalactites, l'esprit-fantôme de Zaknafein Do'Urden observait le cortège et suivait attentivement sa trace.

Le roi Schnicktick, penché en avant sur son trône de pierre, écoutait attentivement les paroles du maître-terrassier. Ses conseillers, assis autour de lui, étaient tout aussi curieux que nerveux, car ce rapport confirmait deux précédents récits qui donnaient à penser que des drows circulaient dans les tunnels est.

— Pourquoi la cité de Menzoberranzan se rapprocherait-elle de nos frontières ? demanda l'un des conseillers quand Krieger eut terminé. Nos agents n'ont pas fait mention d'intentions belliqueuses. Nous aurions sûrement été prévenus si le Conseil régnant avait des velléités expansionnistes.

— Indéniablement, assura le roi. (Il tentait de calmer les bavardages anxieux que les paroles du conseiller avaient déclenchés.) Je tiens à vous rappeler à tous que nous ne savons pas encore si ces tueries sont bien le fait des elfes noirs.

— Je vous demande pardon, mon roi, hésita Krieger.

— Je sais, maître-terrassier, répondit aussitôt Schnicktick en agitant sa main devant son visage buriné pour empêcher toute contestation. Vous êtes absolument sûr de vos observations, et je vous connais suffisamment pour avoir confiance dans votre jugement. Malgré tout, je ne ferai aucune supposition tant que personne n'aura vu cette patrouille drow de ses propres yeux.

— La seule chose que nous pouvons dire, c'est que quelque chose de dangereux s'est introduit dans le secteur est, intervint un autre conseiller.

— Certes. Nous devons découvrir ce qu'il s'y passe. À partir de maintenant, les tunnels seront fermés à toute expédition minière. (De nouveau, le roi Schnicktick fit un geste pour calmer les lamentations qui s'élevaient de l'assemblée.) Je sais que plusieurs veines de minerai prometteuses nous ont été signalées ; nous nous en occuperons dès que nous le pourrons. Mais jusqu'à nouvel ordre, l'accès aux secteurs est, nord-est et sud-est sera réservé exclusivement aux patrouilles guerrières. Celles-ci vont être doublées, en nombre comme en effectif, et leur rayon d'action va être étendu afin de couvrir tout le territoire se situant à trois jours de marche de Blingdenpierre. Nous devons rapidement résoudre ce mystère.

— Que fait-on avec nos agents postés dans la cité drow ? Devons-nous les contacter ? demanda un conseiller.

Schnicktick leva les bras, ses paumes tournées vers la foule.

— Calmez-vous, nous allons garder nos oreilles grandes ouvertes, mais nous ne devons pas informer nos ennemis que nous les soupçonnons de tramer quelque chose.

Le roi Schnicktick ne voulait pas exprimer ses doutes quant à la fiabilité de leurs agents à Menzoberranzan. Ces informateurs acceptaient les pierres précieuses svirfnebelines en échange de petits renseignements, mais si le pouvoir de Menzoberranzan planifiait une action d'envergure contre Blingdenpierre, ces mêmes agents se retourneraient contre eux.

— Si nous entendons quoi que ce soit d'inhabituel en provenance de Menzoberranzan ou si nous découvrons que les intrus sont, en effet, des drows, alors nous ferons jouer davantage notre réseau. En attendant, laissons les patrouilles faire leur travail.

Sur ce, le roi renvoya ses conseillers, préférant rester seul dans la salle du trône pour faire le point sur ces sombres nouvelles. Plus tôt dans la semaine déjà, il avait entendu parler de l'attaque sauvage de Drizzt contre l'effigie du basilic.

Depuis quelque temps, le roi Schnicktick de Blingdenpierre entendait beaucoup trop parler des elfes noirs.

⚔ ⚔ ⚔ ⚔ ⚔

Les patrouilles svirfnebelines s'enfonçaient de plus en plus loin dans les galeries est. Même lorsqu'ils ne trouvaient rien, les groupes revenaient à Blingdenpierre perplexes, car le calme qu'ils avaient perçu dans l'Outreterre était anormal. Jusque-là, aucun svirfnebelin n'avait été blessé, mais ils étaient tous anxieux à l'idée de repartir en reconnaissance. Une créature maléfique arpentait les tunnels, ils le savaient d'instinct ; une créature qui tuait sans hésitation et sans pitié.

Une patrouille découvrit la caverne qui avait autrefois servi de refuge à Drizzt. Le roi Schnicktick fut attristé quand il apprit que les paisibles myconides et leur précieuse champignonnière avaient été détruits.

Malgré d'interminables heures passées dans les tunnels, les svirfnebelins n'avaient pas encore mis la main sur un seul ennemi. Ils continuaient à penser que les elfes, connus pour être secrets et brutaux, étaient impliqués.

— Et maintenant nous avons un drow qui vit dans notre cité, rappela au roi l'un des conseillers lors d'une de leurs sessions quotidiennes.

— A-t-il causé des problèmes ? demanda le roi.

— Rien de sérieux, répondit le conseiller. Belwar Dissengulp, le très vénérable maître-terrassier, continue à s'en porter garant. Il considère le drow comme un invité dans sa maison, non comme un prisonnier ; c'est pour cette raison qu'il refuse catégoriquement que des gardes escortent le drow.

— Que ce dernier soit surveillé, mais de loin, ordonna le roi après un moment de réflexion. Si c'est un ami, comme semble le croire maître Dissengulp, il ne doit pas souffrir de notre ingérence.

— Et en ce qui concerne les patrouilles ? intervint un autre conseiller. (Il s'agissait du représentant de la caverne de l'entrée qui abritait la garnison de la cité.) Mes soldats commencent à fatiguer. En dehors de quelques traces de combat et de l'écho de leurs propres pas, ils n'ont rien vu ni entendu.

— Nous devons rester en alerte ; si ces elfes noirs sont nombreux…, lui rappela le roi Schnicktick.

— Ce n'est pas le cas, interrompit fermement le conseiller. Nous n'avons trouvé aucun campement ni aucune trace laissant penser qu'il ait pu y en avoir un. Cette patrouille de Menzoberranzan, si elle existe, frappe puis se retire dans un sanctuaire que nous n'arrivons pas à localiser, peut-être parce qu'il est d'essence magique.

— Et si les elfes noirs voulaient réellement attaquer Blingdenpierre, renchérit un autre conseiller, laisseraient-ils autant de traces de leur passage ? Le premier massacre, les gobelins trouvés par le maître-terrassier Krieger, a eu lieu il y a près de dix jours, et la tragédie des myconides s'est déroulée encore avant. Je n'ai jamais entendu parler d'elfes noirs rôdant pendant plusieurs jours dans les parages d'une cité ennemie et laissant des indices tels que des gobelins morts avant de lancer l'assaut.

Cela faisait quelque temps maintenant que le roi en était arrivé aux mêmes conclusions. Quand il se réveillait chaque matin et qu'il trouvait Blingdenpierre encore intacte, il avait l'impression que la menace d'une guerre avec Menzoberranzan s'éloignait. Même s'il partageait les idées de ses conseillers, il ne pouvait ignorer les scènes atroces que ses soldats avaient vues dans les tunnels est. Une chose, probablement d'origine drow, se trouvait là et elle était bien trop proche à son goût.

— Réfléchissons, proposa le roi. Si Menzoberranzan n'a pas le projet de nous attaquer, alors, pourquoi y a-t-il des elfes à notre porte ? Pourquoi des drows hanteraient-ils nos tunnels si loin de chez eux ?

— Des visées expansionnistes ? hasarda l'un des conseillers.

— Des renégats ? s'interrogea un autre.

Aucune de ses hypothèses n'était vraisemblable. Un troisième conseiller fit alors une suggestion, si simple qu'elle laissa les autres sans voix.

— Ils sont à la recherche de quelque chose.

Le roi des svirfnebelins laissa tomber lourdement son menton entre ses mains, comprenant qu'il s'agissait sans doute du chaînon manquant à leur raisonnement ; il s'en voulait de ne pas y avoir pensé plus tôt.

— Mais quoi ? demanda un des conseillers qui, manifestement, ressentait la même chose. Les elfes noirs exploitent rarement la pierre, et ils n'obtiennent pas de très bons résultats lorsqu'ils s'y essaient ; ils n'auraient de toute façon pas besoin d'aller aussi loin de Menzoberranzan pour trouver des minerais précieux. Que peuvent-ils bien chercher si près de Blingdenpierre ?

— Quelque chose qu'ils ont perdu, répondit le roi. (Immédiatement, il pensa au drow qui était venu vivre parmi eux. Cette coïncidence ne pouvait être écartée.) Ou quelqu'un.

Tout le monde comprit où il voulait en venir.

— Peut-être devrions-nous convier notre invité drow au prochain conseil ?

— Non, assura le roi. Mais surveiller ce Drizzt à distance ne suffit plus. Informez Belwar Dissengulp que dorénavant le drow fera l'objet d'une surveillance de chaque instant. Quant à vous, Firble, maintenant que nous sommes d'accord sur le fait qu'aucune guerre imminente n'est à craindre avec les elfes noirs, veillez à activer notre réseau d'espions. Rapportez-moi des informations de Menzoberranzan, et rapidement. La perspective d'avoir des drows aux portes de ma cité ne me plaît guère ; ça dévaloriserait tellement le voisinage.

Le conseiller Firble, chef de la police secrète de Blingdenpierre, fit un signe de tête en signe d'assentiment, bien que la demande du roi ne le réjouisse guère. Les informations venant de Menzoberranzan n'étaient jamais bon marché et s'avéraient fiables seulement la moitié du temps – pour le reste, il ne s'agissait que de mensonges savamment mis au point. Firble n'aimait pas avoir affaire à qui ou quoi que ce soit qui puisse être plus intelligent que lui, et il plaçait les drows tout en haut de sa liste noire.

L'esprit-fantôme observait une autre patrouille svirfnebeline qui poursuivait son chemin parmi le dédale de tunnels. Ces derniers jours, la sagesse tactique de celui qui avait été le plus grand maître d'armes de tout Menzoberranzan avait tenu en respect le bras armé et sanguinaire du monstre mort-vivant. Zaknafein ne comprenait pas vraiment pourquoi le nombre de patrouilles avait augmenté, mais il sentait bien qu'il mettrait sa mission en danger s'il s'en prenait à l'une d'entre elles. Une attaque contre un ennemi aussi organisé déclencherait une alarme qui se propagerait sans aucun doute le long de ces couloirs et avertirait Drizzt.

Suivant la même logique, l'esprit-fantôme avait sublimé ses pulsions barbares contre les autres créatures vivantes, évitant volontairement les confrontations avec les nombreux habitants de la zone, afin que les patrouilles de gnomes ne trouvent aucun indice de sa présence. La volonté maléfique de la Matrone Malice Do'Urden suivait chacun de ses mouvements, frappant constamment aux portes de son esprit, l'étouffant littéralement. Chaque tuerie que perpétrait Zaknafein l'apaisait temporairement ; il devait faire appel à toute sa sagesse tactique pour résister à ses injonctions sauvages. La petite étincelle de raison qui lui restait lui disait qu'il ne retrouverait la paix de la mort que lorsque Drizzt Do'Urden aurait sombré, lui aussi, dans le sommeil éternel.

Aussi garda-t-il ses épées dans leur fourreau tandis que les gnomes passaient devant lui.

Alors qu'un autre groupe de svirfnebelins fatigués repartait vers l'ouest, une intuition soudaine frappa l'esprit-fantôme. Puisque les gnomes des profondeurs étaient aussi nombreux dans cette région, il était fort probable que Drizzt Do'Urden ait déjà été en contact avec eux.

Cette fois-ci, Zaknafein ne laissa pas les patrouilleurs sortir de son champ de vision ; quittant sa retraite au milieu des stalactites, il se laissa flotter jusqu'en bas et se cala sur le rythme de la patrouille. Un nom affleura à la lisière de sa conscience, un souvenir de sa vie passée.

— Blingdenpierre, essaya de dire l'esprit-fantôme à voix haute.

C'était le premier mot que le monstre mort-vivant de la Matrone Malice essayait de prononcer. Mais il n'émit qu'un rugissement incompréhensible.

10

La culpabilité de Belwar

Au cours des jours qui suivirent, Drizzt sortit à de nombreuses reprises avec Seldig et ses nouveaux amis. Sur les recommandations de Belwar, les jeunes gnomes des profondeurs n'entraînaient le drow que dans des jeux discrets et calmes ; ils ne l'incitaient plus à rejouer devant eux les nombreux et excitants combats qu'il avait menés dans l'Outreterre.

Les premières fois, Belwar l'observait du pas de sa porte. Le maître-terrassier faisait confiance à Drizzt, mais il connaissait aussi les épreuves qu'il avait endurées – une vie de sauvagerie et de brutalité qu'il lui serait difficile d'oublier.

Rapidement pourtant, il constata, ainsi que tous ceux qui observaient le drow, que Drizzt avait établi une relation stable avec les jeunes de la cité et qu'il n'était plus un danger pour les habitants de Blingdenpierre. Même le roi Schnicktick, que les événements à l'extérieur de la cité avaient rendu inquiet, convenait que l'on pouvait lui faire confiance.

— Tu as un visiteur, dit Belwar à Drizzt, un matin.

Ce dernier suivit le maître-terrassier jusqu'à la porte de pierre, pensant que Seldig était venu le chercher plus tôt ce jour-là. Quand Belwar ouvrit la porte, Drizzt faillit tomber à la renverse tant il fut surpris, car ce n'était pas un svirfnebelin qui se tenait là, mais une grande et sombre silhouette féline.

— Guenhwyvar ! s'écria le drow en s'accroupissant pour étreindre la panthère qui courait vers lui.

Elle le renversa et s'amusa à le maintenir au sol avec ses grosses pattes.

Quand, se dégageant enfin des pattes de la panthère, Drizzt réussit à s'asseoir, Belwar se rapprocha et lui tendit la figurine d'onyx.

— Il est certain que le conseiller chargé de l'examiner était triste de s'en séparer. Mais Guenhwyvar est ta meilleure amie.

Drizzt ne trouvait pas les mots pour répondre. Depuis son arrivée ici, les gnomes des profondeurs de Blingdenpierre l'avaient mieux traité qu'il le méritait, du moins le pensait-il. Qu'ils lui restituent à présent cet objet magique si puissant et lui témoignent une confiance si totale le touchait profondément.

— Quand tu en auras envie, tu pourras retourner à la maison centrale, là où tu as été emprisonné au début, pour récupérer tes armes et ton armure, continua Belwar.

Drizzt était un peu effrayé, car il se souvenait de l'incident avec le faux basilic. Quels dégâts aurait-il causés s'il avait été armé de ses cimeterres plutôt que de bâtons ?

— Nous les garderons là-bas en sécurité, dit le gnome des profondeurs. (Il comprenait la soudaine détresse de son ami.) Tu pourras les reprendre dès que tu en ressentiras le besoin.

— Je te suis redevable, je suis redevable à tout le peuple de Blingdenpierre, déclara Drizzt.

— Tu ne nous dois rien, l'amitié est gratuite, répondit Belwar en lui adressant un clin d'œil.

Il entra dans sa chambre-grotte afin de laisser Drizzt et Guenhwyvar à leurs retrouvailles.

Seldig et ses amis furent agréablement surpris lorsque Drizzt vint les rejoindre avec la panthère à ses côtés. En voyant le félin jouer avec les svirfnebelins, l'elfe ne pouvait s'empêcher de se rappeler ce jour tragique, presque dix ans auparavant, où il avait vu Masoj lancer Guenhwyvar à la poursuite du dernier rescapé du groupe de Belwar. Apparemment, la panthère n'avait gardé aucun souvenir de cet épisode, car elle batifola avec les jeunes gnomes toute la journée.

Drizzt aurait aimé lui aussi pouvoir oublier les erreurs de son passé.

⚔⚔⚔⚔⚔

Quelques jours plus tard, alors qu'ils prenaient tranquillement leur repas du matin, Belwar et Drizzt entendirent une voix qui venait de l'extérieur.

— Très vénérable maître-terrassier !

Le gnome des profondeurs s'immobilisa ; Drizzt, qui commençait à bien connaître son hôte, remarqua la lueur de tristesse qui passa sur son visage.

— Le roi a rouvert les tunnels est. Il y aurait une riche veine de minerai à moins d'une journée de marche. Cela ferait honneur à mon expédition si Belwar Dissengulp daignait se joindre à nous, continua la voix.

Un sourire plein d'espoir s'épanouit sur le visage de l'elfe, non parce qu'il voulait partir à l'aventure, mais parce qu'il trouvait que Belwar se tenait trop en retrait du reste de la communauté.

— C'est le maître-terrassier Brickers, expliqua le gnome à Drizzt d'un air grave. (Il ne partageait visiblement pas son enthousiasme.) C'est l'un de ceux qui viennent me solliciter avant chaque expédition pour me demander de les accompagner.

— Et tu n'y vas jamais, remarqua Drizzt.

— Il ne le fait que par courtoisie, dit Belwar, le visage fermé.

— Car tu n'es sûrement pas digne de travailler à leurs côtés, ajouta l'elfe d'un ton sarcastique.

Il pensait avoir enfin découvert la raison de l'isolement de son ami. Il décida de le provoquer.

— Je t'ai vu utiliser tes mains de mithral, tu serais un atout pour n'importe quelle expédition ! Pourquoi te complais-tu à te croire plus infirme que les autres te voient ?

Belwar abattit sa main-marteau sur la table, fissurant celle-ci sur une grande longueur.

— Je peux creuser la roche beaucoup plus vite que n'importe lequel d'entre eux ! Et si des monstres nous attaquent...

Il agita sa main-pioche d'un air menaçant ; Drizzt ne doutait pas qu'il savait s'en servir.

— Bonne journée, très vénérable maître-terrassier. Comme toujours, nous respecterons ta décision mais, comme toujours, nous la regretterons, continua la voix à l'extérieur.

Drizzt regarda Belwar avec curiosité.

— Si tout le monde, toi y compris, te trouve compétent, alors pourquoi n'y vas-tu pas ? Je sais que les svirfnebelins adorent ces expéditions, et pourtant tu n'y vas jamais. Tout comme tu ne parles jamais de tes aventures hors de Blingdenpierre. Est-ce ma présence qui te retient ici ? Es-tu obligé de me surveiller ?

— Non, répondit Belwar de sa voix puissante qui résonna longtemps aux oreilles sensibles de l'elfe. On t'a rendu tes armes, elfe noir. Ne doute pas de notre confiance.

— Mais…

Drizzt s'interrompit ; il venait de comprendre les causes de la réticence du gnome des profondeurs.

— Ce combat… ce jour maudit, il y a plus de dix ans, poursuivit-il doucement, presque en s'excusant. (Belwar détourna le regard.) Tu te sens responsable de la mort des tiens.

L'elfe parlait d'une voix de plus en plus forte à mesure qu'il suivait son raisonnement.

Quand Belwar se retourna de nouveau, ses yeux étaient remplis de larmes.

Drizzt passa sa main dans sa chevelure blanche ; il avait vu juste mais ne savait plus quoi dire au svirfnebelin. Il avait lui-même mené la patrouille drow contre l'expédition minière des gnomes des profondeurs, et il savait qu'aucun d'entre eux n'était responsable de ce désastre. Mais comment pouvait-il le faire comprendre à Belwar ?

— Je me rappelle ce jour comme si c'était hier, comme si ces terribles instants étaient gravés à jamais dans ma mémoire.

— C'est la même chose pour moi, murmura le maître-terrassier.

— Je me sens aussi coupable que toi. (Belwar le regarda, interloqué.) J'étais à la tête de cette patrouille. J'ai fait l'erreur de vous prendre pour des maraudeurs qui voulaient attaquer Menzoberranzan.

— Toi ou un autre…, intervint le svirfnebelin.

— J'étais le meilleur, là-bas… (Il regarda vers la porte.) Dans les régions sauvages de l'Outreterre, j'étais chez moi. C'était mon territoire. (Belwar était suspendu à ses lèvres, comme Drizzt l'avait espéré.) Et c'est moi qui ai détruit l'élémental de terre. Sans moi, le combat aurait été plus équilibré. Plusieurs svirfnebelins auraient pu rentrer à Blingdenpierre. (Belwar ne put réprimer un sourire. Il y avait de la vérité dans les paroles de l'elfe car, en effet, il avait fait pencher la balance. Mais il trouvait que Drizzt, dans son désir de soulager son sentiment de culpabilité, prenait des libertés avec les faits.) Je ne comprends pas que tu puisses t'en vouloir. Avec moi à la tête de la patrouille, vous n'aviez aucune chance, dit l'elfe dans un sourire.

Il espérait qu'un peu d'humour réconforterait son ami.

— *Magga cammara!* C'est un sujet trop douloureux pour en plaisanter, répondit Belwar, sans pouvoir s'empêcher de rire.

Drizzt reprit son sérieux.

— Je suis d'accord. Mais plaisanter d'une tragédie vaut mieux que de vivre enlisé dans la culpabilité d'un incident dont personne n'est responsable. Enfin… si ! C'est Menzoberranzan et ses habitants qui sont à blâmer. C'est leur façon d'envisager l'existence qui a condamné votre expédition minière pacifique.

— C'est le maître-terrassier qui est responsable de son groupe, c'est le seul habilité à monter une expédition, le seul à devoir en assumer les conséquences, rétorqua Belwar.

— Tu as choisi de mener ton groupe si près de Menzoberranzan ? demanda Drizzt.

— En effet, répondit Belwar.

— De ton propre chef? insista l'elfe. (Il estimait suffisamment connaître la société svirfnebeline pour savoir que la plupart, pour ne pas dire la totalité, des décisions importantes se prenaient en commun.) Sans Belwar Dissengulp, aucun de ces mineurs ne serait allé dans cette région ?

— Nous savions qu'il y avait un riche filon à exploiter. Le conseil avait décidé que le jeu en valait la chandelle.

— Toi ou un autre..., dit Drizzt, reprenant les mots de Belwar.

— Un maître-terrassier doit assumer la responsabil..., commença le gnome des profondeurs avant de détourner le regard.

— Ils ne t'en veulent pas, ils t'honorent et prennent soin de toi, enchaîna Drizzt.

— Ils ont pitié de moi ! rugit Belwar.

— As-tu besoin de leur pitié ? hurla l'elfe à son tour. Es-tu inférieur à eux? Un infirme qui n'est plus bon à rien ?

— Jamais de la vie !

— Alors va avec eux! Vois s'ils ont vraiment pitié de toi. Je suis persuadé que non, mais, si tes soupçons sont fondés, si ton peuple a vraiment pitié de son « très vénérable maître-terrassier », alors montre-leur qui est le véritable Belwar Dissengulp ! Et s'ils ne te témoignent ni condescendance ni rancœur, ne le fais pas à leur place !

Belwar observa son ami pendant un long moment mais ne répondit rien.

— Tous les mineurs qui t'accompagnaient connaissaient les risques qu'il y avait à venir si près de Menzoberranzan, lui rappela Drizzt. (Un sourire éclaira le visage de l'elfe.) Aucun d'entre vous, même pas toi, ne savait que vous alliez croiser le chemin de Drizzt Do'Urden. Vous seriez tous restés chez vous, sinon !

— *Magga cammara*, marmonna Belwar.

Il était surpris par l'attitude blagueuse du drow et aussi par le fait que, pour la première fois depuis dix ans, il se sentait mieux. Il se leva de table, fit un sourire à Drizzt et se dirigea vers sa chambre.

— Où vas-tu ?

— Me reposer, tout cela m'a fatigué, répondit le maître-terrassier.

— L'expédition va partir sans toi.

Belwar fit volte-face et adressa un regard incrédule à l'elfe noir. Espérait-il vraiment qu'il oublierait aussi facilement tant d'années de culpabilité et qu'il irait aussitôt se joindre à une expédition ?

— Je croyais Belwar Dissengulp plus courageux.

Le regard menaçant que lui jeta le svirfnebelin fit comprendre à Drizzt qu'il avait touché un point sensible.

— Ce sont des paroles bien téméraires, grimaça Belwar.

— Je n'ai pas peur d'un lâche.

Le svirfnebelin aux mains de mithral s'approcha de lui, bombant son torse musclé à chacune de ses profondes inspirations.

— Si tu ne veux pas que je t'appelle comme ça, prouve-moi que j'ai tort ! lui cria Drizzt au visage. Va avec les mineurs, montre-leur qui est le véritable Belwar Dissengulp !

Belwar frappa ses mains l'une contre l'autre.

— Va chercher tes armes, Drizzt Do'Urden ! lui ordonna-t-il.

L'elfe noir hésita. Était-ce un défi ? Avait-il dépassé la limite en tentant de déculpabiliser le maître-terrassier ?

— Va chercher tes armes, Drizzt Do'Urden ; si je me joins aux mineurs, tu viens avec moi !

L'elfe exultait. Il prit le visage du gnome des profondeurs entre ses mains fines puis posa son front contre le sien. Ils échangèrent un regard d'admiration et d'affection. L'instant d'après, Drizzt courait vers la maison centrale récupérer sa fine cotte de mailles, son *piwafwi* et ses cimeterres.

Incrédule, Belwar se frappa la tempe, manquant de s'assommer, tandis qu'il regardait le drow dévaler le chemin.

Le voyage s'annonçait très intéressant.

Le maître-terrassier Brickers accepta volontiers que Drizzt et Belwar se joignent à eux, ce qui ne l'empêcha pas, alors que le drow avait le dos tourné, d'interroger Belwar du regard quant à la fiabilité de son compagnon. Néanmoins, même un gnome soupçonneux comme lui reconnaissait l'avantage qu'il y avait à compter un elfe noir dans ses rangs pour arpenter les régions sauvages de l'Outreterre, surtout si les rumeurs d'une activité drow dans les tunnels est se révélaient fondées.

Mais la patrouille ne rencontra aucune activité ni aucun carnage au cours de sa progression dans la zone délimitée par les éclaireurs. Le filon de minerai était aussi riche, si ce n'est plus, que l'avaient laissé entendre les rumeurs, et les vingt-cinq mineurs de l'expédition se mirent immédiatement au travail, avec une ardeur dont le drow n'avait jamais été témoin auparavant. Il était surtout heureux de voir les mains de Belwar en action ; celui-ci récoltait le minerai avec une précision et une rapidité qui surpassaient de loin celles des autres mineurs. Il ne fallut pas longtemps au svirfnebelin pour se rendre compte qu'aucun de ses camarades ne le prenait en pitié.

Durant les jours passés dans les tunnels sinueux, Drizzt, secondé par Guenhwyvar quand elle était disponible, montait la garde. Au lendemain du premier jour d'exploitation, le maître-terrassier Brickers leur avait adjoint un troisième compagnon, un svirfnebelin qui était là pour garder un œil sur eux autant que sur les alentours. Néanmoins, avec le temps, la troupe s'était habituée à la présence de l'elfe noir, si bien que Drizzt était désormais libre de faire ce qu'il voulait.

C'était un voyage fructueux et tranquille, comme les gnomes des profondeurs les aimaient. N'ayant rencontré aucun monstre sur leur chemin, les mineurs ne mirent pas longtemps pour remplir leurs wagonnets de leurs précieuses cargaisons. Ils rassemblèrent ensuite leurs équipements, disposèrent les wagonnets en file indienne et prirent le chemin du retour. Ils en auraient pour deux jours à cause de la lourdeur du chargement.

Après seulement quelques heures de voyage, un des éclaireurs revint à la caravane, l'air sinistre.

— Que se passe-t-il ? demanda le maître-terrassier Brickers, sentant que la chance tournait.

— Une tribu de gobelins, ils sont au moins une quarantaine dans une grotte plus loin vers l'ouest en aval, raconta l'éclaireur.

Brickers frappa du poing l'un des wagonnets. Il était sûr que ses mineurs viendraient facilement à bout des gobelins, mais il ne voulait pas de problèmes. De plus, le grincement des roues rendait une approche discrète impossible.

— Fais passer le mot que nous restons là ; s'il doit y avoir un combat, laissons les gobelins venir à nous, décida-t-il au bout d'un moment.

— Quel est le problème ? demanda Drizzt à Belwar en arrivant à l'arrière de la caravane.

Il s'occupait de l'arrière-garde depuis que la troupe avait levé le camp.

— Une bande de gobelins, répondit le gnome. Brickers veut que nous nous cachions en espérant qu'ils passent devant nous sans nous voir.

— Et si cela ne se passe pas comme prévu ? ne put s'empêcher de demander l'elfe.

Belwar frappa ses mains de mithral l'une contre l'autre.

— Ce ne sont que des gobelins, mais nous aurions préféré que la voie soit dégagée, murmura-t-il.

Cela faisait plaisir à Drizzt que ses nouveaux compagnons ne cherchent pas l'affrontement à tout prix, même contre un ennemi qu'ils savaient pouvoir défaire facilement. S'il avait été avec des drows, la tribu de gobelins aurait probablement déjà été massacrée ou capturée.

— Viens avec moi, dit Drizzt à Belwar. J'ai besoin de ton aide pour expliquer mon plan au maître-terrassier Brickers, au cas où je ne maîtriserais pas encore assez toutes les subtilités de votre langue.

Le gnome arrêta Drizzt avec sa main-pioche un peu plus rudement qu'il l'avait voulu.

— Nous ne voulons pas de combat ; il vaut mieux que les gobelins poursuivent leur propre chemin.

— Je ne cherche pas le combat, assura l'elfe avec un clin d'œil.

Satisfait, Belwar lui emboîta le pas.

Brickers afficha un large sourire quand Belwar lui traduisit le plan du drow.

— Les expressions sur les visages des gobelins vont valoir leur pesant d'or, dit en riant le chef de l'expédition. J'aimerais bien t'accompagner !

— Il vaudrait mieux que ce soit moi qui y aille, intervint Belwar. Je connais à la fois le drow et le langage des gobelins, et tu as des responsabilités ici au cas où cela tournerait mal.

— Je connais aussi la langue des gobelins et je comprends suffisamment notre ami Drizzt. En ce qui concerne mes fonctions au sein de la caravane, elles ne sont pas si importantes, surtout qu'un autre maître-terrassier nous accompagne.

— Un maître-terrassier qui n'a pas mis les pieds dans l'Outreterre depuis longtemps, dois-je te le rappeler ? tenta Belwar.

— Mais tu étais le meilleur, rétorqua Brickers. La caravane est maintenant sous ton commandement, Belwar Dissengulp. J'ai décidé d'aller à la rencontre des gobelins en compagnie du drow.

Drizzt avait saisi la majeure partie de l'échange et, avant même que Belwar tente de protester, il lui mit la main sur l'épaule.

— Si nous n'arrivons pas à tromper les gobelins, viens vite et frappe fort.

Brickers ôta son équipement et ses armes, et suivit l'elfe noir. Belwar s'en retourna lentement vers les autres, ne sachant pas trop quelle allait être leur réaction. D'un seul regard, il comprit qu'ils étaient tous prêts à le suivre.

Le maître-terrassier Brickers ne fut en effet pas déçu par les expressions de surprise qu'il lut sur le visage des gobelins lorsque lui et le drow arrivèrent dans leur camp. L'un d'eux poussa un cri perçant et les attaqua avec une lance. Drizzt, utilisant ses pouvoirs magiques, l'aveugla complètement en plongeant sa tête dans une sphère de ténèbres, ce qui n'empêcha pas le gobelin de projeter son arme au jugé. Drizzt dégaina son cimeterre et coupa la lance en deux en plein vol.

Brickers, les mains liées car il faisait semblant d'être prisonnier, resta bouche bée devant la facilité et la rapidité avec lesquelles le drow s'était débarrassé de la menace. Il vit que les autres gobelins étaient aussi impressionnés que lui.

— Un pas de plus et ils sont morts, promit Drizzt dans la langue des gobelins, une suite de gémissements et de grognements gutturaux.

Le svirfnebelin comprit le sens de la phrase quelques instants plus tard, quand il entendit des bruits de bottes et des gémissements venant de derrière. Il se retourna et vit deux gobelins entourés de flammèches pourpres – encore un tour de magie drow – s'enfuir aussi vite que leurs petites jambes le leur permettaient.

Il considéra l'elfe avec encore plus de stupéfaction ; comment avait-il su qu'on les attaquait par-derrière ?

Brickers ne savait rien du chasseur, cette facette de Drizzt qui lui permettait de toujours avoir une longueur d'avance dans ce genre de situation, pas plus qu'il ne pouvait se douter que, à cet instant précis, le drow était engagé dans une lutte contre ce dangereux alter ego.

L'elfe noir regarda son cimeterre, puis les gobelins. Ils étaient au moins une trentaine, pourtant le chasseur lui soufflait d'attaquer ces misérables créatures afin de les voir détaler dans tous les couloirs qui partaient de la grotte. Un regard à son compagnon ligoté lui rappela son plan et lui permit de faire taire le chasseur.

— Qui est votre chef ? leur demanda-t-il dans leur langue.

Ce dernier n'était pas enclin à se faire connaître mais, faisant preuve du courage et de la loyauté propres aux gobelins, une dizaine de ses subordonnés s'écartèrent et le montrèrent du doigt.

Le chef désigné gonfla la poitrine et s'avança, tête haute, vers le drow.

— Moi, Bruck ! dit-il en se frappant le torse du poing.

— Que faites-vous ici ? le railla Drizzt.

Bruck ne savait que répondre. Jamais il n'avait imaginé avoir à demander une autorisation pour les déplacements de sa tribu.

— Cette zone appartient au peuple drow. Vous n'avez rien à y faire ! grogna l'elfe.

— Cité drow loin, objecta le gobelin en pointant son doigt dans la mauvaise direction. Ici, terre svirfnebeline.

— Pour le moment, répondit Drizzt en enfonçant dans le dos de Brickers la poignée de son cimeterre. Mais mon peuple a décidé d'envahir ce territoire. (Il fit passer une lueur de démence sur son visage.) Est-ce que Bruck et sa tribu veulent s'y opposer ? (Le gobelin ne réagit pas.) Déguerpissez ! Nous n'avons pas besoin d'esclaves pour l'instant et nous ne voulons pas que des échos de combats trahissent notre présence dans les tunnels. Tu peux t'estimer heureux, Bruck, que je te laisse fuir avec ta tribu… Pour cette fois !

Bruck se tourna vers les siens à la recherche d'un soutien ; ils étaient plus d'une trentaine armés en face d'un seul drow. Ils avaient donc de fortes chances de l'emporter.

— Partez ! ordonna Drizzt en désignant de son cimeterre un passage sur le côté. Courez jusqu'à ce que vos pieds ne puissent plus vous porter !

D'un air de défi, le chef des gobelins cala ses mains sous sa ceinture de corde.

Un martèlement cacophonique retentit dans toute la grotte. Bruck et les autres gobelins regardèrent nerveusement autour d'eux ; Drizzt en profita.

— Tu oses nous défier ? rugit-il tout en encerclant le chef des gobelins de flammes pourpres. Eh bien puisque tu es aussi stupide, tu seras le premier à mourir !

Il n'avait pas fini sa phrase que celui-ci détalait déjà dans le passage que le drow lui avait indiqué un peu plus tôt. Sa tribu, faisant preuve d'une loyauté sans faille, se précipita à sa suite, les plus rapides lui passant même devant.

Quelques instants plus tard, Belwar et les autres mineurs sortirent des tunnels où ils étaient cachés.

— On a pensé que vous auriez peut-être besoin d'un coup de main, expliqua le maître-terrassier aux mains de mithral tout en tapotant la roche avec l'une d'elles.

— Vous ne pouviez pas mieux tomber, très vénérable maître-terrassier, parvint à dire Brickers une fois son fou rire réprimé. C'était parfait, mais nous ne pouvions nous attendre à moins de la part de Belwar Dissengulp !

La caravane svirfnebeline reprit sa route. Ils étaient tous fiers et heureux de la façon dont ils s'étaient sortis d'affaire. De retour à Blingdenpierre, les gnomes des profondeurs, d'habitude si sérieux et travailleurs, firent une fête de tous les diables pour célébrer leur succès dans la grotte.

Drizzt Do'Urden se sentit vraiment chez lui pour la première fois en presque quarante ans de vie.

Et Belwar Dissengulp ne tressaillit plus jamais en s'entendant appeler « très vénérable maître-terrassier ».

L'esprit-fantôme était désorienté. Alors qu'il commençait à croire que sa proie était à l'intérieur de la cité svirfnebeline, il avait, grâce aux pouvoirs dont l'avait doté Malice, senti sa présence dans les tunnels. Heureusement pour Drizzt et ses nouveaux alliés, l'esprit-fantôme était loin derrière eux lorsqu'il avait flairé leur piste. Zaknafein retourna vers la cité en évitant soigneusement les patrouilles de gnomes. Il y parvenait au prix d'une lutte intérieure de plus en plus difficile à remporter, car l'impatience et l'agitation de Matrone Malice augmentaient. Cependant, Zaknafein restait concentré sur son but : retrouver Drizzt.

Mais il perdit de nouveau sa trace.

Bruck poussa un grognement sonore lorsqu'un autre elfe solitaire arriva dans son campement le lendemain. Les gobelins ne tentèrent rien contre lui.

— Nous sommes partis comme on nous l'a ordonné ! se plaignit le chef des gobelins.

Il ne se cachait plus derrière son groupe, car il savait que de toute façon ses subordonnés le désigneraient.

Qu'il ait compris ou non les paroles qui venaient de lui être adressées, Zaknafein continua à avancer droit sur le chef des gobelins, ses armes à la main.

— Mais nous…

La phrase se termina en un gargouillis infâme ; l'esprit-fantôme venait de lui trancher la gorge.

Les gobelins s'éparpillèrent dans toutes les directions. Ceux qui étaient bloqués entre la paroi et le drow devenu fou tentèrent de se défendre avec leurs lances. Zaknafein se rua sur eux, tranchant indifféremment armes et membres. Un des gobelins réussit à esquiver ses lames pour lui enfoncer profondément sa lance dans la hanche.

Le mort-vivant ne broncha pas ; il se tourna vers son téméraire assaillant et lui assena une suite de coups rapides parfaitement ciblés qui le décapitèrent et lui sectionnèrent les deux bras au niveau des épaules.

À la fin, une quinzaine de cadavres jonchaient le sol et le reste de la tribu s'était enfui dans les tunnels. L'esprit-fantôme, couvert du sang de ses ennemis, traversa la salle et repartit à la recherche de l'insaisissable Drizzt Do'Urden.

À Menzoberranzan, dans l'antichambre de la chapelle de la Maison Do'Urden, la Matrone Malice se reposait. Elle était épuisée mais momentanément repue. Elle avait savouré la sauvagerie du massacre perpétré par Zaknafein, ressentant un plaisir intense chaque fois que l'épée du maître d'armes avait transpercé une nouvelle victime.

Elle balaya ses frustrations et son impatience, de nouveau confiante après les délices que venait de lui procurer Zaknafein. Comme elle serait comblée le jour où l'esprit-fantôme retrouverait enfin son traître de fils !

11

L'informateur

Le conseiller Firble de Blingdenpierre avançait à pas hésitants dans la petite caverne où le rendez-vous avait été fixé. Des soldats svirfnebelins, dont plusieurs enchanteurs qui tenaient des pierres leur permettant d'appeler des élémentaux de terre alliés, s'étaient disposés en formation défensive le long de la galerie qui menait à l'ouest de la salle. Malgré cela, Firble n'était pas rassuré. Il regardait l'entrée est avec insistance, se demandant quelles informations allaient lui donner son agent et, surtout, combien elles allaient lui coûter.

À ce moment, le drow fit une entrée théâtrale, ses bottes noires résonnant fortement au contact de la roche. Il jeta un rapide coup d'œil autour de lui pour s'assurer que le svirfnebelin était bien venu seul comme convenu, s'approcha du conseiller et le salua bien bas.

— Salutations, petit ami à la bourse bien garnie, s'esclaffa-t-il.

Sa parfaite maîtrise du langage et des dialectes svirfnebelins jusque dans leurs intonations avait toujours impressionné Firble.

— Vous pourriez faire preuve de plus de discrétion, dit-il en regardant nerveusement autour de lui.

— Bah, lâcha le drow en faisant claquer ses bottes. Vous avez une armée de guerriers et de magiciens avec vous et je… Bref, disons que je suis protégé aussi.

— Je n'en doute pas le moins du monde, Jarlaxle. Je préférerais néanmoins que nos affaires privées restent secrètes, répondit Firble.

— Toutes les affaires de Bregan D'aerthe sont placées sous le sceau du secret, mon cher conseiller, assura le mercenaire en faisant une nouvelle courbette, balayant le sol avec son chapeau à large bord qu'il tenait à la main.

— Arrêtez ce petit jeu ! Finissons-en, et vite, que je puisse rentrer chez moi.

— Je vous écoute, dit Jarlaxle.

— Il y a eu une recrudescence d'activité drow près de Blingdenpierre.

— Ah bon, vraiment ? commenta-t-il, prenant un air surpris.

Mais son petit sourire narquois en disait long sur ses véritables pensées. Des gains faciles se profilaient à l'horizon ; il était sûr que la Mère Matrone de Menzoberranzan qui avait récemment eu recours à ses services était pour quelque chose dans cette histoire. Le mercenaire aimait les coïncidences qui rapportaient.

— Oui, vraiment, répondit le svirfnebelin, qui n'était pas dupe de la comédie du mercenaire.

— Et vous voudriez en connaître la cause ? enchaîna le drow, feignant toujours l'ignorance.

— Cela nous semblerait avisé, ironisa Firble.

Il était fatigué du petit jeu de Jarlaxle ; le conseiller était sûr qu'il était au courant de ce qui se tramait.

Dans la société drow, une crapule sans attache comme lui aurait dû se trouver dans une situation pour le moins difficile. Pourtant, il survivait, prospérait même, car il était au courant de toutes les intrigues qui se nouaient à Menzoberranzan et dans les régions alentour, et il savait tirer profit des précieuses informations qu'il détenait.

— De combien de temps pensez-vous avoir besoin ? interrogea-t-il. Mon roi voudrait que cette affaire soit réglée le plus vite possible.

— Avez-vous apporté ce qu'il faut ? demanda Jarlaxle en tendant la main.

— Vous ne serez payé que lorsque j'aurai l'information, comme convenu, protesta le gnome des profondeurs.

— J'ai déjà votre information ; si vous avez mes pierres précieuses, nous pouvons en finir tout de suite.

Firble détacha une bourse de sa ceinture et la jeta au drow.

— Cinquante agates, finement taillées, maugréa-t-il.

Il avait espéré pouvoir se passer du drow cette fois-ci, car, comme tout autre svirfnebelin, il n'aimait pas dépenser de telles sommes.

Jarlaxle regarda rapidement l'intérieur de la bourse et la rangea dans l'une de ses poches.

— Soyez tranquille, honorable gnome des profondeurs. Menzoberranzan ne prépare aucun coup contre votre cité. Une seule Maison drow s'intéresse à la région.

— Pourquoi ? demanda Firble après un long silence.

Il détestait poser des questions car il savait ce que cela signifiait.

Il déposa dix agates supplémentaires dans la main que lui tendait le mercenaire.

— Cette Maison cherche l'un des siens, un renégat qui a coûté à sa famille les faveurs de la Reine Araignée.

Un silence qui parut interminable s'installa ; le svirfnebelin se doutait bien de l'identité du drow en question, mais le roi Schnicktick ne se contenterait pas d'une simple supposition ; il lui fallait des certitudes. Le conseiller sortit dix nouvelles pierres.

— Quel est le nom de cette Maison ?

— Daermon N'a'shezbaernon, déclara le drow.

Firble était furieux de s'être encore fait avoir.

— Pas le nom ancestral ! bougonna le conseiller.

— Voyons, Firble, soyez plus précis dans vos questions, ironisa le mercenaire. De telles erreurs vous coûtent si cher !

— Donnez-moi les noms de la Maison et du renégat dans des termes que je puisse comprendre. Je ne vous donnerai rien de plus.

Jarlaxle leva la main pour faire taire le gnome des profondeurs.

— D'accord, dit-il en riant, plus que satisfait du gain de l'opération. C'est la Maison Do'Urden, la Huitième Maison de Menzoberranzan, qui est à la recherche de son fils cadet.

Le mercenaire crut déceler quelque chose sur le visage du svirfnebelin. Se pourrait-il que cette rencontre lui fournisse une information qu'il pourrait revendre à Malice ?

— Il s'appelle Drizzt, poursuivit le drow, guettant la réaction du gnome. La Maison Do'Urden est prête à payer le prix fort pour toute information sur l'endroit où il se trouve actuellement.

Firble regarda le drow pendant un long moment.

Avait-il malgré lui laissé paraître un indice quand le nom du renégat avait été révélé ? Si Jarlaxle avait compris que Drizzt était dans la cité des gnomes des profondeurs, les conséquences pourraient être désastreuses. Il se trouvait dans une situation délicate. Devait-il admettre son erreur et essayer de la corriger ? Mais combien devrait-il verser pour acheter le silence du mercenaire ? Et pouvait-on vraiment lui faire confiance ?

— Je n'ai rien à ajouter, annonça-t-il.

Il préférait penser que Jarlaxle n'en savait pas assez pour oser monnayer ce peu d'information auprès de la Maison Do'Urden. Il tourna les talons.

En son for intérieur, le drow applaudit la décision du svirfnebelin. Il l'avait toujours tenu pour un habile négociateur et, une fois encore, il n'avait pas été déçu. Firble n'en avait pas dit suffisamment pour qu'il puisse se permettre d'aller voir Matrone Malice. Et si le gnome en savait plus, il avait eu raison d'avoir ainsi coupé court à la conversation. Bien que Firble soit un gnome, Jarlaxle devait bien admettre qu'il l'appréciait.

— Attendez, conseiller ! Je dois vous mettre en garde. (Le svirfnebelin fit volte-face, protégeant de sa main la bourse contenant les pierres précieuses.) Pas de panique, c'est gratuit, dit l'elfe noir en riant. (Il reprit plus sérieusement.) Si vous connaissez Drizzt Do'Urden, éloignez-vous de lui. C'est Lolth elle-même qui a ordonné à la Matrone Malice Do'Urden de le tuer, et elle fera tout ce qui est en son pouvoir pour y arriver. Si celle-ci échoue, d'autres prendront la relève, car la mort du drow renégat procurera une grande joie à la Reine Araignée. Il est condamné, Firble, ainsi que tous ceux qui seront assez fous pour lui venir en aide.

— C'est un avertissement inutile, répondit le gnome, s'efforçant de rester impassible. Personne à Blingdenpierre ne se soucie d'un elfe noir renégat. Pas plus, je vous l'assure, que de gagner les faveurs de la Reine Araignée !

— Bien sûr, fit Jarlaxle avec un sourire entendu tout en exécutant une nouvelle révérence, avant de s'éloigner en faisant claquer ses bottes à chacun de ses pas.

Firble réfléchit un long moment aux derniers mots du drow. Il continuait à se demander s'il aurait dû tenter d'acheter son silence. Il ne pouvait pas savoir que Jarlaxle, qui l'appréciait sincèrement, avait décidé de ne rien dire de ses soupçons à la Matrone Malice.

Sauf, bien sûr, si la récompense était trop tentante.

Drizzt coulait des jours heureux. Il était pratiquement devenu un héros après son coup d'éclat face aux gobelins ; l'histoire avait fait le tour de la cité, s'étoffant un peu plus à chaque nouveau récit. Lui et Belwar sortaient souvent désormais, et où qu'ils aillent, ils étaient acclamés et accueillis à bras ouverts. Les deux amis étaient heureux l'un pour l'autre, car chacun avait enfin trouvé sa place et la paix de l'esprit.

Brickers et Belwar préparaient déjà une autre expédition. Leur tâche la plus ardue était de choisir parmi les innombrables volontaires qui venaient de tous les coins de la cité, rêvant de partir avec l'elfe noir et le très vénérable maître-terrassier.

Un matin, Drizzt et Belwar furent réveillés par des coups frappés à la porte. Ils pensèrent d'abord qu'il s'agissait de nouveaux candidats à la prochaine expédition. Ils furent surpris de découvrir une dizaine de gardes armés de lances venus chercher Drizzt afin de le conduire jusqu'aux appartements du roi pour une audience.

Belwar paraissait serein.

— C'est juste une précaution, assura-t-il à l'elfe.

Le gnome alla chercher sa cape accrochée au mur et, si Drizzt n'avait pas été obnubilé par les armes de l'escorte et s'il avait observé son ami, il n'aurait guère été rassuré par les mouvements hésitants de ce dernier.

Ils ne mirent pas longtemps pour traverser la ville, pressés par les gardes qui leur servaient d'escorte. Pendant tout le trajet, Belwar fit ce qu'il pouvait pour réconforter son ami, et il y parvint dans une certaine mesure. Mais le drow ne se faisait aucune illusion en entrant chez le roi. Toute sa vie n'avait été qu'une suite de dénouements tragiques après des débuts prometteurs.

Le roi Schnicktick s'agitait sur son trône de pierre ; ses conseillers se tenaient autour de lui et semblaient tout aussi mal à l'aise. Le roi n'aimait pas ce qu'il allait devoir faire – les svirfnebelins étaient loyaux en amitié – mais, à la lumière des informations que lui avait transmises le conseiller Firble, il ne pouvait plus ignorer la menace qui pesait sur Blingdenpierre.

Surtout pour protéger un elfe noir.

Drizzt et Belwar se tenaient devant le roi ; le premier était curieux de la suite des événements quoique résigné à accepter son sort, tandis que le second contenait mal sa colère.

— Merci d'être venus si vite, les remercia le roi.

Il s'éclaircit la voix et regarda ses conseillers pour se donner du courage.

— Les lances permettent de garder le rythme, ironisa Belwar.

Le roi s'éclaircit de nouveau la voix, visiblement de plus en plus mal à l'aise.

— Mes gardes font du zèle parfois, je vous prie de bien vouloir les excuser.

— Ils sont tout excusés, répondit Drizzt.

— Es-tu satisfait de ton séjour parmi nous ? lui demanda le roi en essayant de sourire.

— Infiniment. Votre peuple a fait preuve d'une grande bienveillance à mon égard, me donnant plus que je n'avais jamais osé espérer.

— Et tu t'es révélé un ami de grande valeur, Drizzt Do'Urden, poursuivit le roi. Nos vies ont été enrichies par ta présence.

L'elfe fit une gracieuse révérence pour le remercier. Mais Belwar, lui, commençait à comprendre ce qui se tramait.

— Malheureusement, commença le roi en évitant le regard de l'elfe, nous avons reçu de nouvelles inform…

— *Magga cammara !* hurla Belwar, faisant sursauter l'assistance. Vous voulez le chasser !

— Belwar ! protesta le drow.

— Très vénérable maître-terrassier, dit le roi sur un ton sévère. Tu n'as pas le droit de m'interrompre. Si cela arrive de nouveau, je me verrai dans l'obligation de te faire sortir de la salle.

— J'ai raison alors, maugréa Belwar avant de détourner le regard.

Drizzt regardait tour à tour le roi et le maître-terrassier ; il ne comprenait pas ce qui se passait.

— Tu as entendu parler de l'activité drow près de

notre frontière est ? demanda le roi à l'elfe. (Celui-ci hocha la tête.) Nous en avons appris la cause. (Le roi fit une pause. Drizzt sentit un frisson lui parcourir la colonne vertébrale. Il connaissait la suite mais les mots lui déchirèrent quand même le cœur.) Drizzt Do'Urden, c'est toi qui en es la cause.

— Ma mère me cherche, dit Drizzt sans détour.

— Mais elle ne te trouvera pas ! rugit Belwar. Pas tant que tu resteras l'invité des gnomes des profondeurs de Blingdenpierre !

Il était prêt à défier à la fois son roi et la mère inconnue de son nouvel ami.

— C'en est assez, Belwar ! le tança le roi. (Il s'adressa de nouveau à l'elfe et son expression se radoucit.) Drizzt, mon ami, tu dois comprendre que je ne peux risquer une guerre avec Menzoberranzan.

— Je comprends, répondit Drizzt avec sincérité. Je vais rassembler mes affaires.

— Non ! protesta Belwar en se précipitant vers le trône. Nous sommes des svirfnebelins, nous n'abandonnons pas nos amis face au danger ! (Le maître-terrassier passait d'un conseiller à l'autre pour plaider sa cause.) Drizzt Do'Urden n'a eu que de l'amitié pour nous et vous voulez le chasser ! *Magga cammara !* Si notre loyauté est aussi fragile, nous ne valons pas plus que les drows de Menzoberranzan !

— Assez, très vénérable maître-terrassier ! ordonna le roi sur un ton qui eut raison de l'entêtement de Belwar. Cette décision ne fut guère facile à prendre mais elle est sans appel ! Je ne mettrai pas en péril la survie de Blingdenpierre pour un elfe noir, même s'il est notre ami. Je suis vraiment désolé.

— Ne le soyez pas, répondit Drizzt. Vous faites ce que vous devez faire, comme moi lorsque j'ai quitté mon peuple. J'ai pris cette décision seul et je n'ai jamais demandé ni approbation ni aide. Vous et votre peuple, roi Schnicktick, m'avez rendu tant de choses que j'avais perdues. Croyez bien que je ne souhaite en aucun cas voir la colère de Menzoberranzan s'abattre sur Blingdenpierre. Si cela arrivait, je ne me pardonnerais jamais d'être à l'origine d'une telle tragédie. J'aurai quitté votre ville dans moins de une heure. Et je n'éprouve que de la gratitude à votre égard.

Le roi fut touché par ces paroles mais il resta inflexible. Il ordonna à ses hommes d'accompagner Drizzt, qui s'était résigné. Le drow jeta un dernier regard à Belwar, qui se tenait impuissant à côté des conseillers, avant de quitter le hall royal.

Une centaine de gnomes des profondeurs, dont le maître-terrassier Krieger et les autres mineurs de la seule expédition à laquelle Drizzt avait participé, firent leurs adieux au drow devant les portes de la cité. Belwar Dissengulp brillait par son absence ; Drizzt ne l'avait pas revu depuis qu'il avait quitté la salle du trône une heure auparavant. Néanmoins, les paroles aimables que lui adressaient les gnomes présents le réconfortaient et lui donnaient de la force pour les épreuves qu'il aurait à surmonter dans les années à venir. De tous les souvenirs qu'il emportait de Blingdenpierre, il se jura de garder toujours à l'esprit ces adieux.

Quand il se retrouva au pied du grand escalier, il entendit seulement l'écho des portes qui s'étaient refermées derrière lui. Il frissonna à la vue des tunnels de l'Outreterre qu'il lui fallait de nouveau emprunter, se demandant comment il allait pouvoir survivre à présent. Blingdenpierre l'avait sauvé du chasseur ; combien de temps faudrait-il à son côté sombre pour réapparaître ?

Il n'avait pourtant pas d'autre choix. Il avait choisi de quitter Menzoberranzan et il avait eu raison de le faire. Néanmoins, il mesurait aujourd'hui les conséquences d'un tel choix et il doutait de sa résolution. S'il pouvait revenir en arrière, aurait-il la force de quitter son peuple ?

Il l'espérait, en tout cas.

Un bruit l'alerta. Il s'accroupit et dégaina ses cimeterres ; Matrone Malice devait sûrement avoir prévu qu'il serait expulsé de Blingdenpierre et elle avait probablement posté des agents à sa solde aux portes de la cité. Mais l'ombre qui s'approchait n'était pas celle d'un assassin drow.

— Belwar ! cria-t-il, soulagé. J'ai eu peur que tu ne viennes pas me faire tes adieux.

— Ce n'est pas pour ça que je suis là.

Drizzt aperçut le paquetage sur le dos du svirfnebelin.

— Non, Belwar, je ne peux te laisser…

— Je ne me souviens pas de t'avoir demandé la permission, l'interrompit le gnome des profondeurs. J'ai simplement envie d'un peu d'animation dans mon existence, alors je me suis dit que j'allais tenter ma chance dans le vaste monde et voir ce qu'il avait à m'offrir.

— Ce n'est pas aussi bien que tu le crois, répondit Drizzt d'un air mécontent. Tu as ton peuple, Belwar, qui t'accepte tel que tu es et qui prend soin de toi. C'est une richesse bien plus grande que tout ce que tu peux imaginer.

— Tu as raison, acquiesça le maître-terrassier. Et toi, Drizzt Do'Urden, tu as un ami qui t'accepte, qui prend soin de toi et qui se trouve à tes côtés. Bon, alors, poursuivons-nous cette aventure ensemble ou est-ce qu'on attend que ton abominable mère arrive et nous découpe en morceaux ?

— Tu n'as aucune idée des dangers que nous allons rencontrer, l'avertit Drizzt.

Mais le gnome sentait bien que la détermination de son ami faiblissait.

Belwar frappa ses mains l'une contre l'autre.

— Et toi, elfe noir, tu n'as aucune idée de ce que je suis capable de faire face à de tels dangers ! Je ne te laisserai pas partir seul. Prends-en ton parti et allons-y !

Drizzt haussa les épaules ; il savait qu'il n'arriverait pas à venir à bout de la détermination du svirfnebelin. Il prit le chemin du tunnel, son ami à ses côtés. Cette fois au moins, il aurait quelqu'un à qui parler, ce qui l'aiderait à résister aux incursions du chasseur. Il mit la main dans sa poche et caressa la petite panthère d'onyx. Il se prenait à espérer qu'à eux trois ils feraient plus que simplement survivre dans l'Outreterre.

Longtemps après, Drizzt s'était demandé s'il avait capitulé si facilement devant Belwar par pur égoïsme. Mais bien qu'il ressente une certaine culpabilité, elle n'était en rien comparable au soulagement qu'il éprouvait chaque fois qu'il voyait dodeliner à ses côtés le crâne chauve du très vénérable maître-terrassier.

Troisième partie

Amis et ennemis

Vivre ou survivre ? Jusqu'à mon retour dans les régions sauvages de l'Outreterre, après mon séjour à Blingdenpierre, je n'avais jamais vraiment mesuré la différence entre les deux.

Quand j'ai quitté Menzoberranzan, je pensais que survivre allait me suffire. Je croyais que je pourrais me retrouver, être en accord avec mes principes et que je serais satisfait d'avoir suivi ce qui, pour moi, était le seul chemin possible. C'était ça ou continuer à vivre dans la réalité sinistre de Menzoberranzan en me soumettant aux coutumes cruelles de mon peuple. À cette vie-là, je préférais la survie.

Et, pourtant, ce choix m'a fait frôler la mort et, ce qui est pire, a failli me prendre tout ce qui était cher à mon cœur.

Les svirfnebelins de Blingdenpierre m'ont montré une autre voie. Leur société, fondée sur des valeurs communes d'unité et d'entraide, offrait tout ce dont j'avais toujours rêvé pour Menzoberranzan. Les svirfnebelins faisaient bien plus que survivre. Ils vivaient, riaient et travaillaient ensemble ; ils mettaient en commun leurs gains et ils se soutenaient lorsqu'ils perdaient l'un des leurs, chose inévitable dans le monde impitoyable de l'Outreterre.

Les joies sont plus grandes et les peines moins lourdes quand on les partage avec des amis. C'est cela, vivre.

Ainsi, quand j'ai quitté Blingdenpierre pour me retrouver de nouveau seul dans les tunnels vides de l'Outreterre, j'avais de l'espoir. Belwar, mon nouvel ami, marchait à mes côtés et je conservais dans ma poche la statuette magique qui me permettait d'appeler Guenhwyvar, ma compagne de toujours. Durant mon court séjour chez les gnomes des profondeurs, j'avais vu à quoi ressemblait la vie telle que j'en avais toujours rêvé… Il ne m'était désormais plus possible de me contenter de survivre.

Avec mes chers compagnons près de moi, je me prenais à espérer que rien ne m'y obligerait jamais plus.

Drizzt Do'Urden.

12

Dans les régions sauvages de l'Outreterre

— Tout est prêt ? demanda Drizzt à Belwar quand le maître-terrassier revint.

— L'âtre est creusé, répondit le gnome en frappant triomphalement ses mains de mithral l'une contre l'autre tout en veillant à ne pas faire trop de bruit. J'ai confectionné un autre lit dans un coin. J'ai laissé des traces de pas et mis ta bourse dans un endroit où elle sera facile à trouver. J'ai même laissé quelques pièces d'argent sous la couverture ; je suppose que je n'en aurai pas besoin avant longtemps.

Belwar avait beau fanfaronner, Drizzt savait bien que les svirfnebelins ne se séparaient pas facilement de leurs objets de valeur.

— C'est du beau travail, dit l'elfe, tentant d'adoucir les regrets de son ami.

— Et toi, elfe noir ? As-tu vu ou entendu quelque chose ?

— Rien, répondit Drizzt en montrant un tunnel qui partait sur le côté. J'ai envoyé Guenhwyvar en reconnaissance. S'il y a quelqu'un dans les parages, on le saura.

— C'est un excellent plan, remarqua Belwar. Aménager un faux campement aussi loin de Blingdenpierre devrait tenir ta mère et ses manigances loin des miens.

— Et avec un peu de chance, ma famille croira peut-être que je suis encore dans les parages et que je compte y rester, ajouta Drizzt d'un ton optimiste. As-tu réfléchi à notre destination ?

— Un chemin en vaut un autre, dit Belwar en écartant les bras. À ma connaissance, il n'y a pas d'autres cités à des kilomètres à la ronde, hormis les nôtres.

— Partons vers l'ouest alors, proposa Drizzt. Laissons Blingdenpierre derrière nous et allons explorer les régions sauvages de l'Outreterre, loin de Menzoberranzan.

— Cela me semble une bonne décision, acquiesça le maître-terrassier.

Belwar ferma les yeux et se concentra pour entrer en résonance avec la pierre. Comme beaucoup de races de l'Outreterre, les gnomes des profondeurs pouvaient sentir les variations du champ magnétique de la roche, un don qui leur permettait de s'orienter aussi facilement qu'un habitant de la surface avec le soleil. Après quelques instants, Belwar indiqua un tunnel.

— L'ouest est par là, dit-il. Hâtons-nous ! Plus nous mettrons de distance entre toi et ta mère, plus nous serons en sécurité.

Il observa Drizzt longuement, se demandant s'il était suffisamment proche de son nouvel ami pour lui poser la question qu'il avait en tête.

— Que se passe-t-il ? demanda l'elfe, sentant l'hésitation du gnome.

Belwar se lança, curieux d'entendre ce qu'allait lui répondre son ami.

— Quand tu as appris que tu étais la raison de l'activité drow dans les tunnels est, je t'ai vu chanceler. C'est quand même ta famille, elfe noir, sont-ils vraiment si terribles ?

Le petit rire de Drizzt rassura le gnome – il n'avait pas été trop loin.

— Approche, dit l'elfe à Guenhwyvar qui venait de revenir de sa ronde. Puisque notre mise en scène est terminée, commençons notre nouvelle vie. La route devrait être suffisamment longue pour que je te raconte toutes les histoires de ma Maison et de ma famille.

— Attends, dit Belwar. Il sortit de sa bourse un petit coffret. C'est un cadeau du roi Schnicktick.

Il ouvrit le couvercle et en sortit une broche lumineuse. L'elfe regarda le maître-terrassier avec incrédulité.

— Cela fera de toi une belle cible.

— Cela fera de nous deux des belles cibles, corrigea Belwar en souriant. Mais ne crains rien, elfe noir, cette lumière repoussera plus d'ennemis qu'elle en attirera. Je n'ai pas vraiment envie de trébucher à chaque pas que nous ferons dans cette obscurité.

— Combien de temps brillera-t-elle ? demanda l'elfe.

À son ton, Belwar comprit qu'il souhaitait la voir s'éteindre rapidement.

— Le dweomer est éternel, assura le gnome en souriant de plus belle. Seul un prêtre ou un magicien pourrait le détruire. Arrête de t'inquiéter. Quelle créature de l'Outreterre s'exposerait à la lumière de son plein gré ?

Drizzt haussa les épaules ; il n'avait pas d'autre choix que de faire confiance à la longue expérience du svirfnebelin.

— Très bien, se résigna-t-il en secouant sa chevelure blanche. C'est parti pour l'aventure.

— Et n'oublie pas les histoires que tu dois me raconter, répondit Belwar, que ses petites jambes obligeaient à trotter pour se maintenir au niveau de l'elfe qui avançait à grandes et gracieuses enjambées.

Ils marchèrent pendant des heures, firent une pause pour manger et se remirent en route. À certains moments, Belwar utilisait la broche, à d'autres ils progressaient dans le noir, selon qu'ils percevaient un danger ou pas. Guenhwyvar, prenant à cœur son rôle d'éclaireuse, était rarement au côté de ses compagnons mais elle n'était jamais très loin.

Pendant dix jours de suite, ils ne s'arrêtèrent que lorsque la faim les tenaillait ou que la fatigue les obligeait à reprendre des forces, car ils voulaient s'éloigner le plus rapidement possible de Blingdenpierre – et donc des poursuivants de Drizzt. Néanmoins, il leur fallut encore dix jours avant d'atteindre des tunnels que Belwar ne connaissait pas – le svirfnebelin avait été maître-terrassier pendant près de cinquante ans et avait mené de nombreuses expéditions loin de Blingdenpierre.

« Je connais cet endroit », disait souvent le gnome lorsqu'ils entraient dans une nouvelle caverne. « J'y ai extrait du minerai de fer, un wagonnet entier », ou bien c'était du mithral, ou d'autres minerais précieux dont Drizzt n'avait jamais entendu parler. Bien que ces longs exposés sur les expéditions minières du maître-terrassier parlent toujours plus ou moins de la même chose – de combien de manières différentes les gnomes des profondeurs peuvent-ils extraire du minerai ? –, Drizzt écoutait son ami avec attention et savourait chacune de ces paroles.

Il se souvenait trop bien du silence.

L'elfe aussi parla de ses aventures, de son apprentissage à l'Académie, et surtout des séances d'entraînement avec Zaknafein. Il montra au gnome sa botte spéciale, celle qui lui avait permis de surprendre son maître, et aussi la langue des signes des drows, mélange de mimiques faciales et de gestes des mains. Il envisagea même d'apprendre à Belwar à maîtriser ce langage, mais sa proposition fit éclater de rire le gnome : avec une pioche et une tête de marteau en guise de mains, il y avait peu de chances qu'il y parvienne. Le gnome avait néanmoins été touché par l'intention de son ami, et l'absurdité de la chose les avait bien fait rire.

Guenhwyvar et le svirfnebelin devinrent eux aussi de bons amis au fil des semaines. Souvent, Belwar était réveillé par des fourmillements dans les jambes et découvrait invariablement la panthère – qui pesait bien deux cent cinquante kilos – confortablement allongée sur elles. Il grommelait et faisait mine de déloger l'animal d'un coup de sa main-marteau. C'était devenu un jeu entre eux. La compagnie de la panthère ne le dérangeait pas, bien au contraire ; le gnome trouvait le sommeil d'autant plus facilement que la seule présence de Guenhwyvar suffisait à éloigner le danger qui guettait habituellement les voyageurs endormis.

— As-tu compris ? chuchota l'elfe à l'oreille de Guenhwyvar.

Un peu plus loin, Belwar dormait profondément, allongé sur le dos, une pierre en guise d'oreiller. Drizzt s'en étonnait encore, trouvant que les gnomes des profondeurs poussaient un peu trop loin leur affinité avec la terre.

— Vas-y !

La panthère alla s'installer sur les jambes du maître-terrassier et l'elfe alla se cacher pour ne rien manquer de la scène.

Quelques minutes plus tard, Belwar se réveilla en ronchonnant.

— *Magga cammara*, panthère ! Pourquoi te couches-tu toujours sur moi et jamais à côté de moi ? (Guenhwyvar se décala légèrement et lui répondit par un bâillement prolongé. Le gnome agitait frénétiquement ses doigts de pied pour tenter de relancer sa circulation sanguine.) Ôte-toi de là !

Il avait réussi à s'appuyer sur un coude et menaçait l'arrière-train de Guenhwyvar de sa main-marteau. Celle-ci s'écarta d'un bond, faisant semblant de s'enfuir, mais, au moment où le svirfnebelin commençait à se détendre, elle fit volte-face et sauta sur sa victime, l'écrasant de tout son poids.

Après s'être débattu un moment, le gnome parvint à dégager son visage de sous le poitrail musclé de la panthère.

— Lève-toi ou tu vas voir de quel bois je me chauffe ! rugit-il.

De toute évidence, c'était une menace en l'air.

Guenhwyvar se déplaça, uniquement pour s'asseoir plus confortablement sur son « perchoir ».

— Elfe noir ! cria Belwar. Rappelle ta panthère immédiatement !

— Salutations, fit Drizzt en débouchant du tunnel comme s'il venait d'arriver. Vous êtes encore en train de jouer ? Je croyais que mon tour de garde était fini.

— Ton tour est bien terminé, tenta de répondre Belwar, mais la panthère bougea encore, étouffant ces paroles dans son pelage noir.

Drizzt vit le long nez aquilin de Belwar se plisser en signe d'irritation.

— Ne vous interrompez pas pour moi. Je ne suis pas si fatigué que ça. Vous avez l'air de tellement bien vous amuser.

Il caressa la panthère en lui adressant un clin d'œil complice avant de s'éloigner.

— Elfe noir ! grogna une dernière fois Belwar.

Mais le drow poursuivit son chemin et, avec la bénédiction de son maître, Guenhwyvar s'endormit sur sa pauvre victime.

⚔⚔⚔⚔⚔

Drizzt s'était accroupi et se tenait immobile, le temps de laisser ses yeux passer de l'infravision – la visualisation des objets grâce à la chaleur qu'ils dégagent – à la vision normale – celle du royaume de la lumière naturelle. Avant même que le processus soit achevé, il sut qu'il avait deviné juste. Devant lui, une lueur rouge était apparue de l'autre côté d'une petite arche naturelle. Il décida de rester où il était tant que Belwar ne l'avait pas rejoint. Il s'écoula peu de temps avant que la lueur diffuse de la broche enchantée du gnome apparaisse.

— Éteins-la, chuchota Drizzt.

Belwar obtempéra et rampa pour rejoindre son ami ; il vit à son tour la lueur rouge et comprit mieux la prudence de son ami.

— Envoie la panthère voir ce qui se passe, proposa le gnome.

— Ce n'est pas possible. Passer d'une dimension à l'autre est éprouvant pour elle. Elle a régulièrement besoin de se reposer dans le plan astral.

— Alors rebroussons chemin, suggéra le svirfnebelin. On trouvera bien un autre tunnel.

— Mais nous avons parcouru ce tunnel sur huit kilomètres, répondit Drizzt. Cela prendrait trop de temps.

— Dans ce cas, allons voir de quoi il s'agit, dit Belwar en se relevant.

Drizzt aimait l'attitude directe de son ami et le suivit.

Arrivé à l'arche, l'elfe dut s'accroupir complètement pour pouvoir passer en dessous. Une fois de l'autre côté, ils débouchèrent dans une immense caverne, dont le sol et les murs étaient recouverts d'une sorte de mousse luminescente d'où provenait la lueur rouge. Drizzt n'avait jamais rien vu de pareil, mais Belwar semblait savoir de quoi il s'agissait.

— Ce sont des baruchies, lâcha Belwar dans un gloussement. (Voyant que Drizzt restait sans réaction, il expliqua :) Des cracheurs écarlates, si tu préfères. Je n'en avais pas vu autant depuis des lustres. Un tel spectacle est très rare.

Drizzt, qui ne comprenait toujours pas, haussa les épaules et commença à s'aventurer dans la caverne. Le gnome des profondeurs le ramena brutalement en arrière avec sa main-pioche.

— Je viens de te dire que c'étaient des cracheurs écarlates, insista le maître-terrassier. *Magga cammara*, elfe noir, comment as-tu fait pour survivre toutes ces années ?

Belwar donna un coup sur la paroi avec sa main-marteau afin de détacher un bloc de pierre qu'il envoya ensuite dans la caverne à l'aide de sa main-pioche. Le bloc atterrit sur la mousse dans un bruit sourd et un nuage de spores se forma dans l'air.

— Tu as vu ? Ces plantes crachent une fumée toxique, expliqua le svirfnebelin. Respire-la et tu es mort. Si tu as l'intention de traverser, tu as intérêt à avoir le pas léger, mon ami. Mais si j'étais toi, je ne ferais pas l'imbécile.

Drizzt se gratta la tête, perplexe. Il n'avait aucune envie de faire les huit kilomètres qu'ils avaient parcourus en sens inverse, mais il n'avait non plus l'intention de risquer sa vie en traversant le champ de baruchies. Il regarda autour de lui en quête d'une solution et aperçut, émergeant du tapis de mousse rouge, des pierres nues qui permettaient de rejoindre plus loin un chemin de pierre.

— Nous pouvons passer par là, dit-il à son ami en lui montrant sa découverte. Il y a un chemin.

— Il y en a toujours un dans les champs de baruchies, dit le gnome tout bas.

Drizzt, qui avait l'ouïe très fine, l'entendit.

— Que veux-tu dire ? demanda-t-il en sautant avec agilité sur la première pierre.

— C'est l'œuvre d'un grubber.

— Un grubber ?

Drizzt revint prudemment sur ses pas et rejoignit le maître-terrassier.

— C'est une grosse chenille, expliqua Belwar. Les grubbers adorent les baruchies et semblent immunisés contre leurs émanations toxiques.

— Ils sont gros comment ?

— De quelle largeur est le chemin que tu as aperçu ?

— De trois mètres à peu près, répondit Drizzt en sautant de nouveau sur la première pierre.

Belwar réfléchit un moment.

— Ça correspond à la largeur d'un gros grubber, ou à celle de deux grubbers de moindre envergure.

Drizzt revint une fois de plus près du gnome en jetant un regard circonspect par-dessus son épaule.

— C'est vraiment une grosse chenille alors.

— Oui, mais avec une petite bouche ; les grubbers ne se nourrissent que de baruchies. Ce sont des créatures plutôt pacifiques.

Pour la troisième fois, l'elfe sauta sur la pierre.

— Y a-t-il encore quelque chose que je devrais savoir avant de continuer ? demanda-t-il, exaspéré.

Belwar fit un signe de tête négatif.

Drizzt ouvrit la marche. Sautant d'une pierre à l'autre, les deux compagnons traversèrent le champ de baruchies sans encombre et se retrouvèrent au milieu du chemin de trois mètres de large. Celui-ci traversait toute la grotte et à chacune de ses extrémités s'ouvrait un autre passage. Drizzt désigna les deux directions, se demandant laquelle Belwar préférerait.

Le gnome des profondeurs partit vers la gauche mais il s'arrêta brusquement et regarda devant lui avec inquiétude. Drizzt comprit l'hésitation de son ami en sentant la pierre vibrer sous ses pieds.

— C'est le grubber, dit Belwar. Reste là et observe, le spectacle en vaut vraiment la peine.

Drizzt afficha un grand sourire et s'accroupit, impatient de voir la créature. Mais en entendant s'éloigner des pas rapides derrière lui, il se dit que quelque chose n'allait pas. Il se retourna et vit Belwar en train de détaler en direction de l'autre sortie.

— Où..., commença-t-il à demander lorsqu'une formidable explosion, comme si une grotte s'effondrait, se fit entendre de l'autre côté – autrement dit du sien.

— Pour ça oui, le spectacle en vaut vraiment la peine ! hurla le gnome.

Drizzt dut reconnaître que Belwar n'avait pas menti en voyant le grubber faire son apparition : il était immense, plus grand que le basilic que Drizzt avait tué et ressemblait à un gigantesque ver de couleur gris pâle, excepté qu'il avait une multitude de petites pattes le long de son corps massif. Il n'avait pas vraiment de bouche et ne ressemblait effectivement pas à un prédateur. L'énorme créature fonçait à présent droit sur Drizzt, qui se voyait déjà complètement écrasé sous son poids. Il fit mine de saisir ses cimeterres mais se rendit compte aussitôt de l'absurdité de son idée : où pourrait-il bien frapper cette chose pour la ralentir ? Comprenant que c'était la seule chose à faire, il fit volte-face et se mit à courir pour rejoindre le maître-terrassier.

Le sol tremblait tellement sous ses pieds qu'il se demandait s'il n'allait pas finir par tomber dans le champ de baruchies. Mais alors qu'il approchait de l'entrée du tunnel, il remarqua un petit passage sur le côté, trop étroit pour le grubber. Il s'y engouffra et, pris par son élan, il rebondit plusieurs fois sur les parois. La créature, trop grosse pour le suivre, donna des coups violents contre l'entrée du passage, faisant s'effondrer des morceaux de roche de tous les côtés.

Quand la poussière retomba, le grubber était toujours à l'extérieur, grognant et cognant contre la paroi. Belwar se tenait quelques mètres plus loin, les bras croisés sur sa poitrine, un sourire narquois sur les lèvres.

— Des créatures pacifiques, hein ! dit Drizzt en se relevant et en s'époussetant.

— Elles le sont, simplement elles aiment trop leurs baruchies pour les partager ! répondit le gnome.

— J'ai presque failli être écrasé par ta faute, le réprimanda le drow.

— Dis-toi bien, elfe noir, que la prochaine fois que tu laisseras ta panthère se coucher sur moi, ce sera pire encore !

Drizzt parvint difficilement à réprimer un sourire. Son cœur tambourinait encore dans sa poitrine à cause de toutes ces émotions, mais il n'arrivait pas à en vouloir à son compagnon. Sa vie avait tellement changé depuis qu'ils étaient ensemble ; elle était tellement plus agréable ! L'elfe jeta un regard par-dessus son épaule en direction du grubber en colère qui s'entêtait à vouloir défoncer l'entrée du passage.

— Suis-moi, poursuivit le svirfnebelin d'un air

suffisant. On ne fait qu'énerver le grubber davantage en restant là.

Plus ils avançaient, plus le passage rétrécissait. Au bout de quelques mètres, il bifurqua brutalement. Une fois passé le virage, les deux compagnons comprirent que leurs ennuis étaient loin d'être finis : le tunnel se terminait par un cul-de-sac. Pendant que Belwar inspectait le mur, ce fut au tour de Drizzt de croiser les bras et d'ironiser.

— Nous voilà dans une fâcheuse posture, mon petit ami. Coincés dans un tunnel sans issue avec un grubber irascible à nos trousses.

L'oreille collée contre la paroi, Belwar lui fit signe de se taire.

— En aucun cas, assura-t-il. Il y a un autre tunnel par là, à environ deux mètres, pas plus.

— Deux mètres de roche, lui fit remarquer l'elfe.

Mais Belwar ne semblait guère s'en soucier.

— Il y en a pour un jour de travail, peut-être deux, dit le gnome.

Belwar écarta les bras et entonna un chant à voix basse. Bien qu'il ne puisse l'entendre distinctement, Drizzt devina qu'il devait s'agir d'une sorte de formule magique.

— *Bivrip !* cria le gnome.

Il ne se passa rien mais le maître-terrassier ne semblait pas du tout déçu.

— Un jour, déclara-t-il en se tournant vers Drizzt.

— Qu'est-ce que c'était ce chant ? demanda le drow.

— J'ai préparé mes mains, répondit-il.

Voyant que Drizzt ne comprenait pas, il frappa la paroi avec sa main-marteau. Une gerbe d'étincelles jaillit, aveuglant l'elfe. Quand les yeux du drow s'habituèrent enfin à l'intensité lumineuse que provoquait chaque coup du svirfnebelin, il constata que son ami avait déjà entamé la paroi de plusieurs centimètres.

— *Magga cammara*, elfe noir ! Tu ne pensais tout de même pas que mon peuple m'avait fabriqué de si belles mains sans y avoir insufflé un peu de magie ?

Drizzt alla s'asseoir contre la paroi.

— Tu es décidément plein de surprises, mon petit ami, s'inclina-t-il, admiratif.

— En effet, clama Belwar avant de se remettre au travail.

Ils sortirent du tunnel un jour plus tard, comme le svirfnebelin l'avait promis, et ils reprirent leurs pérégrinations. Selon les estimations du gnome, ils marchaient désormais en direction du nord. Ils savaient tous deux qu'ils avaient eu de la chance jusqu'ici ; depuis vingt jours qu'ils étaient dans l'Outreterre, la seule créature hostile qu'ils avaient rencontrée était un grubber défendant son parterre de baruchies.

Quelques jours plus tard, leur chance tourna.

— Appelle la panthère, dit Belwar.

Les deux compagnons s'étaient accroupis dans le large tunnel qu'ils étaient en train de traverser. Drizzt était d'accord avec le maître-terrassier ; lui non plus n'aimait pas la lueur verte qui brillait devant eux. Peu de temps après, la brume noire tourbillonna et Guenhwyvar apparut à leurs côtés.

— J'y vais le premier, dit le drow. Vous deux, restez ensemble, à une vingtaine de pas derrière moi.

Belwar acquiesça et Drizzt commença à avancer. Quand il sentit le bras à tête de pioche du svirfnebelin s'accrocher à lui, l'obligeant à se retourner, il n'en fut pas surpris.

— Sois prudent, lui dit simplement le gnome.

L'elfe lui sourit, touché de la sincérité de son ami et réalisant une fois de plus combien il était agréable d'avoir un compagnon avec soi. Puis, chassant ces pensées, il se remit en route, se laissant guider par son instinct et son expérience.

Il découvrit que la lueur venait d'un trou dans le sol du tunnel. Drizzt se mit à plat ventre et regarda à travers : un autre tunnel, perpendiculaire à celui dans lequel il se trouvait et situé environ trois mètres plus bas, semblait déboucher sur une vaste grotte.

— Qu'est-ce que c'est ? murmura le gnome qui arrivait derrière lui.

Drizzt lui résuma ce qu'il avait découvert, puis releva la tête et regarda intensément l'obscurité devant lui.

— Notre tunnel continue dans cette direction, réfléchit-il tout haut. Il nous sera facile de passer par là.

Belwar étudia le tunnel par lequel ils étaient arrivés et aperçut le virage.

— Le tunnel repart en sens inverse, constata-t-il. Je parie qu'il mène précisément au couloir latéral que nous avons dépassé il y a environ une heure.

À son tour il se laissa tomber dans la poussière et regarda dans le trou.

— Qu'est-ce qui peut bien briller comme ça ? lui demanda Drizzt. Un autre genre de mousse ?

— Pas que je sache, lâcha Belwar.

— On va voir ce que c'est ? proposa l'elfe.

Le svirfnebelin lui sourit et sauta dans l'ouverture ; Drizzt et la panthère le suivirent en silence. L'elfe dégaina ses cimeterres et reprit la tête de l'expédition.

Ils débouchèrent dans une immense grotte dont ils avaient du mal à apercevoir le plafond. Six mètres plus bas s'étendait un lac bouillonnant et malodorant d'où émanait la lueur verte. Des dizaines de passerelles de pierre reliées les unes aux autres quadrillaient la gorge ; de largeur variable, la plupart se terminaient par des ouvertures donnant sur d'autres tunnels latéraux.

— *Magga cammara*, chuchota le svirfnebelin, ébahi.

Drizzt partageait son sentiment.

— On dirait que le sol de cette caverne a explosé, fit remarquer le drow, retrouvant l'usage de la parole.

— Il a fondu plutôt, intervint Belwar en devinant la nature du liquide.

Il détacha un morceau de pierre de la paroi et, s'assurant que Drizzt était attentif, il le jeta dans le lac. La pierre se désagrégea dans un sifflement lugubre au moment même où elle toucha la surface du lac.

— C'est de l'acide, conclut le gnome.

Drizzt le dévisagea. Il savait ce qu'était l'acide. Pendant sa formation à l'Académie, sous la supervision des magiciens de Sorcere, il avait souvent vu ces derniers en fabriquer pour leurs expériences magiques. En revanche, il n'aurait jamais pensé que l'acide puisse exister à l'état naturel ou dans une telle quantité.

— C'est sûrement l'œuvre d'un sorcier, estima Belwar. Une expérience qui aura mal tourné, il y a longtemps. L'acide aura grignoté la pierre, centimètre par centimètre, engloutissant le sol progressivement.

— Ce qui reste du sol semble pourtant bel et bien solide, dit l'elfe en montrant les passerelles. Et les tunnels pour sortir d'ici ne manquent pas.

— Alors traversons, dit le gnome. Je n'aime pas cet endroit. Nous sommes à découvert, en pleine lumière et je ne veux pas m'éterniser sur ces passages étroits, surtout avec un lac d'acide en dessous.

Drizzt allait s'engager sur l'une des passerelles lorsque Guenhwyvar passa rapidement devant lui. L'elfe comprit les intentions de la panthère et la laissa faire.

— Elle va passer devant, expliqua-t-il à Belwar. Elle est plus lourde que nous et elle est suffisamment rapide pour s'en sortir si le pont commence à s'effondrer sous son poids.

Le maître-terrassier ne semblait pas complètement convaincu.

— Et si elle n'arrive pas à s'en sortir ? demanda-t-il, sincèrement inquiet. Quel est l'effet de l'acide sur une créature magique ?

Drizzt n'était pas sûr de la réponse.

— Il ne lui arrivera rien, dit-il en sortant la statuette d'onyx de sa poche. Au moindre problème, je la renverrai dans son plan d'origine.

Guenhwyvar était bien engagée sur la passerelle à présent. Celle-ci semblant suffisamment solide, l'elfe décida de la suivre.

— *Magga cammara*, j'espère que tu as raison, marmonna Belwar dans son dos tandis qu'il avançait sur la voie.

La grotte était immense et même la sortie la plus proche se trouvait à plusieurs centaines de mètres. Belwar et Drizzt étaient presque arrivés à mi-chemin

– la panthère, elle, était plus loin devant – quand ils entendirent une étrange psalmodie. Ils s'arrêtèrent et promenèrent leur regard alentour, essayant d'en repérer la source. Une créature étrange émergea d'une des niches rocheuses. C'était un bipède à la peau noire, avec une tête d'oiseau et un torse d'homme, sans plumes ni ailes. Ses bras puissants se terminaient par des serres crochues et menaçantes, et ses jambes par des pieds à trois doigts. D'autres créatures semblables apparurent bientôt derrière la première.

— Des cousins à toi ? demanda Belwar à Drizzt, car ces créatures ressemblaient vaguement à un croisement entre un elfe noir et un oiseau.

— Assurément pas ; je n'ai jamais entendu parler de telles monstruosités.

Le chant qui avait d'abord attiré leur attention reprit de plus belle, tandis que de nouveaux hommes-oiseaux sortaient d'autres grottes. C'étaient des corbies, une race ancienne que l'on trouvait surtout dans les régions du sud de l'Outreterre. Étant peu nombreux et ayant une tactique de chasse rudimentaire, ils n'avaient jamais représenté une menace sérieuse pour les autres espèces de la région. En revanche, pour un petit groupe d'aventuriers, ils constituaient un réel danger.

— Ils n'ont pas l'air contents de nous voir, intervint le gnome.

Le chant se mua en cris stridents et les corbies commencèrent à se rapprocher.

— Au contraire, mon petit ami, ils sont très contents de nous voir. Ils ne savaient pas quoi manger ce soir.

Le gnome des profondeurs regarda autour de lui, désemparé. Toutes les sorties étaient désormais barrées ; la confrontation était inévitable.

— Tu sais, elfe noir, il y a un millier d'autres endroits où je préférerais me battre, dit-il en regardant encore le lac d'acide qui bouillonnait en contrebas.

Il prit une grande inspiration pour se calmer et entama le rituel qui lui servait à ensorceler ses mains.

— Continue à avancer, lui ordonna Drizzt. Il faut qu'on se rapproche le plus possible d'une sortie avant que le combat commence.

Alors qu'un groupe de corbies arrivait sur eux par une passerelle latérale, Guenhwyvar bondit pour leur bloquer la route.

— *Bivrip !* cria le gnome, prêt à se jeter dans la bataille imminente.

— Guenhwyvar peut s'en occuper seule, lui assura Drizzt en se dirigeant d'un pas rapide vers le mur le plus proche.

Belwar comprit le raisonnement de son ami ; un autre groupe de corbies venait de sortir de l'ouverture par laquelle ils espéraient pouvoir s'enfuir.

La panthère atterrit au milieu des hommes-oiseaux avec une telle force que deux d'entre eux basculèrent dans le vide en poussant des cris horribles. Leur disparition ne sembla guère perturber leurs congénères. Tout en continuant leur psalmodie, ils tentaient de lacérer l'animal avec leurs serres, mais Guenhwyvar était elle aussi équipée pour le combat et, à chaque coup de griffes, elle envoyait un nouvel assaillant à la mort. La lutte était acharnée, mais chaque fois que la panthère faisait tomber un corbie dans le lac d'acide, d'autres surgissaient et repartaient à l'attaque. Si bien que, finalement, elle se retrouva encerclée.

Belwar, qui se tenait à un endroit où la passerelle était particulièrement étroite, laissait les hommes-oiseaux venir à lui. Drizzt, empruntant une voie parallèle à cinq mètres de là où se trouvait son ami, l'imita et sortit ses cimeterres avec un soupçon d'hésitation. Le drow pouvait sentir les instincts sauvages du chasseur tenter de prendre le dessus mais il tint bon. Il était Drizzt Do'Urden, et il ferait face à ses ennemis en gardant le contrôle de chacun de ses mouvements.

Quand les corbies furent sur lui, il se contenta de parer leurs coups, le plat de ses lames venant efficacement à bout de chacune de leurs tentatives. Le drow faisait tournoyer ses cimeterres mais, ne voulant pas laisser libre cours au tueur qui était en lui, il ne chargeait pas. Après quelques minutes, il était toujours au même endroit, face au même ennemi.

Belwar, lui, ne se posait pas autant de questions ; chaque corbie qui s'approchait goûtait à sa main-marteau. Ses victimes mouraient souvent instantanément, emportées par le choc violent et la force brute des coups qu'il leur assenait, mais il ne s'attardait jamais pour s'en assurer. Sa main-pioche prenait le relais et projetait les corps inanimés dans l'acide. Belwar s'était déjà débarrassé d'une demi-douzaine de corbies lorsqu'il tourna la tête vers son ami et s'aperçut du dilemme qui le torturait.

— *Magga cammara*, elfe noir. Bats-toi pour gagner ! Tue-les, ils n'auront aucune pitié à ton égard !

L'elfe n'entendait plus les paroles du gnome ; ses yeux lavande baignés de larmes, il luttait pour ne pas tuer. Un nouvel adversaire arriva sur lui ; Drizzt, qui continuait à faire tournoyer ses cimeterres, parvint à le déséquilibrer et, au lieu de le tuer d'un coup de sabre, le frappa à la tête avec le pommeau de son arme. Le corbie tomba comme une pierre et se mit à rouler sur la passerelle. Alors qu'il allait tomber dans le lac, Drizzt le retint avec son pied.

Belwar secoua la tête et frappa un nouvel assaillant. Le coup de sa main-marteau enchantée fit reculer le corbie, lui broyant une partie de la poitrine. La créature resta interdite, ne proférant aucun son et ne faisant aucun mouvement quand la main-pioche la saisit à l'épaule et l'envoya dans le lac d'acide.

Guenhwyvar exaspérait ses assaillants. Alors qu'ils pensaient enfin pouvoir la tuer, elle fit un bond extraordinaire de près de neuf mètres en direction d'une autre passerelle. En atterrissant, elle dérapa sur la pierre polie, et il s'en fallut de peu qu'elle tombe dans le lac d'acide, emportée par son élan. Non loin de là, un corbie isolé en profita pour sauter sur elle, mais elle le saisit au cou dans sa gueule puissante et lui ôta la vie. Tout occupée au combat, elle ne vit pas ce qui se préparait au-dessus de sa tête.

Perché dans les hauteurs de la caverne, un homme-oiseau guettait sa proie. Apercevant la panthère, il se saisit d'une grosse pierre à côté de lui et bascula dans le vide avec elle. Guenhwyvar réussit à se déporter de justesse, mais le corbie kamikaze n'en avait que faire.

Sous l'effet de la violence de l'impact, l'étroite passerelle commença à tomber en morceaux.

La panthère tentait désespérément de prendre appui sur la pierre pour s'élancer d'un bond vers un endroit plus sûr, mais la passerelle se désintégrait au fur et à mesure qu'elle essayait d'y planter ses griffes, et elle dégringola à son tour vers le lac.

Alerté par les cris d'exaltation des corbies, Belwar tourna la tête juste au moment où Guenhwyvar disparaissait dans l'acide. Drizzt, occupé à se défendre contre un adversaire tenace, ne vit rien de la scène. Mais c'était inutile. En sentant la statuette d'onyx s'échauffer brusquement dans sa poche et en voyant des volutes de fumée s'élever de son *piwafwi*, il devina ce qui était arrivé à la panthère.

Ses larmes disparurent; il était redevenu le chasseur.

Les corbies se battaient avec fureur, le plus grand honneur selon eux étant de périr au combat. Ceux qui étaient à proximité de l'elfe allaient bientôt connaître l'apothéose.

Le drow brandit ses cimeterres devant lui et les planta dans les yeux de l'homme-oiseau qui lui faisait face. Il retira ses lames, les fit tournoyer et les planta dans le corps d'un deuxième corbie qui gisait à ses pieds. Une première fois, puis une deuxième, prenant un plaisir macabre à les voir s'enfoncer dans la chair.

Il se rua ensuite sur ses autres adversaires, ses cimeterres tournoyant sans répit autour de lui. Le premier corbie, transpercé une dizaine de fois avant d'avoir eu le temps d'esquisser le moindre geste, mourut avant de toucher le sol. Il en fut de même pour le deuxième, puis le troisième. Continuant sa progression et faisant reculer ses adversaires, Drizzt se trouvait désormais sur une section plus large de la passerelle. Trois corbies l'attaquèrent en même temps. Et moururent en même temps.

— Détruis-les, elfe noir ! grogna Belwar en voyant son ami plonger dans la mêlée.

L'homme-oiseau qui faisait face au maître-terrassier tourna la tête pour voir ce qui attirait l'attention de son adversaire. Quand il revint sur le svirfnebelin, il fut cueilli au visage par un terrible coup de la main-marteau du gnome ; des morceaux de bec s'éparpillèrent dans tous les sens et le pauvre corbie s'envola pour la première fois dans l'histoire de son espèce avant d'atterrir sur le dos quelques mètres plus loin, mort.

Enragé, Belwar n'en avait pas fini avec lui. Il se mit à courir, faisant basculer dans le vide tous ceux qui se mettaient en travers de sa route. Quand il arriva à hauteur du corps sans bec, il y plongea profondément sa main-pioche. D'un seul bras, il brandit le cadavre au-dessus de lui et poussa un hurlement terrible.

Il y eut un flottement dans les rangs des corbies ; le gnome en profita pour jeter un œil à Drizzt et il fut horrifié de ce qu'il voyait.

Une vingtaine d'hommes-oiseaux se pressaient autour de l'elfe, profitant de l'élargissement de la passerelle à cet endroit. Mais ce n'était pas cela qui inquiétait Belwar – la dizaine de cadavres qui gisaient aux pieds de Drizzt était la preuve que son ami avait pris le dessus. Ce qui lui faisait peur, c'était cet autre homme-oiseau suicidaire qui plongeait avec sa charge mortelle vers le drow.

Le gnome pensa alors que la fin de son ami était proche.

Mais le chasseur avait perçu le danger.

Tandis qu'un corbie s'approchait de lui, Drizzt brandit ses cimeterres en un éclair et lui trancha les bras au niveau des épaules. D'un seul et même mouvement, il remit ses sabres ensanglantés dans leur fourreau, se précipita vers le bord de la passerelle et sauta vers Belwar à l'instant même où le corbie suicidaire s'écrasait, faisant s'effondrer la passerelle et entraînant une vingtaine des siens dans la mort.

Le gnome lança son trophée sans bec sur ses ennemis afin de ralentir leur progression puis il se mit à genoux, étendant sa main-pioche en direction de son ami. Drizzt parvint à saisir la main de Belwar et à s'accrocher au rebord de l'arche de pierre, se cognant la tête au passage. Son *piwafwi*, qui s'était déchiré, laissa échapper la figurine d'onyx, et le svirfnebelin ne put qu'assister, impuissant, à sa chute en direction de l'acide.

Drizzt la rattrapa *in extremis* entre ses pieds.

Sachant leur fin proche, le gnome eut presque envie de rire devant la futilité des efforts de son ami.

— Elfe noir, ce fut une belle aventure, conclut-il, résigné, en voyant les corbies avancer sur eux.

À la réponse du drow, il retrouva son sérieux et devint pâle comme la mort.

— Balance-moi ! ordonna l'elfe d'un ton si impérieux que le gnome obtempéra sans même réfléchir.

Au terme de quelques acrobaties, Drizzt se retrouva de nouveau sur la passerelle. Une fois son équilibre rétabli, il sortit ses cimeterres et découpa son adversaire le plus proche.

— Pourrais-tu la garder pour moi ? demanda-t-il au maître-terrassier en lui lançant la statuette d'onyx à l'aide de son pied.

Belwar attrapa l'objet entre ses bras et le fit glisser dans une de ses poches.

Se mettant en retrait, il observa Drizzt tandis que ce dernier taillait parmi ses adversaires un chemin vers la sortie la plus proche.

Cinq minutes plus tard, au plus grand étonnement de Belwar, les deux compagnons dévalaient, libres, un tunnel sombre, tandis que la mélopée maudite des corbies s'évanouissait au loin.

13

Un nouveau foyer

— Assez ! Assez ! supplia le maître-terrassier pour tenter de faire ralentir son compagnon. *Magga cammara*, elfe noir ! Ils sont loin derrière nous, maintenant.

Drizzt se retourna, les yeux luisant de rage, ses cimeterres prêts à frapper. Belwar recula par précaution.

— Calme-toi, mon ami, dit doucement le svirfnebelin. Il n'y a plus de danger.

Le drow prit une profonde inspiration pour se calmer et finit par ranger ses cimeterres dans leur fourreau.

— Ça va ? lui demanda le gnome en se rapprochant de lui.

L'elfe avait le visage ensanglanté, du fait de la blessure qu'il s'était faite au moment où il avait heurté le rebord de la passerelle.

— C'est à cause du combat, tenta-t-il d'expliquer, toute cette excitation… J'ai dû libérer…

— Ne te justifie pas, coupa Belwar. Tu as bien fait, elfe noir. Plus que bien fait, car, sans toi, nous serions sûrement morts.

— Elle est revenue, reprit Drizzt. La part sombre en moi que je croyais disparue…

— Tu te trompes.

— Mais non ! J'étais de nouveau cette bête féroce face aux hommes-oiseaux. C'est elle qui guidait mes lames sauvages et impitoyables.

— Je t'assure que tu contrôlais toi-même tes épées.

— Mais cette rage, cette colère aveugle ! Tout ce que je voulais c'était les tuer, les tailler en pièces.

— Si c'était le cas, nous y serions encore. Grâce à toi, nous avons pu nous échapper. Il y avait encore de nombreux corbies à tuer, et pourtant tu nous as conduits hors de la grotte. Tu as ressenti de la colère ? Sûrement, mais elle était loin d'être aveugle. Tu as fait ce que tu avais à faire et tu as eu raison, elfe noir. Tu n'as d'excuses à faire à personne, ni à moi ni à toi !

Drizzt s'adossa à la paroi. Les paroles de son ami le réconfortaient. Mais il ne pouvait s'empêcher de penser à la fureur qui l'avait submergé quand Guenhwyvar était tombée dans l'acide. Parviendrait-il un jour à la contrôler ?

Malgré son sentiment de malaise, l'elfe était heureux d'avoir son ami svirfnebelin à ses côtés, car s'il avait été seul le chasseur n'aurait pas disparu aussi rapidement.

Drizzt secoua sa longue chevelure blanche pour dissiper complètement les dernières traces de son autre lui-même. En y repensant, il se sentait idiot d'avoir commencé le combat contre les hommes-oiseaux en utilisant le plat de ses lames ; à l'heure qu'il est, Belwar et lui seraient encore dans la caverne si son instinct de tueur n'avait pas pris le dessus, s'il n'avait pas su ce qui était arrivé à Guenhwyvar.

Se remémorant la cause de sa fureur, il se tourna soudain vers le gnome.

— La statuette ! Tu l'as toujours ? s'écria-t-il.

Belwar sortit l'objet de sa poche.

— *Magga cammara !* Peut-être qu'elle est blessée ? Quel effet peut avoir l'acide sur elle ? Peut-être qu'elle a réussi à s'échapper dans le plan astral ? conjectura le gnome dont la voix empreinte d'émotion menaçait de se briser à chaque instant.

Drizzt prit la figurine dans ses mains tremblantes et la regarda attentivement. Si elle était blessée, il valait mieux qu'il la laisse récupérer dans le plan astral, mais il ne pouvait rester plus longtemps sans savoir ce qui lui était arrivé. Il posa la statuette au sol et l'appela.

Les deux amis poussèrent un soupir de soulagement quand ils virent la fumée noire commencer à tourbillonner. Belwar alluma sa broche afin de pouvoir observer plus facilement le félin.

Une vision cauchemardesque fit son apparition sous leurs yeux. Guenhwyvar était en piteux état. Sa fourrure noire et soyeuse avait brûlé, laissant même voir par endroits sa chair à vif. Elle avait des blessures profondes allant jusqu'à l'os, et l'un de ses yeux, horriblement mutilé, restait fermé. Elle vacilla en essayant de les rejoindre mais Drizzt se précipita vers elle, tomba à genoux et enserra son cou de ses bras.

— Guen, murmura-t-il.

— Est-ce qu'elle va guérir ? demanda Belwar, la gorge nouée.

Le drow était complètement perdu. Il n'avait jamais vu la panthère aussi gravement touchée. Il ne lui restait qu'à espérer qu'elle récupérerait de ses blessures dans le plan astral.

— Retourne chez toi, mon amie. Repose-toi et soigne-toi. Je te ferai venir dans quelques jours.

— Ne peut-on rien faire pour elle ici ? demanda le gnome tandis que le félin disparaissait dans la fumée.

— Rester dans notre dimension amenuise ses forces. La garder plus longtemps avec nous compromettrait sa survie. Elle aura de meilleures chances de guérir en demeurant au repos dans son plan d'origine, expliqua l'elfe.

Il regarda longuement la statuette d'onyx avant de se résoudre à la remettre dans sa poche.

Une épée réduisait un lit en morceaux pendant qu'une autre déchirait une couverture en lambeaux. Sa besogne achevée, Zaknafein regarda les pièces d'argent sur le sol. Le piège était grossier. Et pourtant, ce campement – et la perspective que Drizzt Do'Urden y revienne – l'avait maintenu sur le qui-vive pendant plusieurs jours !

Drizzt Do'Urden était parti, et il s'était donné beaucoup de mal pour faire savoir qu'il avait quitté Blingdenpierre. L'esprit-fantôme prit un moment pour analyser la nouvelle situation. La nécessité de penser, de faire appel à l'être rationnel – et pas seulement instinctif – que Zaknafein avait été réveilla inévitablement le conflit opposant la créature morte-vivante à l'esprit de l'être qu'elle retenait captif.

Dans son antichambre, la Matrone Malice Do'Urden sentait le conflit intérieur qui agitait sa créature. Contrôler un esprit-fantôme par le Zin-carla était une tâche éprouvante ; Malice devait constamment alterner chants et sorts pour que son esprit submerge les émotions et l'âme de Zaknafein Do'Urden.

⚔ ⚔ ⚔ ⚔ ⚔

L'esprit-fantôme vacilla quand il sentit l'intrusion de la volonté de Malice, puis il obéit. En une seconde, il se mit à étudier la petite caverne que Drizzt et une autre créature, sûrement un svirfnebelin, avaient transformée en un faux campement. Cela faisait maintenant près de dix jours qu'ils avaient quitté Blingdenpierre.

Zaknafein quitta la grotte et rejoignit le tunnel principal. Il huma l'air dans une direction, puis dans une autre ; il se tourna, s'accroupit et huma l'air de nouveau. Le sort de localisation dont Malice l'avait doté était inefficace sur de telles distances, mais la rapide inspection à laquelle Zaknafein venait de procéder avait confirmé ses soupçons : Drizzt était parti vers l'ouest. Il avait dix à vingt jours d'avance sur lui, mais cela ne l'inquiétait pas outre mesure. Lui n'avait besoin ni de dormir, ni de se reposer, ni de manger, alors que sa proie principale était un être de chair et de sang, un être mortel et donc… vulnérable.

⚔ ⚔ ⚔ ⚔ ⚔

— Quelle est cette étrange créature ? chuchota Drizzt à Belwar alors qu'ils regardaient un curieux bipède vêtu d'une longue tunique qui remplissait des seaux près d'un ruisseau.

L'ensemble des tunnels de la zone était illuminé par la magie, mais les deux compagnons étaient bien protégés, tapis dans l'ombre d'une avancée rocheuse située à plusieurs dizaines de mètres du bipède.

— C'est un homme, répondit le gnome. Un humain de la surface.

— Il est loin de chez lui, remarqua Drizzt, et pourtant il semble être à l'aise dans cet environnement. Je ne pensais pas qu'un homme de la surface puisse survivre dans l'Outreterre, cela va à l'encontre de tout ce que l'on m'a appris à l'Académie.

— C'est sûrement un sorcier. Cela expliquerait à la fois la lumière et sa présence ici. (L'Elfe interrogea son ami du regard.) Les sorciers sont bizarres, surtout les humains. Les sorciers drows pratiquent la magie pour le pouvoir, les magiciens svirfnebelins pour mieux comprendre les pierres, mais les sorciers humains... (Il continua, méprisant.) *Magga cammara*, elfe noir, ils sont pires encore.

— Pourquoi les sorciers humains pratiquent-ils la magie ? demanda l'elfe.

— Je crois qu'aucun érudit n'a jamais compris leurs motivations, répondit Belwar en secouant la tête. Les humains sont une race étrange et imprévisible, il vaut mieux ne pas s'en approcher.

— Tu en as déjà rencontré ?

— Quelques-uns ; des marchands, laids et arrogants. Ils se comportent comme si le monde entier leur appartenait.

Sans s'en rendre compte, Belwar avait haussé le ton sur la fin de sa phrase. La silhouette en robe se tourna vers eux.

— Venez izi, pitits rongeurs, appela l'humain dans un langage qu'ils ne comprenaient pas.

Le sorcier réitéra son invitation dans d'autres langues : en langue drow, ensuite dans deux dialectes inconnus, et enfin en langage svirfnebelin. Les deux compagnons n'en croyaient pas leurs oreilles.

— C'est un érudit, murmura Drizzt.

— Des rats, propaplement, marmonna l'humain pour lui-même.

Il continuait à regarder autour de lui, essayant de repérer ces petites créatures bruyantes qui pourraient améliorer son prochain repas.

— Allons voir si c'est un ami ou un ennemi, murmura l'elfe en sortant de la cachette.

Belwar, méfiant, voulut d'abord l'en dissuader puis, se fiant à son intuition, il le laissa continuer.

— Salutations, humain si loin de chez toi, dit l'elfe dans sa langue maternelle.

L'humain écarquilla les yeux et se mit à lisser nerveusement sa barbe blanche.

— Vous n'êtes bas des rats ! s'écria-t-il dans un drow maladroit mais compréhensible.

— Non, répondit Drizzt. (Il se tourna vers Belwar qui s'approchait.)

— Vous êtes des foleurs ! Venus biller mes biens !

— Non plus.

— Bartez ! hurla l'humain en battant des mains comme on le fait pour disperser des poules. Ouste, déparassez le plancher, rapitement !

— Non, dit Drizzt pour la troisième fois après avoir échangé un regard perplexe avec Belwar.

— C'est ba maison, stupite elfe noir ! Est-ce que je

t'ai debandé de venir ? As-tu reçu une invitation ? Ou peut-être que toi et ton betit ami très laid êtes le comidé d'accueil ?

— Fais attention, chuchota le svirfnebelin à Drizzt, c'est un magicien, c'est sûr, et il est très bizarre, même selon les standards humains.

— Ou beut-êdre que les drows et les gnomes des profondeurs ont peur de moi ? Pien sûr ! Ils ont appris que moi, Brister Fendlestick, j'ai décité de m'installer ici, et ils se sont alliés pour me nuire ! C'est clair maindenant, pensa le sorcier tout haut.

— J'ai déjà combattu des sorciers, dit l'elfe à Belwar, parlant à mi-voix. Espérons que nous pourrons régler cette affaire sans échange de coups. Quoi qu'il arrive, je n'ai pas du tout envie de rebrousser chemin. (Belwar acquiesça d'un air sinistre. Tout en se tournant de nouveau vers l'humain, l'elfe ajouta :) Peut-être pourra-t-on le convaincre de nous laisser passer ?

L'humain semblait être au bord de l'explosion.

— Vous ne pardez donc pas ! hurla-t-il soudain. Bien ! Alors resdez donc où vous êdes !

Drizzt comprit qu'il avait eu tort de croire qu'il pourrait parlementer avec celui-là. Il se rapprocha avant que le magicien ait le temps de lancer une attaque.

Mais ce dernier avait appris à survivre dans l'Outreterre et ses défenses étaient en place – elles l'étaient avant même que les deux amis fassent leur apparition. Il agita les mains et prononça un mot que ni l'elfe ni le gnome ne comprirent. L'anneau qu'il portait au doigt se mit à briller intensément et envoya une petite boule de feu vers les intrus.

— Pienvenue chez moi, alors ! Amusez-fous pien ! dit le magicien d'une voix triomphante.

Il claqua des doigts et disparut.

Drizzt et Belwar pouvaient sentir l'énergie explosive qui se concentrait autour de la boule.

— Fuyons ! cria le maître-terrassier en faisant demi-tour.

À Blingdenpierre, la magie avait une vocation purement défensive mais, à Menzoberranzan, elle était utilisée pour l'attaque. L'elfe, qui connaissait la magie, avait identifié le sort dont s'était servi le sorcier. Fuir dans ces couloirs étroits et tortueux ne leur servirait à rien.

— Non ! cria-t-il en attrapant son ami par le col et en l'obligeant à courir vers la boule lumineuse.

Belwar faisait suffisamment confiance à Drizzt pour le suivre sans poser de question. Ce n'est que lorsqu'il put s'arracher au spectacle de l'orbe qu'il comprit que son ami l'entraînait vers le ruisseau.

Ils plongèrent dans l'eau la tête la première, se blessant légèrement en heurtant des pierres, au moment même où la boule de feu explosa.

Quelques instants plus tard, ils refirent surface ; des volutes de fumée s'échappaient de l'arrière de leurs vêtements – la seule partie à ne pas avoir été immergée au moment de leur plongeon. Ils toussaient et crachaient, car les flammes avaient quasiment consommé tout l'oxygène de la grotte et la chaleur qui se dégageait des pierres encore incandescentes les étouffait.

— Ah, ces humains ! pesta Belwar.

Il sortit de l'eau et se secoua vigoureusement. Drizzt le rejoignit et ne put s'empêcher de rire. Le gnome ne trouvait rien de drôle à leur situation et rappela au drow que le magicien pouvait encore être dans les parages. Drizzt s'accroupit instantanément et scruta les alentours d'un regard inquiet. Ils finirent par quitter rapidement cet endroit.

—On est arrivés chez nous ! s'exclama le gnome deux ou trois jours plus tard.

Perchés sur une petite corniche, les deux amis dominaient une haute et large caverne qui abritait un lac souterrain. Derrière eux se trouvait une grotte qui comportait trois cavités plus petites et une entrée étroite, facile à défendre.

—Possible, hésita Drizzt. Mais nous n'avons laissé le sorcier qu'à quelques jours de marche d'ici.

—Oublie l'humain, râla Belwar en regardant la trace de brûlure sur sa précieuse veste.

—Et je n'apprécie guère d'avoir tant d'eau si près de l'entrée de la grotte.

—Qui dit eau dit poissons ! Nous aurons des plantes et de la mousse pour nous remplir la panse, et l'eau est presque claire !

—Mais une telle oasis attirera les visiteurs. J'ai bien peur qu'on ne puisse jamais trouver le repos bien longtemps dans un endroit pareil.

Belwar contempla la paroi lisse qui descendait jusqu'au sol de la caverne.

—Ce n'est pas un problème. Les intrus de grande taille ne pourront pas venir jusqu'ici, quant aux petits… j'ai vu la façon dont tu manies tes épées et tu connais la force de mes mains. À nous deux, on pourra s'en occuper.

Drizzt appréciait la confiance du svirfnebelin, et il devait bien admettre que c'était le premier endroit propice à leur installation qu'ils rencontraient. L'eau potable était difficile à trouver dans cette Outreterre aride. Avec le lac et les plantes, ils n'auraient jamais à aller bien loin pour trouver de la nourriture.

Il allait donner son accord quand son regard fut attiré par un mouvement dans l'eau.

— Et il y a même des crabes ! s'exclama le gnome. *Magga cammara*, elfe noir, il n'y a rien de plus délicieux !

C'était bien un crabe qui était sorti de l'eau, un monstre gigantesque, haut de quatre mètres et doté de pinces capables de couper en deux un humain – ou un elfe, ou un gnome.

— Ça, de la nourriture ? demanda Drizzt en regardant Belwar, l'air incrédule.

Un immense sourire illumina le visage du gnome tandis qu'il frappait son marteau et sa pioche l'un contre l'autre.

Ils mangèrent du crabe ce soir-là, et aussi le jour suivant, et celui d'après, et ainsi de suite. Drizzt commençait à se sentir bien dans ce nouveau foyer.

L'esprit-fantôme s'arrêta devant le tapis de baruchies. De son vivant, Zaknafein Do'Urden aurait évité un tel chemin ; il se serait méfié des grottes émettant des lueurs bizarres et des mousses luminescentes. Mais, pour l'esprit-fantôme, cela ne faisait aucun doute : Drizzt était passé par là.

Il traversa la grotte – les gaz mortels qu'émettaient les spores à chacun de ses pas n'avaient aucun effet sur lui. Puis vint le grondement annonciateur de l'arrivée imminente du grubber. Zaknafein s'accroupit, les instincts de celui qu'il avait été ayant senti le danger. Quand la créature rampa à l'intérieur de son territoire, elle ne trouva aucun intrus à déloger mais elle en profita pour déguster un bon repas de baruchies.

Une fois le grubber au centre de la grotte, l'esprit-fantôme laissa le sort de lévitation se dissiper et atterrit sur le dos du monstre. Celui-ci avait beau se tordre dans tous les sens, il n'arrivait pas à se débarrasser de son assaillant. Sa peau, épaisse et résistante, le protégeait de la plupart des armes.

Mais pas de celles que possédait Zaknafein.

Belwar était occupé à mettre en place la nouvelle porte destinée à bloquer l'entrée de leur caverne.

— Qu'est-ce que c'est que ça ? demanda-t-il soudain en s'interrompant.

Drizzt, qui se tenait près du lac, semblait avoir perçu les mêmes bruits, car il avait lâché le casque dont il se servait pour recueillir l'eau et avait dégainé ses cimeterres. Il leva une main pour faire taire le maître-terrassier et se rapprocha de lui pour pouvoir lui parler.

Le bruit, un claquement sonore, se fit entendre de nouveau.

— Tu sais ce que c'est, elfe noir ?

— Des porte-crocs ; ils ont l'ouïe la plus fine de toute l'Outreterre.

L'elfe chercha dans ses souvenirs la seule fois où il avait croisé de telles créatures. C'était pendant un exercice de patrouille, quand il était encore à l'Académie. Il menait sa classe dans les tunnels conduisant à l'extérieur de Menzoberranzan, quand ils tombèrent sur un groupe de créatures bipèdes dotées d'un exosquelette aussi dur qu'une armure de métal, d'un bec redoutable et de serres puissantes. La patrouille – surtout grâce à l'agilité de Drizzt – en était venue facilement à bout. Mais ce qui avait le plus marqué l'elfe, c'était sa conviction que cette rencontre avait été planifiée par les maîtres de l'Académie, qui n'avaient pas hésité, dans un souci de réalisme, à sacrifier un enfant drow.

— Nous devons les trouver, dit Drizzt d'un ton calme mais menaçant.

Belwar retint son souffle en voyant la lueur qui brillait dans les yeux lavande du drow.

— Ce sont des créatures dangereuses, expliqua celui-ci. (Il avait remarqué la perplexité de son ami.) Nous ne pouvons pas les laisser rôder dans les parages.

L'elfe n'eut pas de mal à les localiser ; il lui suffit de suivre le martèlement des serres contre la roche. Lui et Belwar arrivèrent finalement dans un couloir plus large : là se tenait un porte-crocs, seul, occupé à cogner la paroi avec ses serres, comme un mineur svirfnebelin l'aurait fait avec sa pioche.

Drizzt demanda à Belwar de rester en arrière en lui faisant comprendre qu'il en viendrait à bout plus facilement s'il pouvait le prendre par surprise. Le gnome obéit tout en se tenant prêt à intervenir si nécessaire.

Le porte-crocs, tout à son affaire, n'entendit pas le drow arriver. Drizzt se retrouva juste derrière le monstre et il chercha un moyen facile et rapide de le tuer. Il ne vit qu'une seule faille dans l'exosquelette, une fissure juste à la base du cou, au-dessus du plastron qui protégeait le poitrail de la créature. Mais il ne serait pas facile pour lui d'atteindre sa cible, car le monstre faisait bien trois mètres de haut.

Le chasseur trouva finalement la solution. Il frappa de toutes ses forces le genou de la créature, qui bascula et tomba sur le dos. Agile comme un chat, Drizzt se releva et bondit sur sa proie, ses lames prêtes à plonger dans la zone vulnérable de l'armure de son adversaire.

À cet instant précis, il aurait pu l'achever, mais il vit quelque chose – de la terreur ? – sur le visage du porte-crocs, quelque chose qui semblait en décalage avec l'apparence de la créature. Il reprit le contrôle du chasseur et hésita une seconde. À son grand étonnement, le porte-crocs se mit à parler en langue drow.

— S'il vous... plaît... Ne me... tuez... pas !

14

Caqueteur

Les cimeterres se retirèrent lentement du cou du porte-crocs.

— Je… ne suis… pas… ce que… je… semble… être, tenta d'expliquer le monstre. Je suis… un… pech.

— Un pech ? demanda Belwar alors qu'il arrivait à côté de Drizzt. (L'apparence du monstre le rendait perplexe.) Tu es un peu trop grand pour en être un.

Le regard de l'elfe allait de l'un à l'autre ; c'était la première fois qu'il entendait ce nom.

— Ce sont des enfants de la roche, lui expliqua le gnome. De bien étranges petites créatures. Dures comme de la pierre et n'ayant pas d'autre raison de vivre que de la travailler.

— Un peu comme les svirfnebelins, dit le drow.

Ne sachant pas s'il venait d'être complimenté ou insulté, le maître-terrassier poursuivit son exposé avec circonspection.

— Ils sont peu nombreux et, surtout, ils ne ressemblent pas à ça.

Belwar dévisagea le monstre avec méfiance puis adressa à Drizzt un regard qui lui disait de rester sur ses gardes.

— Je… ne… su… suis plus… un pech, balbutia le porte-crocs, la voix chargée de regrets.

— Quel est ton nom ? lui demanda Drizzt en espérant que la réponse de la créature l'aiderait à percer ce mystère.

Le monstre réfléchit un long moment puis secoua la tête, désemparé.

— Je… ne… su… suis plus… un pech, répéta-t-il.

Il rejeta sa tête en arrière, invitant l'elfe à lui porter le coup fatal.

— Tu ne te souviens pas de ton nom ? insista l'elfe, peu pressé de lui ôter la vie.

La créature ne répondit pas et resta immobile. Le drow sollicita du regard l'aide du maître-terrassier, mais celui-ci haussa les épaules, impuissant.

— Que s'est-il passé ? demanda Drizzt d'une voix pressante. Tu dois me dire ce qui t'est arrivé.

— So… so… (Le porte-crocs tentait désespérément de répondre.) So… sorcier. Un sorcier ma… lé… fique.

L'elfe savait qu'il existait des magiciens peu scrupuleux, et il commençait à croire cette étrange créature.

— C'est un sorcier qui t'a transformé ? (Drizzt et Belwar se regardèrent, stupéfaits.) J'ai déjà entendu parler de tels prodiges.

— Moi aussi, renchérit le gnome. *Magga cammara*, elfe noir, j'ai vu les sorciers de Blingdenpierre utiliser des sorts similaires pour infiltrer…

Il s'arrêta soudain, se rappelant à qui il s'adressait.

— … Menzoberranzan, finit le drow dans un gloussement.

Un peu embarrassé, le maître-terrassier s'éclaircit la voix et se tourna vers le monstre.

—Ainsi donc, tu étais un pech puis un sorcier t'a transformé en porte-crocs.

—C'est exact, je ne suis plus un p… pech.

—Où sont tes semblables ? Si ce que j'ai entendu sur ton peuple est vrai, vous voyagez généralement en groupe.

—M… m… m… morts, tués par le sor… sor…

—Un sorcier humain ? l'interrompit l'elfe.

—Oui, hu… humain.

—Et ce sorcier t'a abandonné à ton triste sort, conclut le svirfnebelin.

Drizzt et Belwar se regardèrent longuement, puis l'elfe fit un pas de côté pour permettre à la créature de se relever.

—J'au… j'aurais tellement… préféré que vous me… tu… tuiez, dit alors le monstre en s'asseyant.

Il regarda les serres qui lui servaient de mains d'un air de dégoût.

—La pi… pierre… perdue pour moi.

Belwar leva ses bras de mithral en guise de réponse.

—C'est ce que je croyais aussi, dit-il. Tu es vivant et tu n'es plus seul. Viens avec nous au lac, nous pourrons continuer à parler.

La créature accepta. Elle eut beaucoup de mal à soulever sa grande carcasse. Profitant des bruits que faisait l'exosquelette en raclant la paroi, le gnome chuchota à l'oreille de Drizzt.

—Tiens-toi quand même prêt, on ne sait jamais.

Devant l'imposante stature de la créature qui avait fini par se relever, le drow acquiesça.

Pendant des heures, le monstre raconta ses aventures extraordinaires aux deux amis. Au fur et à mesure qu'il parlait, sa maîtrise du langage s'améliorait de manière stupéfiante. En outre, la description qu'il fit de son existence précédente – une vie passée à tailler la pierre avec une ferveur presque religieuse – acheva de convaincre les deux compagnons de la véracité de ses dires.

— Cela fait du b… bien de parler de nouveau, même dans une langue qui n'est pas la mienne, dit la créature au bout d'un moment. J'ai l'impression d'avoir ré… ré… récupéré une partie de moi-même.

Drizzt, qui avait vécu des expériences similaires, comprenait parfaitement ce sentiment.

— Depuis combien de temps es-tu dans cet état ? demanda Belwar.

Le porte-crocs haussa les épaules.

— Quelques jours, plusieurs mois. Je ne m'en souviens plus. J'ai p… perdu la notion du temps.

Drizzt enfouit son visage dans ses mains et laissa échapper un long soupir ; il partageait la détresse de l'infortunée créature. Lui aussi s'était senti seul et abandonné dans l'Outreterre ; lui aussi avait connu les affres d'un tel sort. Le gnome tapota l'épaule du drow de sa main-marteau.

— Où allais-tu ? Ou plutôt d'où venais-tu ? demanda le maître-terrassier au porte-crocs.

— Je suis à la poursuite du so… so…, répondit-il. (Il buta sur ce dernier mot, comme si la seule évocation de cet être malfaisant suffisait à le faire souffrir.) Mais j'ai p… perdu tant de choses. Je le trouverais fa… facilement si j'étais encore un p… p… pech. Les pierres me diraient où ch… chercher. Mais je ne peux plus leur parler aussi souvent… (La créature se leva.) Je dois partir. Je vous mets en danger.

— Tu restes avec nous, dit Drizzt sur un ton qui n'autorisait aucune contestation.

— Mais je ne peux pas me con… contrôler, essaya d'expliquer le porte-crocs.

— Tu n'as pas à t'inquiéter, intervint Belwar. (Il montra l'entrée de leur grotte dans la paroi.) Notre antre est là-haut et la porte est trop petite pour toi. Repose-toi près du lac, nous devons décider de ce que nous allons faire.

Le porte-crocs, qui était épuisé, trouva les propos du svirfnebelin sensés. Il se laissa aller de tout son poids contre la paroi, et se pelotonna aussi confortablement que le lui permettait sa carcasse. Les deux amis s'éloignèrent, se retournant à chaque pas pour regarder leur étrange compagnon.

— Caqueteur, dit soudainement Belwar en arrêtant Drizzt.

Faisant un grand effort, le porte-crocs roula sur lui-même pour regarder le gnome des profondeurs, car il avait compris qu'il parlait de lui.

— Nous t'appellerons ainsi, si tu n'y vois pas d'objection, expliqua le gnome à la créature ainsi qu'à Drizzt. Caqueteur !

— Ça lui va comme un gant, renchérit l'elfe.

— C'est un b… bon nom, approuva le porte-crocs.

Mais il aurait préféré se souvenir de son nom de pech, ce nom qui sonnait comme un rocher dévalant une pente et dont chaque syllabe était une ode à la pierre.

—Nous allons devoir élargir l'entrée, dit Drizzt à son ami quand ils pénétrèrent dans leur grotte. Ainsi, Caqueteur pourra s'y réfugier avec nous et y être en sécurité.

—Non, elfe noir, nous n'en ferons rien, contesta le gnome.

—Il n'est pas en sécurité sur les rives du lac. Des monstres pourraient le trouver.

—Il est suffisamment en sécurité ! grommela Belwar. Quel monstre serait assez fou pour s'en prendre à un porte-crocs ?

Le gnome comprenait les inquiétudes de Drizzt, mais il pensait aussi à ce que sa suggestion avait de dangereux.

—J'ai déjà été témoin de tels sorts, dit sombrement le svirfnebelin. Ils sont dits polymorphes. La transformation du corps s'opère rapidement, mais celle de l'esprit peut prendre plus de temps.

—De quoi parles-tu ? demanda l'elfe dont la voix trahissait l'angoisse.

—Pour l'instant, Caqueteur est encore un pech emprisonné dans un corps de porte-crocs. Mais bientôt il ne sera plus qu'un porte-crocs de corps et d'esprit. Nous aurons beau le traiter en ami, lui ne nous verra plus que comme de la nourriture.

L'elfe voulut discuter mais Belwar le fit taire d'une seule question.

—Aimerais-tu avoir à le tuer, elfe noir ?

Drizzt se détourna.

—Son histoire ressemble à la mienne.

—Pas autant que tu le penses.

—Je me suis perdu, moi aussi.

— C'est ce que tu crois. Mais ce que tu es profondément a toujours été là, mon ami. Ce sont les circonstances qui ont fait de toi un chasseur. Pour Caqueteur, c'est différent ; bientôt il sera un porte-crocs, corps et âme, et, *magga cammara*, il ne t'épargnera pas comme tu l'as épargné, si tu te retrouves à sa merci.

Drizzt n'était pas convaincu, bien qu'il ne trouve rien à redire à l'implacable logique de son ami. Il se dirigea vers la cavité la plus à gauche – celle qu'il avait choisie en guise de chambre – et se laissa tomber dans son hamac.

— Hélas pour toi, Drizzt Do'Urden, marmonna Belwar en voyant l'elfe accablé. Et hélas pour notre ami déjà condamné.

Le maître-terrassier se rendit dans sa chambre et grimpa dans son hamac. Même si la situation lui pesait, il était déterminé à garder la tête froide et à se montrer pragmatique, car il sentait que l'empathie de Drizzt pour Caqueteur pourrait se révéler fatale.

Plus tard dans la nuit, c'est un Drizzt excité qui réveilla le svirfnebelin.

— Nous devons l'aider.

Belwar passa un bras sur son visage. Il avait eu un sommeil agité à cause d'un rêve qui lui avait fait crier *« Bivrip ! »* à haute voix alors qu'il tentait d'en finir avec son nouveau compagnon.

— Nous devons l'aider ! répéta l'elfe avec insistance.

À son aspect hagard, Belwar conclut qu'il n'avait pas dû dormir de la nuit.

— Je ne suis pas un sorcier, grommela le gnome. Et toi non…

— Nous en trouverons un. Nous trouverons celui qui a transformé Caqueteur et nous l'obligerons à lever l'enchantement ! Nous l'avons vu près du ruisseau il y a quelques jours. Il ne doit pas être bien loin !

— Un mage doté de tels pouvoirs ne sera pas facile à vaincre. As-tu oublié la boule de feu ? (Il jeta un coup d'œil rapide à sa veste roussie.) J'ai bien peur que nous ne puissions rien contre lui.

L'elfe sentit comme un manque de conviction dans les dernières paroles du gnome.

— Abandonnerais-tu Caqueteur si rapidement à son sort ? demanda franchement Drizzt à Belwar. (Il afficha un large sourire en voyant fléchir la détermination de son ami.) Est-ce là le même Belwar Dissengulp qui a pris sous son aile un drow abandonné ? Ce très vénérable maître-terrassier qui est resté aux côtés d'un elfe noir que tout le monde croyait dangereux et définitivement perdu ?

— Va dormir, répondit Belwar en le repoussant de sa main-marteau.

— C'est un sage conseil, mon ami. Fais-en de même car une longue route nous attend demain.

— *Magga cammara*, souffla le svirfnebelin en tentant de garder son air renfrogné.

Il se retourna dans son hamac et ne tarda pas à ronfler.

Caqueteur frappait la paroi avec ses serres sans relâche.

— Pas encore ! chuchota Belwar à Drizzt d'une voix agitée. Pas ici !

L'elfe se hâta le long du tunnel, guidé par le son monotone.

— Caqueteur ! appela-t-il doucement quand le porte-crocs fut en vue.

Celui-ci se tourna vers le drow, ses serres prêtes à frapper, et émit un sifflement menaçant. Il s'arrêta brusquement quand il se rendit compte de ce qu'il était en train de faire.

— Pourquoi continues-tu à frapper ? lui demanda le drow en feignant de ne pas avoir vu son attitude belliqueuse. Nous sommes dans l'Outreterre. De tels bruits pourraient nous attirer des ennuis.

La tête du monstre s'affaissa.

— Vous n'auriez pas dû venir avec m… moi. Je ne pe… peu… Il y a trop de ch… chose que je n'arrive pas à con… contrôler.

L'elfe s'approcha et posa une main réconfortante sur le bras de Caqueteur.

— C'est ma faute. (Il avait compris que le porte-crocs venait de s'excuser.) Nous n'aurions pas dû aller dans des directions opposées et j'ai eu tort de me rapprocher aussi rapidement sans m'annoncer. Nous allons rester ensemble à partir de maintenant, même si cela veut dire que nos recherches prendront plus de temps. Belwar et moi, nous t'aiderons à garder le contrôle.

Le visage de Caqueteur s'illumina.

— Cela fait tellement de b… bien de fr… fr… frapper la pierre.

Il cogna la paroi d'une de ses serres comme pour raviver ses souvenirs. Il resta perdu dans ses pensées quelques instants, se rappelant sa vie de pech et ces jours passés à marteler la pierre, à la modeler, à lui parler.

— Tu redeviendras un pech, lui promit Drizzt.

Belwar, qui les avait rejoints entre-temps, n'en était

pas aussi sûr. Cela faisait plus d'une semaine maintenant qu'ils arpentaient les tunnels, et ils n'avaient pas encore trouvé la moindre trace du sorcier. Le maître-terrassier constatait que Caqueteur semblait mieux contrôler sa part monstrueuse et cela le rassurait. Drizzt, qui avait connu un cheminement semblable, n'était-il pas devenu son meilleur ami ?

Mais il veillait à garder ses distances vis-à-vis du pech. Sa transformation en porte-crocs était l'œuvre d'une magie puissante et l'amitié ne suffirait pas à briser ce sort. Leur rencontre n'offrait qu'un court répit à Caqueteur. Son destin était déjà écrit.

Ils continuèrent leurs recherches dans les tunnels pendant quelques jours, sans plus de chance. La personnalité de Caqueteur ne s'était pas détériorée mais Drizzt, qui avait quitté le lac rempli d'espoir, sentait le poids de la réalité le rattraper.

Alors qu'ils envisageaient de retourner dans leur grotte, ils entrèrent dans une caverne de taille respectable dont le sol était jonché des décombres du plafond récemment effondré.

— Il était ici ! cria Caqueteur en se saisissant d'un énorme rocher qu'il envoya se fracasser contre la paroi. Il était ici ! hurla-t-il en continuant à jeter des pierres dans une explosion de rage.

— Comment le sais-tu ? demanda Belwar pour tenter d'atténuer la colère de son ami.

Il montra le plafond.

— C'est son… œuvre. C'est le so… so… qui a fait ça !

Drizzt et le gnome échangèrent des regards inquiets. Le plafond de la grotte qui, à l'origine, avait une hauteur de quatre mètres cinquante environ, était dévasté en son centre par un trou gigantesque qui mesurait le double. La magie qui avait causé de tels dégâts était indéniablement très puissante.

— C'est le sorcier qui a fait ça ? demanda Belwar, incrédule.

— Sa t… t… tour, répondit Caqueteur.

Il scrutait la grotte dans ses moindres recoins pour essayer de trouver le chemin que le sorcier avait emprunté pour sortir. Quand il s'arrêta, il s'aperçut que ses deux compagnons étaient plongés dans la plus grande confusion.

— Le so… so… so…

— Le sorcier, l'interrompit le gnome, impatient.

Le pech ne lui en tint pas rigueur ; il appréciait même plutôt son aide.

— Le so… sorcier a une tour. Une gr… grande t… tour de fer qu'il emmène avec lui, l'installant à sa c… convenance. (Il regarda le trou au plafond.) Même quand il n'y a pas de place.

— Il porte une tour ? l'interrogea le svirfnebelin.

Caqueteur ne lui répondit pas, car il venait de trouver unc emprcintc de botte dans un lit de mousse qui semblait se diriger vers un autre tunnel.

Drizzt et Belwar durent se satisfaire de l'explication partielle de leur ami et se remirent en chasse. L'elfe prit la tête de l'expédition, son entraînement à l'Académie et ses années passées dans l'Outreterre le désignant de fait pour ce rôle ; le gnome, grâce à sa compréhension innée de l'Outreterre et à sa broche magique, gardait en mémoire leur itinéraire ; Caqueteur, faisant appel à son côté pech, demandait aux pierres de les guider lui et ses amis. Ils traversèrent une nouvelle grotte dévastée, puis une autre encore qui portait les stigmates du passage du sorcier.

Quelques jours plus tard, les trois compagnons débouchèrent sur une grotte immense ; au loin, près d'un ruisseau, se dessinait la tour. Elle faisait près de neuf mètres de haut et six mètres de large. S'étant approchés prudemment, ils s'étaient rendu compte que ses murs lisses étaient en adamantium – le métal le plus résistant au monde – ce qui contrariait sévèrement leurs plans.

Ils finirent par repérer une petite porte qui se fondait parfaitement dans le mur. Ils se doutaient bien que l'ouvrir ne serait pas chose facile.

— Le so… so… Il est à l'intérieur, grogna Caqueteur, raclant ses serres contre la porte, désespéré.

— Il devra bien sortir à un moment ou à un autre, raisonna Drizzt. Quand ce sera le cas, nous serons là pour l'accueillir.

Cela ne satisfaisait pas le pech. Dans un rugissement qui résonna dans toute l'Outreterre, il fonça sur la porte pour essayer de l'enfoncer. Bien qu'elle n'ait pas bougé d'un pouce, Caqueteur essaya de nouveau. Il était évident pour Belwar et Drizzt que l'épaule du pech céderait la première.

Le drow tenta, en vain, de calmer le géant. De son côté, le svirfnebelin s'était rapproché de la paroi et entonna un chant familier.

Alors que Caqueteur s'effondrait en pleurant d'épuisement, de colère et d'impuissance, Belwar entra en scène.

— Écartez-vous ! Je n'ai pas fait tout ce chemin pour être stoppé par une simple porte !

Il fonça droit sur la porte et la frappa de toutes ses forces avec sa main-marteau magique. Des étincelles bleuâtres jaillissaient dans toutes les directions à chacun de ses coups. Il frappait sans relâche mais, quand toute son énergie fut épuisée, la porte de la tour n'avait que quelques égratignures et des brûlures superficielles.

Belwar frappa ses mains l'une contre l'autre de dépit et ressentit la même frustration que le pech. Drizzt restait concentré, car désormais le sorcier devait être au courant de leur présence. Il s'approcha avec précaution d'une des nombreuses meurtrières qui parsemaient la structure. Il entendit un chant étouffé et, même s'il n'en comprenait pas les paroles, il se doutait bien de ce que le sorcier manigançait.

— Courez ! hurla-t-il à ses camarades.

Il saisit une pierre et la lança dans l'ouverture.

Par chance, le sorcier jeta son sort juste au moment où la pierre atteignait son but. Un éclair ricocha sur celle-ci, la désintégrant au passage et envoyant du même coup valdinguer l'elfe, avant de revenir à son point de départ.

— Tamnation ! Tamnation ! Je déteste quand zela se passe ainzi, tonna une voix à l'intérieur de la tour.

Belwar et Caqueteur se précipitèrent vers leur ami, mais l'elfe était seulement étourdi et, quand ils le rejoignirent, il était déjà debout.

— Oh, fous allez payer chèrement pour ce que fous venez de faire !

— Fuyons ! cria le maître-terrassier, le porte-crocs sur ses talons.

Il regarda le drow et lut dans ses yeux que celui-ci ne fuirait pas. Caqueteur rejoignit à son tour Drizzt Do'Urden.

—*Magga cammara*, elfe noir, nous ne pouvons pas entrer ! rappela Belwar.

—C'est ce que nous allons voir.

Il tira la figurine d'onyx de sa poche, la plaqua contre la meurtrière, et appela Guenhwyvar. La brume noire s'engouffra dans la tour.

—Je fais tous fous duez ! hurla le sorcier.

Un feulement de panthère se fit entendre.

—Ouvrez la porte, ou vous le paierez de votre vie, sorcier ! cria Drizzt.

—Jamais !

Guenhwyvar rugit de nouveau, puis le sorcier hurla et la porte s'ouvrit brutalement.

L'elfe entra le premier, suivi de ses compagnons. Ils se retrouvèrent dans une pièce circulaire, au rez-de-chaussée de la tour. Une échelle métallique se dressait en son centre et conduisait à une trappe, par laquelle le sorcier avait tenté de s'échapper. Il n'y était toutefois pas parvenu et se retrouvait à présent la tête en bas, une jambe coincée entre deux barreaux et l'autre prise jusqu'au mollet dans la gueule de la panthère. Guenhwyvar était magnifique et semblait avoir totalement récupéré de son petit séjour dans l'acide.

—Endrez ! cria le sorcier en ouvrant grand les bras avant de les rabattre aussitôt pour empêcher sa robe de lui retomber sur le visage. (Celle-ci était en lambeaux et fumait encore aux endroits où l'éclair l'avait touchée.) Je suis Brister Fendlestick. Bienfenue dans mon humble temeure !

Belwar retenait Caqueteur à la porte à l'aide de sa main-marteau pendant que l'elfe se dirigeait vers le prisonnier. Drizzt contempla un long moment sa féline compagne, car il ne l'avait pas revue depuis le jour où il l'avait renvoyée pour qu'elle se remette de ses blessures.

—Ainsi tu parles le drow, dit-il au sorcier en l'attrapant par le col pour le remettre sur ses pieds.

Il l'observait avec beaucoup d'attention ; c'était la première fois qu'il voyait un humain de près. Il ne le trouvait pas très impressionnant.

—Je connais beaucoup de langues différentes, répondit le sorcier en s'époussetant. (Il ajouta, comme si cela était important :) Je suis Brister Fendlestick !

—Connais-tu le pech ? grogna Belwar depuis la porte.

—Le pech ? demanda l'humain d'une voix empreinte de dédain.

—Oui, le pech, gronda le drow, menaçant le sorcier de son cimeterre placé à quelques millimètres de sa gorge.

Caqueteur fit un pas en avant, écartant facilement le svirfnebelin qui tentait de le retenir.

—Les pechs, cracha le sorcier. Zes betites choses inutiles, touchours dans nos pattes !

Caqueteur s'avança encore.

—Finissons-en, elfe noir, supplia le gnome qui tentait en vain de stopper la progression du porte-crocs.

—Rends-lui son identité. Retransforme-le en pech. Et en vitesse !

—Bah ! renifla le sorcier. Il est mieux maindenant ! Qui foudrait être un pech ?

Caqueteur souffla bruyamment et se rapprocha encore, projetant Belwar sur le côté.

—Tout de suite, Sorcier ! gronda Drizzt.

Perchée sur l'échelle, la panthère poussa un long grognement affamé.

—Pien ! Pien ! Misérable pech !

Le sorcier sortit un grimoire d'une poche trop petite pour le contenir. Drizzt et Belwar échangèrent un sourire, pensant que la victoire était proche. Mais c'est alors que le sorcier fit une erreur fatale.

— J'aurais tû le tuer comme j'ai tué les audres, marmonna-t-il si bas que même Drizzt, pourtant près de lui, ne l'entendit pas.

Mais les porte-crocs avaient l'ouïe la plus fine de toute l'Outreterre.

D'un geste violent, Caqueteur projeta le gnome, qui était revenu près de lui, à l'autre bout de la pièce. Pris par son élan, il renversa Drizzt, faisant tournoyer ses cimeterres dans les airs. Le sorcier tenta de se protéger derrière l'échelle d'acier mais celle-ci plia sous la violence du coup porté par le géant, et Guenhwyvar fut violemment délogée de son perchoir.

La question de savoir si le sorcier était mort sur le coup n'avait plus d'importance lorsque Drizzt et Belwar reprirent leurs esprits. Les serres et le bec du porte-crocs lacéraient sans relâche le corps du sorcier. Un bref éclair apparaissait chaque fois qu'un des nombreux objets magiques qu'il avait sur lui était réduit en miettes.

Quand la colère du porte-crocs fut épuisée, le sorcier n'était plus qu'une masse de chair sanguinolente gisant sur le sol. Belwar s'apprêtait à faire remarquer que le sorcier avait accepté de retransformer Caqueteur, mais il s'abstint. Le porte-crocs tomba à genoux ; il n'arrivait pas à croire ce qu'il venait de faire.

— Partons, dit Drizzt en rengainant ses armes.

— Fouillons d'abord la tour, suggéra le gnome, pensant que de merveilleux trésors pouvaient être cachés à l'intérieur.

Mais l'elfe ne pouvait rester un instant de plus. Il s'était trop reconnu dans la rage aveugle de son compagnon, et l'odeur du sang l'emplissait de colère et de peurs qui lui étaient intolérables. Il sortit de la tour suivi de Guenhwyvar.

Le maître-terrassier aida le porte-crocs à se relever et guida le géant tremblant hors de la structure. Toujours aussi rationnel, il fit attendre ses amis pour fouiller la tour, à la recherche d'objets susceptibles de leur être utiles ou de la formule qui lui permettrait de transporter la haute structure de métal. Mais soit le sorcier était pauvre – ce dont Belwar doutait –, soit il avait parfaitement caché ses trésors, car le svirfnebelin ne trouva rien d'intéressant. Le magicien avait emporté tous ses secrets dans la mort.

Le chemin du retour fut silencieux ; chacun était perdu dans ses pensées. Drizzt et Belwar partageaient la même crainte : les agissements de Caqueteur n'étaient plus ceux d'un pech mais bel et bien ceux du porte-crocs qu'il était en train de devenir.

15

Rappels nécessaires

— Qu'as-tu appris ? demanda Matrone Malice à Jarlaxle tandis qu'ils marchaient côte à côte dans l'enceinte de la Maison Do'Urden.

En temps normal, elle ne se serait pas affichée si ouvertement en compagnie du mercenaire, mais elle était inquiète et impatiente. On parlait de changements dans la hiérarchie des familles régnantes de Menzoberranzan, de changements qui n'auguraient rien de bon pour elle et les siens.

— Qu'ai-je appris ? répéta Jarlaxle en feignant la surprise.

Malice ainsi que Briza, qui se trouvait de l'autre côté du mercenaire, le foudroyèrent du regard.

Jarlaxe s'éclaircit la voix – même si on aurait plutôt dit qu'il riait. Il ne pouvait en aucun cas expliquer en détail à la Mère Matrone les causes de ses gloussements involontaires ; il savait qu'il n'avait aucun intérêt à trahir les Maisons plus puissantes de la cité. Mais il pouvait faire une constatation qui la mettrait sur la voie.

— Zin-carla, l'esprit-fantôme, est parti depuis longtemps maintenant.

Malice fit un effort pour garder son calme. Elle se doutait que le mercenaire en savait plus qu'il le disait, mais son impertinence lui apporta la preuve que ses craintes étaient justifiées. L'esprit-fantôme de Zaknafein était effectivement à la recherche de Drizzt depuis un long moment, et la Reine Araignée n'était pas connue pour sa patience.

— As-tu autre chose à me dire ? l'interrogea Malice. (Jarlaxle haussa les épaules en guise de réponse.) Alors quitte ma maison.

Il hésita un moment, se demandant s'il pouvait exiger un paiement en échange du peu d'information qu'il venait de livrer. Puis il prit congé en faisant un de ces saluts dont il avait le secret.

Il n'aurait plus à attendre longtemps avant d'avoir sa récompense.

Une heure plus tard, dans l'antichambre de la chapelle, Malice, seule sur son trône, laissait ses pensées parcourir l'Outreterre. Ses échanges télépathiques avec l'esprit-fantôme étaient limités ; ils se réduisaient à la transmission d'émotions fortes. Mais grâce à elles elle savait où en était la chasse : plus Zaknafein était anxieux, plus il se rapprochait de Drizzt.

⚔⚔⚔⚔⚔

— Matrone Malice affirme que l'esprit-fantôme a quitté la cité svirfnebeline et qu'il se dirige vers l'ouest, rapporta Jarlaxle à la Matrone Baenre.

Après être sorti de la Maison Do'Urden, le mercenaire avait coupé à travers la forêt de champignons pour se rendre directement chez la prêtresse au sud de Menzoberranzan, où résidaient les familles drows les plus importantes.

— L'esprit-fantôme est toujours à sa poursuite... C'est bien, dit Matrone Baenre, plus pour elle que pour son informateur.

— Mais Malice pense que Drizzt a plusieurs jours, voire plusieurs semaines d'avance, continua le mercenaire.

— Elle te l'a dit ? demanda la vieille Mère Matrone, ne pouvant croire que cette dernière ait pu révéler des informations aussi compromettantes.

— On peut apprendre bien des choses sans parler ; le ton de Malice en disait plus que ce qu'elle voulait que j'entende.

Matrone Baenre secoua la tête et ferma ses paupières ridées, épuisée par toute cette histoire. Elle avait contribué à l'entrée de Malice au Conseil, mais elle ne pouvait rien faire d'autre désormais que d'attendre la suite des événements.

— Nous devons faire confiance à Matrone Malice, dit-elle après un long moment.

De l'autre côté de la salle se trouvait El-viddinvelp, le flagelleur mental de Matrone Baenre, qui détourna son esprit de la conversation. Le mercenaire drow avait rapporté que Drizzt était parti vers l'ouest, très loin de Blingdenpierre, et cette nouvelle ne pouvait être ignorée.

La créature projeta ses pensées loin vers l'ouest, lançant un avertissement dans des tunnels moins vides qu'il y paraissait.

Dès son arrivée au lac, Zaknafein sut qu'il avait trouvé sa proie. Il se cacha dans les aspérités de la paroi tout en continuant à avancer et trouva la porte fabriquée par Belwar ainsi que le complexe caverneux auquel elle conduisait.

De vieux souvenirs remontèrent à la surface de sa mémoire ; l'esprit-fantôme se rappelait l'amitié qu'il avait partagée avec Drizzt à une époque. Mais il fut submergé par une nouvelle émotion au moment où la Matrone Malice prit le contrôle de son esprit, folle de rage. Il traversa la porte, toutes lames dehors, et fouilla la grotte de fond en comble. Une couverture vola dans les airs pour retomber en lambeaux, lacérée par les coups répétés de Zaknafein.

Quand il eut épuisé sa rage, le monstre de Matrone Malice s'accroupit pour faire le point sur la situation.

Drizzt n'était pas là.

Il lui fallut peu de temps pour comprendre que l'elfe renégat, ainsi qu'un compagnon, peut-être même deux, étaient partis depuis quelques jours. L'instinct tactique de Zaknafein lui disait d'attendre là, car ce campement était bien réel, contrairement à la dernière fois. Sa proie reviendrait sûrement.

L'esprit-fantôme sentait que la Matrone Malice, de retour sur son trône, ne tolérerait plus aucun délai. Le temps lui était compté, les rumeurs grandissaient un peu plus chaque jour, mais les peurs et l'impatience qui agitaient Malice Do'Urden allaient lui coûter cher cette fois.

⚔ ⚔ ⚔ ⚔ ⚔

Quelques heures plus tard après que Malice avait guidé son esprit-fantôme dans le dédale de tunnels menant au refuge de son renégat de fils, Drizzt, Belwar et Caqueteur revinrent à la caverne par un chemin différent.

Drizzt sentit que quelque chose n'allait pas ; il sortit ses épées de leur fourreau et courut vers la grotte avant même qu'aucun des deux autres ait le temps de faire le moindre geste.

Quand ils arrivèrent, ils virent que l'endroit avait été dévasté : les hamacs et les lits étaient déchirés, la petite boîte où ils entreposaient la nourriture avait été fracassée et son contenu éparpillé. Caqueteur, qui ne pouvait entrer, faisait le guet à la porte au cas où le responsable de cette mise à sac se trouverait encore dans les parages.

— *Magga cammara !* rugit Belwar. Quel genre de monstre peut faire cela ?

Drizzt prit une couverture entre ses mains et lui montra les coupures nettes qui avaient été faites dans l'étoffe. Le gnome comprit où le drow voulait en venir.

— Des épées. Des épées finement aiguisées, dit le gnome d'un air grave.

— Des armes drows, compléta Drizzt.

— Nous sommes loin de Menzoberranzan, loin de ton peuple.

L'elfe connaissait le fanatisme dont pouvaient être capables les infâmes prêtresses de Lolth ; lui-même avait participé à un vaste raid sur le monde d'en haut qui n'avait d'autre but que de faire couler le sang des elfes de la surface, pour le seul plaisir de la Reine Araignée.

— Ne sous-estime pas Matrone Malice, dit-il d'un air lugubre.

— Si c'est l'œuvre de ta mère, elle trouvera à qui parler, grogna Belwar en frappant ses deux mains l'une contre l'autre. Nous sommes trois, désormais.

— Je te le répète ; ne la sous-estime pas. Ce qui s'est passé ici n'est pas un hasard ; nul doute qu'elle s'est préparée à toutes les éventualités.

— Tu ne peux pas en être sûr, raisonna le gnome, mais la lueur de terreur qu'il perçut dans les yeux lavande de son ami fit disparaître toute conviction de sa voix.

Ils rassemblèrent le peu d'affaires qu'il leur restait et partirent vers l'ouest rapidement, afin de mettre une plus grande distance encore entre eux et Menzoberranzan.

Caqueteur prit la tête du groupe car peu de monstres étaient prêts à se frotter à un porte-crocs. Belwar était juste derrière et Drizzt fermait la marche, beaucoup plus en retrait, pour les protéger au cas où des agents de sa mère attaqueraient. Belwar pensait que ceux qui avaient dévasté leur grotte avaient dû suivre leurs traces jusqu'à la tour du sorcier, ce qui leur laissait plusieurs jours d'avance. L'elfe quant à lui était loin d'en être sûr.

Il connaissait trop bien sa mère.

Après plusieurs jours, la troupe atteignit une zone accidentée parcourue de crevasses, une caverne aux murs irréguliers et au plafond couvert de stalactites qui les menaçaient, tels des monstres suspendus prêts à se jeter sur eux. Prenant le risque de les faire repérer, Belwar sortit sa broche magique et l'accrocha à sa veste de cuir. Malgré la lumière qu'elle diffusait, les ombres que projetaient les reliefs aiguisés ne promettaient que du danger.

La zone semblait encore plus silencieuse que le reste de l'Outreterre. Les voyageurs du monde souterrain entendaient rarement les bruits d'autres créatures mais, dans le cas présent, le silence était encore plus pesant, comme si toute vie avait disparu. Les seuls bruits perceptibles étaient ceux des pas lourds de Caqueteur et du raclement des bottes de Belwar sur le sol.

Le gnome fut le premier à sentir le danger approcher ; de subtiles vibrations dans la pierre l'avertirent qu'ils n'étaient pas seuls. Il arrêta Caqueteur avec sa main-pioche et se tourna vers Drizzt pour savoir s'il avait lui aussi senti quelque chose.

L'elfe désigna le plafond et lévita jusqu'à lui pour essayer de trouver un endroit d'où il pourrait tendre une embuscade. Tandis qu'il s'élevait, il sortit un de ces cimeterres et posa son autre main sur la statuette d'onyx dans sa poche.

Le porte-crocs et le gnome se cachèrent derrière une saillie rocheuse ; Belwar commença à entonner le chant magique qui lui servait à ensorceler ses mains. Lui et son compagnon étaient rassurés de savoir que l'elfe les protégeait d'en haut.

Mais Drizzt n'était pas le seul à avoir eu l'idée de s'embusquer entre les stalactites. Parvenu à la voûte, il comprit tout de suite qu'il n'était pas seul.

Une forme humanoïde, un peu plus grande que lui, flottait autour d'une stalactite à proximité. Drizzt prit appui sur une pierre pour se propulser vers elle et tira son second cimeterre. Il reconnut le danger quand il vit que la tête de son ennemi ressemblait à une pieuvre dotée de quatre tentacules. Il n'en avait jamais croisé auparavant mais il connaissait cette créature : c'était un illithid, un flagelleur mental, le monstre le plus craint et le plus dangereux de toute l'Outreterre.

Le flagelleur frappa le premier ; il était hors de portée des cimeterres de l'elfe. Les tentacules du monstre ondulèrent, projetant un flux d'énergie mentale en direction de Drizzt. Celui-ci fit appel à toute sa volonté pour éviter de perdre connaissance. Il tenta de se concentrer sur sa cible, de focaliser toute sa colère sur son adversaire, mais celui-ci frappa de nouveau pendant qu'un autre attaquait par le côté.

Belwar et Caqueteur ne pouvaient rien voir, car la scène se déroulait dans l'obscurité la plus totale, hors de la portée lumineuse de la broche magique. Tous deux sentaient toutefois que quelque chose se passait au-dessus d'eux, et le maître-terrassier se risqua à appeler son ami.

— Drizzt ? murmura-t-il.

La réponse arriva quelques instants plus tard lorsque les deux cimeterres tombèrent au sol. Surpris, les deux compagnons se précipitèrent vers les armes puis reculèrent. Devant eux, l'air se mit à briller et à ondoyer, comme si un portail invisible donnant sur une autre dimension s'ouvrait.

Un illithid en surgit et lança son attaque mentale avant que les deux amis stupéfaits puissent faire quoi que ce soit. Belwar tourna sur lui-même et s'effondra sur le sol, mais Caqueteur, grâce à sa double nature de pech et de porte-crocs, résista mieux à l'attaque.

Le flagelleur mental de nouveau libéra sa puissance, mais le porte-crocs traversa le flux d'énergie et pulvérisa son ennemi d'un seul coup de serres.

Il regarda autour de lui puis leva les yeux. D'autres flagelleurs mentaux descendaient du plafond, deux d'entre eux tenaient Drizzt par les chevilles. De nouveaux portails s'ouvrirent. En un instant, Caqueteur se retrouva cerné et attaqué de toutes parts. Sa double personnalité, qui l'avait protégé jusque-là, se délita rapidement.

Envahi par le désespoir et la rage, il n'était plus qu'un porte-crocs, agissant avec les instincts et la férocité de cette race monstrueuse.

Mais même la carapace d'un porte-crocs était perméable aux attaques des flagelleurs. Tandis qu'il se précipitait en direction des deux illithids qui tenaient Drizzt, il perdit connaissance à la moitié du chemin.

Il tomba à genoux, tenta de résister mais s'écroula. Il ne pensait plus ni à Drizzt, ni à Belwar, ni à sa colère.

Il ne restait que l'obscurité.

Quatrième partie

Impuissance

À de nombreuses reprises dans ma vie je me suis senti impuissant. C'est peut-être la douleur la plus aiguë que l'on puisse ressentir, mélange de frustration et de colère sans échappatoire. La douleur du soldat blessé au combat n'est en rien comparable à l'angoisse du prisonnier qui entend le fouet claquer. Même s'il n'entame pas son corps, il entame profondément son âme.

Nous avons tous été prisonniers à un moment ou à un autre de nos vies, prisonniers de nous-mêmes ou des attentes de ceux qui nous entourent. C'est un fardeau que tout le monde connaît et méprise, et dont peu de personnes parviennent à se libérer. Je me considère comme chanceux car ma vie n'a cessé de s'améliorer. Celle-ci ayant commencé à Menzoberranzan, sous la surveillance constante des hautes prêtresses de la Reine Araignée, il ne pouvait en être autrement.

Dans ma jeunesse, je croyais que je pouvais me défendre seul, que j'étais suffisamment fort, avec mon épée et mes principes, pour vaincre mes ennemis. Dans mon arrogance, j'étais persuadé que, par ma seule détermination, je ne serais jamais réduit à l'impuissance. Je n'étais qu'un jeune crétin borné, je dois bien l'admettre maintenant, car je me suis rarement retrouvé seul durant toutes ces années. Il y a toujours eu des amis sincères pour m'aider, même lorsque je pensais ne pas en avoir besoin, et que je ne me rendais pas compte qu'ils me soutenaient.

Zaknafein, Belwar, Caqueteur, Mooshie, Bruenor, Régis, Catti-brie, Wulfgar et, bien sûr, ma chère Guenhwyvar. Ce sont eux, mes chers compagnons, qui ont consolidé mes principes, qui m'ont donné la force de me battre contre n'importe quel ennemi, réel ou imaginaire. Ce sont eux qui ont combattu l'impuissance, la colère et la frustration.

Ce sont eux qui m'ont donné la vie.

Drizzt Do'Urden

16

Des chaînes invisibles

Caqueteur jeta un regard au bout de la longue et étroite caverne, sur la structure à plusieurs tours qui servait de château à la communauté illithide. Bien qu'il ait une mauvaise vue, le porte-crocs percevait des formes trapues qui arpentaient les parois rocheuses du château, et il entendait parfaitement le bruit de leurs outils. C'étaient des esclaves – duergars, gobelins, gnomes des profondeurs et autres races qu'il ne connaissait pas – dont les maîtres illithids exploitaient les connaissances de la pierre pour continuer à aménager l'immense bloc de roche où ils avaient élu domicile.

Peut-être que Belwar, parfaitement adapté à ce genre de travaux, était déjà à l'œuvre sur cet édifice.

Dans l'esprit de Caqueteur, de telles pensées cédaient rapidement la place aux instincts plus primaires du porte-crocs. Les attaques des flagelleurs avaient réduit sa résistance mentale, et les effets du sort de polymorphie s'étaient amplifiés. Ses deux identités se battaient désormais à armes égales pour prendre le contrôle, ce qui le plongeait dans une grande confusion.

Les flagelleurs se doutaient qu'il y avait quelque chose derrière cette enveloppe de porte-crocs. La survie de la communauté illithide passait par la connaissance et la lecture des esprits et, comme ils n'arrivaient pas à pénétrer la psyché fracturée de Caqueteur, ils se doutaient bien que derrière ces protubérances osseuses se cachait plus qu'un simple monstre de l'Outreterre.

Ils savaient que c'était de la folie d'essayer de contrôler un monstre tueur de deux cent cinquante kilos. Il était tout simplement trop dangereux et imprévisible pour rester dans l'enceinte de la structure. Malgré tout, dans la société illithide, tous les esclaves trouvaient leur place.

Caqueteur était sur un îlot de pierre d'environ cinquante mètres de diamètre entouré d'un large gouffre. D'autres créatures s'y trouvaient aussi, notamment un petit troupeau de rothés et plusieurs duergars amorphes qui semblaient avoir passé trop de temps sous l'influence mentale des illithids. Le porte-crocs comprit que ces nains gris attendaient de servir de repas à leurs maîtres cruels.

Il arpenta le rocher en cherchant un moyen de s'échapper ; le pech en lui se serait vite aperçu de la futilité d'une telle entreprise. Un seul pont passait au-dessus du gouffre. À la fois mécanique et magique, il restait de l'autre côté quand on ne l'utilisait pas.

Un groupe de flagelleurs accompagnés d'un robuste esclave ogre s'approchèrent du levier qui contrôlait le pont. Immédiatement, Caqueteur fut assailli par leurs suggestions télépathiques. Il comprit son rôle sur l'îlot, il allait s'occuper de leur troupeau. Ils voulaient un rothé et un nain gris ; le berger obéissant se mit au travail.

Aucune des deux victimes n'offrit la moindre résistance ; il brisa le cou d'un des duergars et fracassa le crâne d'un des rothés. Il sentit que les illithids étaient contents et, bizarrement, cela lui procura de la satisfaction.

Il s'approcha du bord du gouffre avec ses cadavres, face aux illithids.

L'un d'eux tira le levier qui commandait le pont. Caqueteur remarqua que le mécanisme était hors de sa portée, même s'il ne comprenait pas encore en quoi cela était important. Le pont de pierre et de métal s'avança depuis la falaise opposée. Il se déroula jusqu'à s'arrêter aux pieds du porte-crocs.

—*Approche!* ordonna l'un des illithids.

Caqueteur aurait pu lui résister s'il en avait vu l'utilité. Il s'engagea sur le pont qui grinça sous son poids. Quand il arriva au milieu du gouffre, d'autres ordres lui parvinrent.

—*Arrête-toi! Pose les deux cadavres et retourne sur ton îlot!*

Le porte-crocs considéra les options qui se présentaient à lui. Il était en colère, et sa part pech, bouleversée par la perte de ses amis, partageait cette même colère. En quelques enjambées il serait sur ses ennemis.

Sur l'ordre de l'un des flagelleurs, l'ogre se posta au bord du pont; il était un peu plus grand que Caqueteur et aussi large que lui, mais il ne portait pas d'armes, il ne pourrait donc pas l'arrêter. Néanmoins, le porte-crocs s'aperçut qu'il y avait toujours un illithid près du levier qui commandait le pont. Il n'aurait jamais le temps d'atteindre l'autre bord avant que la passerelle se dérobe sous lui, le faisant disparaître dans le vide. À contrecœur, il déposa les cadavres et retourna sur son îlot de pierre. L'ogre se dépêcha d'aller les ramasser pour les ramener à ses maîtres.

L'illithid poussa de nouveau le levier et le pont se rétracta en un clin d'œil, laissant le porte-crocs de nouveau livré à lui-même.

—*Mange!* commanda un autre des flagelleurs.

Sans réfléchir, il plongea ses serres dans la tête d'un pauvre rothé qui passait devant lui.

Une fois les illithids partis, Caqueteur se rua sur son repas. Le porte-crocs s'abandonna au goût du sang et de la viande crue, mais, chaque fois que son regard se perdait de l'autre côté du gouffre, une petite voix pech dans sa tête s'inquiétait du sort d'un svirfnebelin et d'un drow.

De tous les esclaves récemment capturés, Belwar Dissengulp était le plus recherché. Outre la curiosité qu'elles suscitaient, ses mains de mithral en faisaient un esclave parfait, apte à s'acquitter des deux activités qui importaient le plus aux illithids : le travail de la pierre et les combats de gladiateurs.

Lorsqu'il fut vendu aux enchères, une émeute faillit éclater. Des monceaux d'or, d'objets magiques, de sort et plusieurs grimoires de sorcellerie furent proposés. Finalement, il fut adjugé aux trois flagelleurs mentaux qui l'avaient capturé. Il fut conduit à travers un tunnel sombre et étroit jusqu'à une petite pièce.

Peu de temps après, trois voix résonnèrent dans sa tête, des voix que le gnome n'oublierait jamais – celles de ses nouveaux maîtres.

Une porte de fer s'ouvrit devant lui, révélant une pièce circulaire bien éclairée avec de hauts murs et des gradins surélevés tout autour.

— *Viens à la lumière*, lui ordonna l'un de ses maîtres.

Belwar, qui n'avait d'autre but que de lui plaire, s'exécuta sur-le-champ. Quand il s'avança, il vit plusieurs dizaines de flagelleurs rassemblés sur les bancs de pierre. Leurs étranges mains à quatre doigts étaient tendues vers lui, tout comme leurs têtes de pieuvre dénuées d'expression. Grâce au lien télépathique, Belwar n'eut aucun mal à localiser ses maîtres dans les gradins, occupés à discuter avec un petit groupe.

De l'autre côté, une autre porte s'ouvrit et un immense ogre en sortit. La créature se tourna immédiatement vers la foule, cherchant des yeux son maître – le point central de son existence.

— *Cet ogre m'a menacé, mon brave champion svirfnebelin*, lui fit comprendre l'un de ses maîtres une fois que les paris furent clos. *Tue-le pour moi.*

Belwar et l'ogre, qui avait reçu un ordre similaire, se ruèrent l'un sur l'autre. Mais alors que l'ogre était jeune et pas très malin, Belwar était expérimenté et rusé. Il ralentit et roula sur le côté au dernier moment.

L'ogre, qui essaya, malgré la manœuvre de son adversaire, de le frapper, vacilla un instant.

Ce fut un instant de trop.

La main-marteau de Belwar lui fracassa le genou ; il tomba en avant et le gnome en profita pour lui planter sa main-pioche dans le dos. Alors que le géant commençait à perdre l'équilibre, Belwar se rua dans ses jambes pour le faire tomber.

Le maître-terrassier se releva rapidement et se précipita vers la tête du géant prostré. L'ogre recouvra ses esprits juste à temps pour saisir la veste du gnome. Mais alors qu'il s'apprêtait à jeter le svirfnebelin au loin, celui-ci eut le réflexe de lui planter sa main-pioche dans la poitrine. Aveuglé par la colère et la douleur, le stupide géant poursuivit son geste.

L'élan qu'il donna à Belwar – dont la main-pioche était toujours fichée dans la poitrine de l'ogre – ouvrit une large blessure dans sa chair. Le géant se débattit et réussit à retirer la main de mithral de son adversaire. Il donna un formidable coup de genoux à Belwar qui fut propulsé quelques mètres plus loin. Ce dernier se releva ; il avait mal et était désorienté mais il voulait toujours plaire à ses maîtres.

Il entendait les encouragements et les cris télépathiques de tous les illithids réunis dans l'arène, mais la voix de son maître se distingua nettement dans le vacarme.

— *Tue-le !*

Belwar n'eut pas la moindre hésitation. L'ogre était sur le dos, ses mains sur sa poitrine pour empêcher son sang de couler. Sa blessure était sûrement mortelle mais cela était loin de satisfaire le svirfnebelin. Cette pourriture avait osé menacer son maître ! Il se précipita directement sur la tête de son adversaire. Trois coups rapides de sa main-marteau ramollirent le crâne du géant, permettant à sa main-pioche de porter le coup fatal.

L'ogre fut parcouru de nombreux spasmes tandis que la vie le désertait, mais le gnome n'éprouvait aucune pitié. Il avait fait plaisir à ses maîtres et c'était la seule chose au monde qui lui importait.

Debout dans les gradins, le fier propriétaire du svirfnebelin récoltait son dû : de l'or et des flasques de potions. Bien qu'il prenne plaisir à voir son nouveau champion s'acharner sauvagement sur son adversaire, il lui ordonna de s'arrêter. Le corps de l'ogre faisait aussi partie du pari.

Inutile de gâcher le dîner.

Au milieu du château illithid se dressait une immense tour – une gigantesque stalagmite creusée et sculptée pour accueillir les membres les plus importants de cette étrange communauté. L'intérieur de la structure de pierre était composé de balcons et d'escaliers en colimaçon, chaque niveau hébergeant plusieurs flagelleurs mentaux. Mais c'était le rez-de-chaussée, une pièce circulaire et nue, qui abritait le plus important de tous : le cerveau central.

Cet amas de chair flasque et palpitante de près de six mètres de diamètre maintenait la communauté illithide dans une symbiose télépathique. C'était le dépositaire de leur savoir, l'œil mental qui surveillait les alentours de leur demeure et avait entendu l'alerte lancée par l'illithid depuis la cité drow, plusieurs kilomètres à l'est. Pour les illithids, le cerveau central était le coordinateur de toute leur existence, presque leur dieu. C'est pour cela que peu d'esclaves avaient accès à l'intérieur de cette tour, des captifs aux mains sensibles et délicates qui pouvaient masser le dieu illithid, le calmer à l'aide de petites brosses et d'ablutions chaudes.

Drizzt Do'Urden était l'un d'entre eux.

Le drow s'agenouilla sur l'allée qui faisait le tour de la pièce ; il tendit les bras pour atteindre la masse cérébrale et ainsi ressentir pleinement ses joies et ses contrariétés. Quand le cerveau était préoccupé, Drizzt sentait des zones se crisper. Il les massait avec plus d'ardeur pour permettre à son maître bien-aimé de retrouver la sérénité.

Quand le cerveau était heureux, Drizzt était heureux. Rien d'autre au monde ne lui importait ; le drow renégat avait trouvé son but dans la vie. Il était enfin chez lui.

— Une prise de premier choix que celle-ci, dit le flagelleur de sa voix liquide.

Il tenait dans sa main les potions qu'il avait gagnées à l'issue du combat.

Les deux autres illithids remuèrent leurs mains à quatre doigts en signe d'agrément.

— *C'est un champion dans l'arène*, remarqua l'un d'entre eux.

— Et il est outillé pour creuser, ajouta le troisième. (Une pensée lui traversa l'esprit et par conséquent celui des autres.) *Peut-être même pour sculpter ?*

Les trois illithids regardèrent de l'autre côté de la chambre, là où un nouveau renfoncement était en cours d'élaboration.

Le premier flagelleur agita ses doigts et gargouilla.

— Quand le temps sera venu, le svirfnebelin s'occupera des tâches domestiques. Mais, pour l'instant, il doit nous faire gagner plus d'or et de potions.

— Comme tous ceux qui ont été capturés lors de l'embuscade, affirma le second.

— Le porte-crocs s'occupe du troupeau, expliqua le troisième.

— Et le drow s'occupe du cerveau, je l'ai vu alors que je montais dans nos appartements. Il s'avère un masseur efficace pour le plus grand bien du cerveau et donc du nôtre, gargouilla de nouveau le premier.

— Et il y a ceci, dit le deuxième en donnant un coup de tentacule au troisième qui tenait une statuette d'onyx.

— *C'est magique?* se demanda le premier.

— *En effet, c'est lié au plan astral. Une entité de pierre, je crois.*

— L'avez-vous invoqué ? interrogea le premier.

Les deux autres serrèrent chacun leurs poings – c'était la façon de dire non des flagelleurs.

— C'est peut-être un ennemi dangereux. Nous avons pensé qu'il était plus prudent d'observer la bête dans son propre monde avant de l'invoquer, intervint le troisième.

— C'est une sage décision, acquiesça le premier. Quand y allez-vous ?

— Immédiatement. Comptes-tu nous accompagner ?

Le premier serra ses poings, puis montra la fiole de potion.

— Les affaires d'abord, expliqua-t-il.

Les deux autres remuèrent leurs doigts avec excitation. Il se retira dans sa chambre pour faire le compte de ce qu'il avait gagné. Les deux autres s'assirent sur de grandes chaises confortables afin de se préparer à leur voyage.

Ils flottèrent ensemble, abandonnant leur enveloppe corporelle sur leur siège. Ils suivirent le lien de la figurine avec le plan astral, qui ressemblait à un fil d'argent. Ils étaient au-delà de la caverne maintenant, au-delà des pierres et des bruits du plan matériel. Ils dérivaient dans la sérénité du plan astral, bercés par le chant continu du vent. Dans cet espace, il n'y avait pas de structures solides telles qu'on l'entendait dans le monde matériel ; tout n'était que variations de lumière.

Alors qu'ils étaient sur le point d'achever leur ascension, les illithids s'écartèrent du fil d'argent ; ils ne voulaient pas que la panthère puisse s'apercevoir de leur présence. Ils n'étaient les bienvenus dans aucun des plans qu'ils traversaient.

Ils parvinrent sans encombre à destination.

Guenhwyvar s'ébattait dans une forêt de lumière, à la poursuite de l'entité de l'élan, perpétuant un cycle sans fin. L'élan, aussi magnifique que la panthère, se déplaçait avec grâce dans un équilibre parfait. Ils avaient déjà joué ce scénario des millions de fois et ils le joueraient encore à l'infini. Tel était l'ordre naturel qui régissait la vie de la panthère ainsi que le reste de l'univers.

Certaines créatures, tels les habitants des mondes inférieurs ou les flagelleurs mentaux, n'étaient pas sensibles à cette harmonie à la fois simple et parfaite, et ne percevaient pas la beauté de cette chasse éternelle. Alors qu'un spectacle extraordinaire s'offrait à eux, ils ne pensaient qu'à l'utilisation qu'ils pourraient faire du félin, et au profit qu'ils pourraient en tirer.

17

Un équilibre fragile

Belwar étudiait son prochain adversaire avec beaucoup d'attention ; il avait l'impression de reconnaître la bête caparaçonnée. Avait-il été ami avec une telle créature auparavant ? Quels que soient ses doutes, ils étaient étouffés par le flot de fausses informations dont l'abreuvait télépathiquement son maître.

— *Tue-le, mon brave champion. C'est assurément ton ennemi et il s'en prendra à moi si tu ne le tues pas !*

Le porte-crocs, qui était beaucoup plus grand que l'ami oublié du svirfnebelin, fonça sur le gnome, bien déterminé à en faire son repas.

Belwar se campa sur ses jambes et attendit le moment opportun. Quand le porte-crocs plongea sur lui les bras écartés pour l'empêcher de sauter sur le côté, Belwar bondit devant lui et lui flanqua un direct de sa main-marteau dans la poitrine. Sous l'impact du coup, des lézardes apparurent sur tout l'exosquelette du porte-crocs. Le monstre fit encore quelques pas avant de s'évanouir.

Belwar n'eut pas le temps d'esquiver son adversaire qui s'écrasa de tout son poids sur lui. Le choc lui démit une épaule et il fut à deux doigts lui aussi de s'évanouir de douleur. Mais les nouvelles injonctions télépathiques de son maître le tenaient éveillé et lui faisaient oublier ses blessures.

Le svirfnebelin était coincé sous la carcasse du porte-crocs. Encombré par sa masse, le monstre ne pouvait pas attraper le gnome avec ses bras, mais il avait d'autres armes à sa disposition. Il abattit son bec sur Belwar, qui parvint à le bloquer à quelques centimètres de son visage grâce à sa main-pioche.

L'excitation était palpable dans les gradins ; les illithids s'agitaient et discutaient aussi bien à voix haute que par télépathie.

Le maître de Belwar, craignant de perdre son champion, envoya le plus discrètement possible un message télépathique au maître du porte-crocs.

— *Est-ce que vous abandonnez ?*

Son interlocuteur afficha un air suffisant et bloqua ses récepteurs mentaux. Le maître du gnome ne pouvait rien faire d'autre qu'attendre la suite des événements.

Le porte-crocs n'arrivait pas à atteindre sa proie ; le coude du gnome bloqué sous son sternum l'en empêchait et la main-pioche maintenait son bec à distance. Le monstre changea de tactique et fit soudain une ruade pour dégager sa tête de l'emprise de Belwar.

Le bec s'abattit de nouveau sur lui ; on aurait pu penser que le gnome frapperait le monstre à la tête avec sa main-pioche. C'est d'ailleurs ce à quoi s'attendait le monstre. Belwar l'ayant deviné, il opta pour une autre tactique.

Il donna un coup dont il contrôla l'amplitude afin que sa main-pioche passe juste en dessous du bec de son adversaire. Le monstre, convaincu que le gnome tentait de le toucher, arrêta son geste à mi-chemin.

Mais il n'avait pas prévu le coup rapide que le gnome lui assena sur la tempe d'un revers de sa main-pioche. Ignorant la douleur qui irradiait dans son épaule, le gnome replia son autre bras avant de frapper. Le porte-crocs profita de ce que son adversaire avait momentanément baissé sa garde pour tenter de lui arracher une partie du visage avec son bec.

Au lieu de quoi il goûta au mithral de la main-marteau.

La main de Belwar s'enfonça profondément dans la gorge de son adversaire, disloquant son bec au passage. Le monstre s'agitait convulsivement pour tenter de se libérer, chaque soubresaut envoyant des vagues de douleur dans le bras blessé du gnome.

Malgré tout, le svirfnebelin continuait à frapper rageusement le porte-crocs de sa main libre, encore et encore. À chaque coup, du sang coulait le long de l'immense bec du monstre.

— Est-ce que vous abandonnez ? cria de sa voix liquide le maître de Belwar en direction de celui du porte-crocs.

La question était encore prématurée car, dans l'arène, le porte-crocs était loin d'avoir abandonné la partie. Il avait une autre arme à sa disposition – son poids – et il tenta d'écraser le gnome de toute sa masse.

— C'est plutôt à vous qu'il faut poser la question, rétorqua le maître du monstre en voyant le tour inattendu que prenaient les événements.

C'est alors que Belwar, se servant de sa main-pioche, arracha un œil à son adversaire, qui hurla de douleur. Autour de l'arène, les illithids faisaient onduler leurs doigts, ouvraient ou fermaient leurs poings, manifestant leur vif intérêt pour la lutte à mort des deux combattants.

Les maîtres des gladiateurs comprirent qu'ils avaient beaucoup à perdre. Le vainqueur, quel qu'il soit, serait-il seulement en mesure de récupérer en vue d'autres combats ?

— *Peut-être devrions-nous considérer que c'est un match nul?* proposa le maître du gnome.

L'autre s'empressa d'accepter. Chacun envoya à son champion un message lui demandant de cesser le combat, mais il fallut un certain temps avant que les suggestions mentales des illithids parviennent à apaiser la soif de sang et la rage de leurs gladiateurs. Soudain, leur instinct brutal de survie ayant disparu, les deux adversaires éprouvèrent un début de sympathie l'un pour l'autre et, quand le porte-crocs se releva, il tendit une serre secourable au svirfnebelin pour l'aider à se remettre sur ses pieds.

Quelques minutes plus tard, Belwar était assis sur le banc de pierre de sa petite cellule dénuée d'ornement, située dans le tunnel qui menait à l'arène. Son bras – celui qui portait sa main-marteau – était complètement engourdi, et un épouvantable bleu aux teintes violacées recouvrait toute son épaule. Il faudrait plusieurs jours avant qu'il soit de nouveau en mesure de combattre, et le fait de ne pouvoir faire plaisir à son maître durant cette période le contrariait profondément.

L'illithid vint aux nouvelles. Il avait des potions qui pourraient soigner les blessures de son gladiateur mais, même avec l'aide de la magie, Belwar avait indéniablement besoin de se reposer. De toute façon, le flagelleur pouvait l'utiliser à d'autres tâches ; il y avait justement un travail de sculpture à terminer dans ses appartements privés.

— Viens avec moi, ordonna l'illithid.

Le gnome des profondeurs se leva et le suivit, en veillant à toujours rester un pas derrière son maître.

Quand ils traversèrent le niveau inférieur de la tour principale, un drow agenouillé retint l'attention du svirfnebelin. Quelle chance avait-il de pouvoir toucher et apporter du plaisir au cerveau central de la communauté ! Puis il n'y pensa plus tandis qu'il montait jusqu'au troisième niveau pour rejoindre la suite que partageaient ses maîtres.

Les deux autres illithids étaient toujours sur leurs chaises, immobiles. Le maître de Belwar ne leur prêta aucune attention ; il savait que ses compagnons étaient loin dans le plan astral et que leurs enveloppes charnelles ne risquaient rien. Il s'arrêta un court instant, le temps de se demander jusqu'où ils avaient bien pu aller dans le plan astral. Mais son pragmatisme naturel le ramena rapidement à son gladiateur. Il avait fait un lourd investissement en l'achetant et il ne voulait pas le perdre.

Il l'emmena dans une pièce du fond et l'installa à une table de pierre très ordinaire. Immédiatement, l'illithid bombarda son esclave de questions et de suggestions télépathiques tandis qu'il appliquait des bandages sur son épaule blessée. Les flagelleurs pouvaient pénétrer l'esprit d'une créature dès le premier contact, mais il leur fallait des semaines, voire des mois, pour le dominer complètement – chaque contact télépathique amenuisait progressivement les résistances naturelles de l'esclave, mettant ainsi au jour ses souvenirs et ses émotions.

L'illithid voulait tout connaître de Belwar, de ses mains d'artiste et de ses étranges compagnons de route. Au cours de cet échange télépathique, il se concentra surtout sur les mains de mithral, car il sentait bien que son esclave ne les utilisait pas au maximum de leurs capacités.

L'esprit du flagelleur sonda les recoins du cerveau du gnome et découvrit un chant curieux.

—*Bivrip ?* lui demanda-t-il.

Par pur réflexe, Belwar frappa ses mains l'une contre l'autre avant de grimacer de douleur.

Les doigts et les tentacules de l'illithid ondulèrent d'excitation. Il venait de faire une importante découverte, il le savait, une découverte qui pourrait rendre son champion encore plus puissant. Mais s'il lui permettait de se souvenir de ce chant, cela lui redonnerait aussi une part de son identité effacée et de ses souvenirs d'avant l'esclavage.

Il donna une nouvelle potion de guérison au svirfnebelin puis étudia autour de lui ses autres marchandises. S'il continuait à utiliser son esclave comme gladiateur, un nouveau combat contre le porte-crocs était à prévoir ; c'était la règle après un match nul. Et il n'était pas sûr que son champion survive à une autre rencontre.

À moins que…

Dinin Do'Urden chevauchait son lézard en direction de la zone de Menzoberranzan où se trouvaient les Maisons d'un rang inférieur, qui était aussi la plus peuplée de la cité. La capuche de son *piwafwi* dissimulait une grande partie de son visage et il ne portait aucun signe distinctif révélant son appartenance à la noblesse. La discrétion était son alliée, aussi bien contre les regards mauvais qu'il pourrait croiser dans cet endroit dangereux que contre le jugement désapprobateur de sa mère et de sa sœur. Il vivait dans un état proche de la paranoïa, à se demander constamment si celles-ci n'étaient pas en train de l'espionner.

Un groupe de gobelours fit irruption devant le lézard. La désinvolture de ces esclaves mit en colère l'aîné de la Maison Do'Urden et, instinctivement, sa main se porta au fouet qu'il avait à sa ceinture. Néanmoins il se calma, en se disant qu'il était plus sage de faire profil bas afin de ne pas être découvert. Il continua son chemin jusqu'à une rangée de stalagmites connectées entre elles.

—Ainsi tu m'as trouvé, dit une voix familière dans son dos.

Surpris et effrayé, Dinin stoppa sa monture et se figea sur sa selle. Il savait qu'une dizaine d'arbalètes au minimum le tenaient en joue.

Il tourna doucement la tête et vit Jarlaxle approcher. Dans cet endroit sombre, le mercenaire lui semblait différent du drow exagérément poli et docile qu'il voyait à la cour de la Maison Do'Urden. Peut-être était-ce simplement dû à la présence des deux gardes drows lourdement armés qui l'accompagnaient, ou bien au fait que Matrone Malice n'était pas là pour l'en protéger.

—On doit toujours demander la permission avant d'entrer dans la maison d'un autre, dit le mercenaire d'un ton calme mais menaçant. C'est la moindre des choses.

—Je suis à l'extérieur, dans la rue, lui rappela Dinin.

—Donc tu es bien dans ma maison, sourit Jarlaxle.

Dinin se souvint de son rang et cela lui donna du courage.

— Est-ce que le noble d'une maison dominante doit demander la permission à Jarlaxle le mercenaire avant de passer sa porte ? Et en ce qui concerne la Matrone Baenre, qui n'entre dans aucune maison de Menzoberranzan sans en avoir demandé l'autorisation à la Mère Matrone concernée, doit-elle également demander la permission à Jarlaxle la canaille ?

Il se rendit compte qu'il avait peut-être été trop loin dans l'insulte mais sa fierté le lui avait commandé.

Jarlaxle se détendit et le sourire qu'il afficha semblait presque sincère.

— Ainsi tu m'as trouvé, répéta-t-il en faisant une de ses révérences habituelles. Dis ce que tu as à dire, qu'on en finisse.

Dinin, gagnant de l'assurance, croisa les bras sur sa poitrine avec un air de défi.

— Qui te dit que c'est toi que je suis venu voir ?

Les sourires qu'échangèrent Jarlaxle et ses gardes, ajoutés aux ricanements de ses hommes tapis dans l'ombre, entamèrent l'aplomb de Dinin.

— Aîné, dis ce que tu as à dire, qu'on en finisse.

— Je veux des informations sur le Zin-carla, dit-il carrément. L'esprit-fantôme de Zaknafein arpente l'Outreterre depuis un certain temps maintenant. Trop longtemps peut-être ?

Jarlaxle savait où il voulait en venir.

— C'est Matrone Malice qui t'envoie ?

C'était plus une constatation qu'une question. Dinin secoua la tête et le mercenaire ne mit pas en doute sa sincérité.

— Tu es aussi sage que fin bretteur, le complimenta Jarlaxle en faisant une nouvelle révérence qui semblait revêtir un autre sens dans le monde sombre du mercenaire.

— Je suis venu ici de ma propre initiative. Il me faut des réponses.

— Es-tu effrayé, aîné Do'Urden ?

— Préoccupé plutôt, répondit sincèrement Dinin en ignorant le ton sarcastique du mercenaire. Je ne sous-estime jamais mes ennemis, ni mes alliés.

Jarlaxle lui lança un regard perplexe.

— Je sais ce que mon frère est devenu et je sais ce que Zaknafein a été.

— C'est un esprit-fantôme maintenant, contrôlé par la Matrone Malice.

— En chasse depuis un certain temps, dit Dinin d'un ton calme, persuadé qu'on interpréterait à bon escient ce qu'il sous-entendait par ces simples mots.

— Ta mère a invoqué le Zin-carla, répliqua le mercenaire un peu sèchement. C'est le plus grand don accordé par la Reine Araignée. Matrone Malice connaissait les risques. Tu ne peux pas ignorer que les esprits-fantômes sont accordés pour accomplir une tâche spécifique.

— Quelles seront les conséquences en cas d'échec ? demanda Dinin sans détour. (Le regard incrédule du mercenaire lui apporta la réponse qu'il attendait.) Combien de temps reste-t-il à Zaknafein ?

Jarlaxle haussa les épaules et répondit à Dinin par une autre question.

— Qui peut connaître les desseins de Lolth ? La Reine Araignée peut se montrer patiente si elle estime que le jeu en vaut la chandelle. Est-ce que Drizzt a une telle valeur ? C'est à Lolth, et à elle seule, d'en décider.

Dinin observa Jarlaxle pendant un long moment jusqu'à ce qu'il soit sûr que ce dernier n'avait plus rien à ajouter. Il releva la capuche de son *piwafwi* sur son visage et fit volter sa monture, prêt à rentrer chez lui. Il se retourna pour lancer un dernier commentaire mais Jarlaxle et ses hommes avaient déjà disparu.

— *Bivrip !* cria Belwar en terminant d'énoncer le sort.

Il frappa de nouveau ses mains l'une contre l'autre, sans grimacer cette fois, car la douleur s'était atténuée. En voyant la gerbe d'étincelles, son maître applaudit de joie.

Maintenant, il voulait voir son gladiateur en action. Il chercha une cible dans la pièce et s'arrêta sur le renfoncement à moitié creusé. Il bombarda le cerveau du maître-terrassier de consignes relatives aux aménagements qu'il souhaitait.

Belwar se mit au travail. N'étant pas sûr que l'épaule qui portait la main-marteau ait suffisamment récupéré, il commença avec la main-pioche. La pierre fut réduite en poussière dès le premier coup, et un message de satisfaction de son maître parcourut les synapses du gnome. Même l'exosquelette d'un porte-crocs ne pourrait résister à un tel coup !

L'illithid donna d'autres instructions au svirfnebelin et se retira dans une pièce voisine pour étudier. Laissé seul, l'esclave poursuivait sa tâche. Refaisant les gestes qu'il avait reproduit des milliers de fois au cours de ses cent ans d'existence, il sentit une certaine confusion dans ses pensées.

Rien de précis ne lui revint en mémoire ; ses mouvements étaient essentiellement guidés par son désir de satisfaire ses maîtres, mais pour la première fois depuis sa capture son esprit s'interrogea.

Identité ? Raison d'être ?

Le chant-sortilège de ses mains de mithral lui revint à l'esprit, et devint le vecteur inconscient de sa détermination à sortir de l'emprise de ses maîtres.

— *Bivrip ?* murmura-t-il de nouveau.

Le mot raviva un souvenir beaucoup plus récent, l'image d'un elfe drow, agenouillé et massant le cerveau central de la communauté illithide.

— Drizzt ? chuchota-t-il.

Mais cette pensée s'évanouit dès qu'il frappa de nouveau la pierre, son esprit tout entier focalisé sur la satisfaction de ses maîtres.

Le résultat devait être parfait.

⚔⚔⚔⚔⚔

Une zone du cerveau central ondula sous la main à la peau noire, et une onde d'anxiété parcourut Drizzt. La seule réponse émotionnelle de l'elfe fut la tristesse ; il ne supportait pas de voir le cerveau souffrir. De ses doigts effilés, il malaxait et massait la chair flasque ; il fit couler un peu d'eau chaude sur la zone touchée et, grâce à ses mains expertes, le cerveau se sentit soulagé, et son angoisse fit place à de la gratitude.

Derrière le drow agenouillé, de l'autre côté de l'allée, deux illithids qui avaient tout vu hochèrent la tête en signe de satisfaction. Les drows avaient toujours été parfaits pour cette tâche, mais le dernier arrivé comptait indéniablement parmi les meilleurs.

Les flagelleurs remuèrent leurs doigts frénétiquement à la pensée commune qui leur traversa l'esprit. Le cerveau central avait détecté un autre drow dans le réseau de tunnels extérieurs – un autre esclave pour le masser et le détendre.

Du moins, c'est ce que le cerveau central croyait.

Quatre illithids sortirent de la caverne, guidés par les images que leur adressait leur chef suprême. Un drow isolé avait pénétré leur territoire, il serait facile à capturer.

Du moins, c'est ce que les flagelleurs pensaient.

18

L'ÉLÉMENT DE SURPRISE

L'esprit-fantôme poursuivait son voyage silencieux à travers les tunnels d'un pas léger et sûr, héritage de son passé de guerrier drow. Mais les flagelleurs, aidés par le cerveau central, avaient parfaitement anticipé sa trajectoire et l'attendaient.

Alors que Zaknafein se trouvait à l'endroit exact où Belwar et Caqueteur avaient été pris, un illithid surgit et lança sur lui une attaque mentale.

Très peu de créatures pouvaient survivre à un tel coup décoché de si près, mais Zaknafein était un mort-vivant, il n'appartenait plus à ce monde. Son esprit lié à un autre plan d'existence ne pouvait être atteint. Insensible à cette attaque, l'esprit-fantôme plongea ses lames dans les yeux laiteux et sans pupilles de l'illithid, surpris.

Les trois autres flagelleurs descendirent du plafond en lançant à leur tour des attaques mentales. Ses armes bien en main, Zaknafein les attendait. N'ayant jamais vu leur méthode échouer, les illithids ne pouvaient pas concevoir qu'elles puissent se révéler inefficaces.

Le drow ne semblait même pas se rendre compte qu'ils l'assaillaient. Les illithids, qui commençaient à s'inquiéter, tentèrent de pénétrer l'esprit de leur adversaire pour comprendre par quel miracle il parvenait à leur résister. Mais ils se heurtèrent à un obstacle infranchissable qui transcendait ce seul plan d'existence.

Ils n'avaient aucune envie de s'engager dans un corps à corps avec cet elfe, surtout après avoir vu ce qu'il avait fait à leur compagnon. Communiquant par télépathie, ils décidèrent de rebrousser chemin.

Mais ils étaient descendus trop bas.

Zaknafein n'avait que faire des illithids et il aurait bien continué tranquillement son chemin. Mais, pour leur malheur, ses instincts d'esprit-fantôme et les souvenirs de sa vie d'avant l'amenèrent à une conclusion simple : si Drizzt était passé par ici – et il en était sûr –, il avait dû croiser les flagelleurs et n'avait probablement pas pu s'en sortir.

Zaknafein rengaina une de ses épées ; il prit un premier appui sur un rocher et un second sur la paroi, parvenant ainsi à attraper un des illithids par la cheville.

Celui-ci tenta une attaque mais il était perdu. Avec une force incroyable, l'esprit-fantôme se hissa au niveau de son adversaire à l'aide d'une seule main, brandissant son épée de l'autre. L'illithid tenta en vain de repousser la lame qui le menaçait, mais celle-ci lui transperça le ventre, les poumons et le cœur.

Le flagelleur, le souffle court et les mains crispées sur sa plaie béante, ne put qu'observer, impuissant, le drow qui s'appuyait sur son torse pour se projeter dans les airs. L'illithid bascula en arrière et percuta la paroi ;

il était mort. Son cadavre flottait, son sang éclaboussait le sol.

Le saut de Zaknafein le propulsa sur l'illithid qui se trouvait le plus proche de lui, et son élan les fit tous deux percuter le dernier du groupe. Les deux flagelleurs remuaient frénétiquement leurs bras et leurs tentacules, cherchant à agripper le guerrier drow. Mais les épées de l'elfe noir furent plus efficaces. L'instant d'après, deux nouvelles victimes flottaient entre les stalactites. L'esprit-fantôme utilisa un sort de lévitation de son cru pour redescendre lentement jusqu'au sol. Il reprit tranquillement sa route, laissant derrière lui trois cadavres dérivant dans les airs et un autre à terre.

Il ne prit même pas le temps de nettoyer sa lame avant de la rengainer, car il savait que très bientôt il aurait d'autres combats à mener.

Les deux flagelleurs continuaient à observer la panthère. Guenhwyvar s'était aperçue de leur présence. Dans le plan astral, les sens traditionnels n'étant d'aucune utilité, la panthère avait recours à des mécanismes plus subtils pour chasser. Elle pouvait transformer les émanations d'énergie en images mentales d'une netteté parfaite ; elle arrivait ainsi à faire la différence entre l'aura d'un élan et celle d'un lapin, sans même les voir. Les illithids n'étaient pas si rares dans le plan astral ; elle avait reconnu leur signature énergétique.

Elle ne savait pas encore si leur présence était une simple coïncidence ou si elle avait quelque chose à voir avec le fait que Drizzt ne l'avait pas fait venir depuis plusieurs jours. Elle penchait plutôt pour cette dernière explication, ce qui la perturbait profondément.

Toutefois, elle ne voulait pas être la première à attaquer contre des ennemis aussi dangereux. Elle continua donc sa routine habituelle, tout en gardant un œil sur ces spectateurs importuns.

Elle capta un changement dans leur aura qui annonçait leur retour dans le plan matériel ; elle ne pouvait plus attendre.

Bondissant au milieu des étoiles, Guenhwyvar fonça sur les flagelleurs. Tout à la préparation de leur voyage de retour, les illithids réagirent trop tard. La panthère bondit sur l'un d'entre eux, saisit entre ses crocs le fil d'argent qui le reliait au plan matériel et le rompit. Impuissant, l'illithid dériva, à jamais perdu dans le plan astral.

L'autre intrus, plus préoccupé par sa propre survie, ignora la détresse de son compagnon et continua sa descente vers le passage entre les mondes qui le ramènerait à son corps. Il était presque hors d'atteinte de Guenhwyvar lorsque celle-ci s'accrocha à lui fermement au moment où il franchissait le seuil du passage. Elle allait se matérialiser avec lui.

⚔ ⚔ ⚔ ⚔ ⚔

Depuis son îlot, Caqueteur voyait l'agitation grandir dans la caverne. Les illithids couraient dans tous les sens, donnant l'ordre télépathique à leurs esclaves de se mettre en formations défensives. Des guetteurs furent postés à chaque entrée et d'autres flagelleurs s'élevèrent dans les airs pour bénéficier d'une vue d'ensemble.

Devant tout ce remue-ménage, une seule pensée traversa l'esprit du porte-crocs : si toute l'attention des illithids était tournée vers un nouvel ennemi, il aurait peut-être l'occasion de s'échapper. Grâce à cette pensée, son côté pech reprit un peu le dessus. Son plus grand problème était le vide ; il ne pourrait jamais le franchir en sautant. Il pouvait sûrement lancer un rothé ou un nain gris jusqu'à l'autre bord, mais cela ne l'aiderait pas à s'échapper. À moins que...

Son regard se posa sur le levier qui servait à actionner le pont. En visant bien, il pourrait déclencher le mécanisme. Caqueteur tapa dans ses mains – un geste qui lui rappela Belwar – et lança un nain gris dans les airs. Malheureusement pour l'infortunée créature, le lancer fut trop court et elle s'écrasa contre la paroi avant de disparaître dans les profondeurs du gouffre.

Le porte-crocs tapa du pied de dépit et se mit à la recherche d'un autre projectile. Il ne savait pas encore comment il allait s'y prendre pour retrouver Drizzt et Belwar, mais ce n'était pas sa préoccupation première ; il fallait d'abord qu'il quitte sa prison.

Cette fois-ci, ce fut un rothé qui s'envola.

L'arrivée de Zaknafein ne fut guère discrète. Comme il ne craignait pas les attaques des flagelleurs, il entra dans la caverne sans chercher à se cacher. Trois illithids fondirent sur lui immédiatement.

L'esprit-fantôme se joua de l'énergie mentale déployée contre lui, et ses trois nouveaux adversaires connurent le même sort que les quatre précédents.

Les esclaves attaquèrent à leur tour. Des gobelins, des nains gris, des orques, et même quelques ogres chargèrent dans la seule intention de faire plaisir à leurs maîtres. Certains étaient armés, mais la plupart n'avaient que leurs mains et leurs crocs et pensaient pouvoir écraser l'intrus grâce à leur supériorité numérique.

Zaknafein était trop rapide pour être vaincu par une telle tactique. Il se déplaçait, esquivait et frappait, il courait dans une direction puis s'arrêtait subitement pour découper ses poursuivants les plus proches.

Au fond, les illithids mettaient en place leurs lignes de défense en repensant leur stratégie. Leurs tentacules ondulaient avec frénésie, trahissant l'âpreté de leurs échanges télépathiques. Ne faisant pas suffisamment confiance à leurs esclaves, ils ne les avaient pas tous armés, et commençaient à le regretter au vu des lourdes pertes qu'ils observaient dans leurs rangs. Malgré cela, ils pensaient toujours pouvoir gagner. D'autres esclaves accouraient ; le drow s'épuiserait, il ralentirait et la horde l'écraserait.

Les flagelleurs ne savaient pas que leur adversaire était un mort-vivant, une créature magique qui ne connaissait pas la fatigue. Il ne faiblirait pas.

Belwar et son maître observaient les soubresauts qui agitaient le corps de l'un des illithids, signe que son esprit s'en revenait de son voyage astral. Le gnome ne comprenait pas ce qui se passait, mais son maître était heureux et cela lui suffisait.

Néanmoins, ce dernier était également préoccupé de voir qu'un seul de ses compagnons répondait à la convocation urgente du cerveau central. La fumée noire qui apparut autour du corps du flagelleur le plongea dans une grande confusion.

Au moment où l'illithid réintégra son enveloppe corporelle, le maître de Belwar ressentit, dans son esprit, sa douleur et sa terreur. Mais avant qu'il ait pu faire quoi que ce soit, Guenhwyvar se matérialisa au-dessus de l'illithid assis et commença à lacérer et à déchiqueter son corps.

Belwar s'immobilisa ; des souvenirs lui revenaient.

— *Bivrip ?* Drizzt ? murmura-t-il.

L'image du drow agenouillé lui apparut nettement.

— *Tue-la, mon brave champion ! Tu dois la tuer !* implora son maître.

Mais c'était déjà trop tard pour son infortuné compagnon. Il se débattait et agitait ses tentacules pour tenter d'atteindre le cerveau du félin. D'un seul coup de griffe, la panthère le décapita.

Belwar, ses mains encore sous l'effet du sort, se rapprochait lentement de la panthère, non par peur mais parce qu'il ne savait plus trop où il en était.

— Guenhwyvar ? demanda-t-il en se tournant vers son maître.

L'illithid savait désormais que le souvenir du sort en avait réveillé d'autres, plus dangereux. Il ne pouvait plus compter sur son esclave.

La panthère avait compris les intentions du flagelleur et elle bondit juste avant qu'il lance son attaque mentale.

Elle percuta le maître-terrassier qui tomba au sol, tandis qu'elle atterrissait dans un angle de la pièce. Une nouvelle attaque de l'illithid toucha Belwar, mais la confusion et la colère qui montaient en lui étaient telles qu'elles en annulèrent les effets. Le gnome était de nouveau libre. Il se releva et, pour la première fois, il vit l'illithid comme la créature misérable et maléfique qu'il était.

— Vas-y, Guenhwyvar ! cria le svirfnebelin.

Elle n'avait pas besoin d'encouragements. En tant qu'être astral, elle connaissait bien la société illithid et elle savait comment venir à bout de telles créatures. Elle fit voler la porte en éclats et se retrouva sur un grand balcon au-dessus du cerveau central.

L'illithid, craignant pour son dieu, essaya de la suivre, mais le gnome dont la force était décuplée par la colère l'en empêcha. Indifférent à la blessure de son bras, il le frappa à la tête avec sa main-marteau ensorcelée. Des étincelles jaillirent et brûlèrent l'illithid au visage. Celui-ci alla s'écraser contre le mur, ses yeux laiteux et sans pupilles dévisageant Belwar d'un air incrédule.

Puis, lentement, il glissa contre la paroi alors que la vie le quittait.

Douze mètres plus bas, le drow agenouillé sentait la peur et le dégoût de son maître vénéré. Il leva la tête juste au moment où la panthère noire bondit dans les airs. Sous l'emprise totale du cerveau central, il ne reconnut pas Guenhwyvar ; il voyait juste une menace pour ce qu'il aimait le plus au monde. Mais ni Drizzt ni les autres esclaves masseurs ne purent empêcher la panthère, toutes griffes dehors, de fondre sur la masse de chair translucide qui dirigeait la communauté illithide.

19

Maux de tête

Près de cent vingt flagelleurs résidaient dans la caverne ; tous furent pris d'un mal de tête fulgurant quand Guenhwyvar plongea dans le cerveau central.

Les griffes et les crocs du félin réduisaient en charpie l'amas de chair translucide. Le cerveau émettait des ondes de terreur absolue pour essayer de faire réagir ses esclaves. Puis, comprenant que les secours n'arriveraient pas tout de suite, il tenta de pénétrer dans l'esprit de la panthère.

Mais la férocité animale de Guenhwyvar empêchait toute intrusion mentale. La panthère continuait à lacérer sauvagement la masse visqueuse dans laquelle elle s'enfonçait.

Drizzt hurla de colère et courut le long du chemin circulaire pour essayer de trouver un moyen d'atteindre le félin. Il sentait l'angoisse de son maître bien-aimé et priait pour que quelqu'un – n'importe qui – intervienne. Les autres esclaves paniquaient et les flagelleurs mentaux couraient dans tous les sens ; Guenhwyvar était hors de portée de leurs armes, en plein milieu de la masse cérébrale.

Quelques instants plus tard, Drizzt arrêta de gesticuler. Il se demanda qui et où il était et, par les Neuf Enfers, ce que pouvait bien être cet amas sanglant et répugnant en face de lui. En regardant alentour, il vit que d'autres créatures étaient aussi perplexes que lui – plusieurs duergars, un autre elfe noir, deux gobelins et un grand gobelours couvert de cicatrices. Les flagelleurs continuaient à aller et venir dans tous les sens pour trouver le meilleur angle d'attaque contre la panthère, et ne faisaient plus du tout attention aux esclaves. Guenhwyvar émergea un court instant avant de disparaître de nouveau dans la masse sanglante. Plusieurs flagelleurs la visèrent mais celle-ci, trop rapide pour eux, échappa à leur attaque. Drizzt eut néanmoins le temps de la reconnaître.

—Guenhwyvar ! hurla le drow tandis qu'une avalanche de souvenirs lui revenaient.

La dernière chose dont il se souvenait, c'était qu'il flottait au milieu des stalactites dans un tunnel, entouré d'ombres menaçantes.

Un illithid approcha de lui, trop concentré sur la panthère pour s'apercevoir que l'elfe n'était plus un esclave. Drizzt n'avait pas d'arme, mais cela lui importait peu, aveuglé qu'il était par la colère. Il bondit dans le dos du monstre qui ne se doutait de rien et lui donna un coup de pied derrière la tête. L'illithid tomba dans le cerveau central et rebondit plusieurs fois dans les replis caoutchouteux avant de pouvoir trouver une prise.

Les esclaves autour du cerveau comprirent qu'ils étaient libres ; les nains gris se regroupèrent immédiatement et chargèrent deux illithids qu'ils piétinèrent à mort.

Drizzt entendit le bruit d'une attaque mentale sur le côté ; il vit que l'autre elfe noir était étourdi. Un flagelleur se précipita sur son congénère et le ceintura fermement. Quatre tentacules se collèrent au visage du pauvre elfe, et commencèrent à s'enfoncer dans la chair jusqu'à son cerveau.

Drizzt voulut lui venir en aide mais un autre illithid s'interposa et libéra un nouveau flux d'énergie mentale. Drizzt plongea sur le côté et, une fois sur ses pieds, s'enfuit à toutes jambes. Le cri de douleur poussé par l'elfe prisonnier lui fit tourner la tête.

La terreur déformait le visage de l'elfe. La tête de l'illithid tressauta, et les tentacules se mirent à palpiter et à onduler tandis que le monstre aspirait le cerveau de sa victime. L'elfe condamné poussa un dernier cri avant de tomber, inerte, entre les bras du flagelleur, qui termina son festin barbare.

Le gobelours aux cicatrices empêcha involontairement Drizzt de subir le même sort car, dans sa fuite, il s'intercala entre lui et son poursuivant au moment où ce dernier lançait un nouvel assaut mental. Le coup sonna la créature, ce qui donna le temps à son agresseur de se rapprocher. Quand celui-ci fut suffisamment près, le gobelours le frappa avec une telle force qu'il se fracassa contre la paroi.

De nouveaux flagelleurs mentaux se précipitèrent aux balcons qui surplombaient la salle circulaire. Drizzt n'avait aucune idée de l'endroit où pouvaient se trouver ses amis ni de la manière dont il pourrait s'échapper ; sa seule chance semblait être d'atteindre la porte qui se trouvait un peu plus loin sur le chemin circulaire. Il se précipita dans sa direction mais elle s'ouvrit juste au moment où il arrivait.

Il tomba nez à nez avec un illithid.

⚔⚔⚔⚔⚔

Si le plus grand tumulte faisait rage à l'intérieur du château, le chaos régnait à l'extérieur. Plus aucun esclave n'attaquait Zaknafein. Les blessures infligées au cerveau central les avaient libérés de l'influence des flagelleurs et, désormais, gobelins, nains gris et autres créatures ne se préoccupaient plus que de leur évasion. Ceux qui étaient proches des sorties s'y précipitaient ; d'autres couraient dans tous les sens, essayant d'esquiver les attaques incessantes des illithids.

Zaknafein continuait à étriper tous ceux qui passaient à sa portée, ici un gobelin, là un illithid.

Dans le château de pierre, Drizzt était redevenu lui-même ; il avait retrouvé son identité. Le sort de localisation de l'esprit-fantôme fut de nouveau efficace. Ayant retrouvé la trace de sa proie, Zaknafein poussa un grognement animal et prit la direction du château, laissant derrière lui de nombreux cadavres et blessés, tant parmi les esclaves que les illithids.

⚔⚔⚔⚔⚔

Un autre rothé mugit de surprise quand il fut projeté dans les airs. Trois bêtes étaient déjà de l'autre côté, tandis qu'une quatrième avait connu le même sort tragique que le duergar. Cette fois-ci, Caqueteur visa juste, et la créature heurta le levier. Immédiatement, le pont magique se déroula et atteignit le bord de l'îlot où se tenait le porte-crocs. Celui-ci traîna un nain gris avec lui, juste au cas où, et s'engagea sur la passerelle.

Il était presque arrivé à la moitié du chemin quand il vit un premier flagelleur se précipiter vers le levier. Caqueteur savait qu'il n'aurait jamais le temps de finir sa traversée avant que le pont se rétracte.

Il n'aurait qu'une seule chance.

Il attrapa le nain gris par la gorge et le souleva dans les airs au-dessus de sa tête. Il continuait à avancer, laissant l'illithid s'approcher le plus possible du levier. Au moment où ce dernier étendait sa main à quatre doigts pour s'en saisir, il fut percuté en pleine poitrine par le duergar, qui l'envoya à terre.

Caqueteur se mit à courir comme un dératé. L'illithid, qui s'était ressaisi, poussa le levier.

Le porte-crocs sauta juste au moment où le pont disparaissait sous ses pieds. Il parvint à s'accrocher au rebord de la falaise, ses épaules et ses bras sur la terre ferme, et eut la présence d'esprit de se décaler rapidement sur le côté.

Le flagelleur tira le levier et le pont se déroula de nouveau, heurtant Caqueteur au passage. Celui-ci ne reçut toutefois pas l'impact de plein fouet, et parvint à ne pas lâcher prise.

L'illithid jura, tira une nouvelle fois le levier, puis se précipita sur le porte-crocs. Fatigué et blessé, celui-ci n'avait pas réussi à se hisser complètement sur la terre ferme lorsque son adversaire arriva. Des vagues d'énergie mentale le submergèrent. Il recula de plusieurs centimètres avant de pouvoir réassurer sa prise.

La gourmandise du flagelleur allait lui coûter très cher. Au lieu de se contenter de faire tomber Caqueteur dans le vide, il voulait déguster le cerveau du porte-crocs en guise de repas. Il s'agenouilla, ses tentacules cherchant avidement à percer sa carapace.

La double identité de Caqueteur lui avait déjà permis de résister aux attaques mentales des illithids dans les tunnels, et ce phénomène se répétait à présent. Quand il vit la face de pieuvre juste devant lui, il fut de nouveau conscient de lui-même.

D'un seul coup de bec, il arracha deux des tentacules du flagelleur puis il saisit le genou de son adversaire dans une de ses serres. Les os se brisèrent sous la puissance de son étreinte et l'illithid hurla de douleur, tant mentalement qu'à voix haute.

Quelques instants plus tard, ses cris diminuèrent tandis qu'il chutait dans les profondeurs du gouffre. Un simple sort de lévitation aurait pu arrêter sa chute, mais la douleur causée par son genou brisé et son visage défiguré l'empêchait de se concentrer. Il s'apprêtait à lancer le sort quand la pointe d'une stalagmite lui transperça la moelle épinière.

La main-marteau fracassa un nouveau coffre.

— Bon sang ! éructa Belwar quand il s'aperçut que dans celui-ci aussi il n'y avait que des vêtements illithids.

Le maître-terrassier était certain que son équipement se trouvait quelque part par là, mais la chambre de son ancien maître était déjà à moitié en ruine et il n'avait toujours rien trouvé.

Il revint dans la pièce principale. Entre les deux sièges, il remarqua la statuette d'onyx qu'il s'empressa de mettre dans sa bourse, puis il écrasa la tête du corps de l'illithid dont l'esprit avait disparu dans le plan astral – dans la confusion, il l'avait oublié. Il le fit ensuite tomber par terre.

— *Magga cammara*, marmonna-t-il en découvrant à l'endroit où la créature était assise les contours d'une trappe. Faisant toujours passer l'efficacité avant la finesse, Belwar pulvérisa la trappe d'un coup de sa main-marteau et découvrit des sacs à dos familiers.

Il haussa les épaules et s'approcha de l'autre illithid – celui que Guenhwyvar avait décapité. Il fit tomber le corps sans tête et découvrit une autre trappe.

— Le drow pourrait en avoir besoin, dit-il en dégageant des débris de pierre un ceinturon à laquelle étaient accrochés deux cimeterres dans leur fourreau.

Il se précipita vers la sortie et tomba sur un illithid.

Ou plus exactement, sa main-marteau heurta le monstre en pleine poitrine. Celui-ci fut projeté en arrière et bascula par-dessus la rambarde métallique.

Belwar se précipita dans l'escalier sans plus se soucier de la créature ; il n'en avait pas le temps. Il pouvait entendre le tumulte en provenance du rez-de-chaussée, les attaques mentales et les cris, ainsi que les rugissements d'une panthère, qui étaient à son oreille aussi doux que de la musique.

Les bras plaqués contre ses flancs par l'étreinte de l'illithid, Drizzt remuait la tête pour tenter de ralentir la progression des tentacules. Un, puis deux tentacules vinrent se ficher sur son visage et commencèrent à pénétrer sous sa peau d'ébène.

Drizzt ne connaissait rien à l'anatomie d'un flagelleur, mais c'était une créature bipède, ce qui laissait entrevoir certaines possibilités. Il se contorsionna afin de ne plus être directement en face de l'horrible créature, et parvint à assener un coup de genou dans l'entrejambe de son adversaire.

En sentant l'étau de l'étreinte se desserrer et en voyant les yeux laiteux de la créature s'écarquiller, Drizzt comprit qu'il avait vu juste. Il lui assena un second coup de genou, puis un troisième.

L'elfe se débattit de toutes ses forces et parvint à dégager ses bras. Malgré cela, les tentacules essayaient toujours d'atteindre son cerveau. Drizzt ressentit une douleur fulgurante et faillit perdre connaissance.

Mais le chasseur n'abandonnerait pas.

Quand l'illithid croisa de nouveau le regard de sa proie, il vit passer dans les yeux lavande de son adversaire une lueur qui semblait le vouer à la damnation éternelle. Le chasseur se saisit des tentacules, et tira dessus violemment, obligeant l'illithid à incliner la tête.

Le monstre lança un assaut mental qui resta sans effet, l'angle d'attaque n'étant plus approprié. Drizzt tenait toujours fermement les tentacules dans une main tandis que de l'autre il martelait frénétiquement la tête molle du flagelleur, dont la peau commençait à se couvrir d'ecchymoses.

L'illithid enfonça un tentacule dans le poignet du drow tout en distribuant des coups de poing à l'aveuglette, mais le drow n'y prêta guère attention. Il continuait à frapper la créature, qui finit par s'écrouler par terre. L'elfe dégagea son bras captif et continua à cogner jusqu'à ce que les yeux de l'illithid se ferment pour toujours.

Un bruit métallique attira l'attention du drow. À quelques mètres de lui, sur le sol, se trouvait un objet familier et bienvenu.

⚔⚔⚔⚔⚔

S'étant assuré que les cimeterres avaient atterri près de son ami, Belwar dévala l'escalier de pierre et chargea l'ennemi le plus proche. Celui-ci se retourna et libéra un flux d'énergie mentale, mais le cri de rage que poussa le gnome au même moment en atténua les effets. Bien qu'étourdi par l'assaut, le maître-terrassier plongea sur son assaillant et tous deux atterrirent sur un autre illithid accouru en renfort. Le svirfnebelin était désorienté, mais il était sûr d'une chose : les corps autour de lui n'étaient pas ceux de ces amis. Taillant dans le vif avec ses mains de mithral, il parvint à traverser le deuxième balcon à la recherche d'un autre escalier. Lorsque les deux illithids qu'il avait blessés reprirent leurs esprits, le svirfnebelin était parti depuis longtemps.

Alors qu'il arrivait au premier niveau, le gnome prit un autre illithid par surprise et lui écrasa la tête contre la paroi. Il y avait bien une dizaine de flagelleurs sur ce balcon, la plupart bloquant l'accès aux escaliers qui menaient à la chambre circulaire. Belwar opta pour un raccourci et sauta par-dessus la rambarde métallique pour atterrir cinq mètres plus bas.

⚔⚔⚔⚔⚔

Drizzt fut touché de plein fouet par une attaque psychique alors qu'il se penchait pour ramasser ses armes. Il y résista cependant, l'esprit du chasseur étant trop primaire pour être affecté par une attaque aussi sophistiquée. D'un mouvement fluide et trop rapide pour son assaillant, il sortit un cimeterre de son fourreau, fit volte-face et enfonça la moitié de la lame dans la tête de son adversaire.

Le chasseur savait que la créature était déjà morte, mais il retira son sabre et le planta de nouveau dans le corps de l'illithid, sans raison apparente.

Le drow était déjà en train de charger, un cimeterre dans chaque main, l'un dégoulinant de sang et l'autre réclamant sa part. Drizzt Do'Urden aurait dû chercher un moyen de s'échapper, ce qu'il aurait fait s'il avait encore été Drizzt Do'Urden, mais le chasseur en lui avait soif de vengeance et voulait faire payer la masse cérébrale qui l'avait asservi.

Un seul cri sauva le drow de son aveuglement meurtrier.

— Drizzt ! Aide-moi ! Je me suis foulé la cheville en tombant ! hurla Belwar.

Instantanément, toute velléité de vengeance disparut, et Drizzt Do'Urden se précipita au secours de son ami.

Ils quittèrent la chambre circulaire, l'elfe soutenant le svirfnebelin. Ils furent rejoints par une Guenhwyvar couverte de sang et de morceaux de cervelle.

— Fais-nous sortir de là, la supplia le drow, et la panthère ouvrit le chemin.

Ils parcoururent plusieurs couloirs grossièrement taillés.

— Ce n'est pas du travail de svirfnebelin, fit remarquer Belwar en lançant un clin d'œil à son ami.

— Si, c'est possible, répondit l'elfe du tac au tac. D'un svirfnebelin sous l'emprise d'un flagelleur, bien sûr !

— N'importe quoi ! Même avec le cerveau ramolli, aucun svirfnebelin ne ferait un aussi mauvais travail !

Malgré les dangers qui les entouraient, les deux amis rirent de bon cœur.

Des échos de batailles leur parvenaient à chaque intersection. Grâce à ses sens aiguisés, la panthère les guidait sur la route la plus sûre, sans toutefois savoir si elle les conduirait vers la sortie. Quoi qu'il en soit, ils ne pourraient rien trouver de pire que les horreurs qu'ils avaient laissées derrière eux.

Un flagelleur surgit dans le couloir où ils se trouvaient juste après que Guenhwyvar eut traversé une intersection. La créature, qui n'avait pas vu la panthère, se dressait devant Drizzt et Belwar. L'elfe lâcha le gnome et plongea en direction du flagelleur, s'attendant à être pris dans le flux d'une attaque mentale avant d'arriver jusqu'à lui.

Quand il se releva, il poussa un soupir de soulagement ; le monstre était face contre terre, la panthère confortablement installée sur son dos.

Drizzt s'approcha d'elle alors qu'elle terminait sa macabre besogne, et Belwar les rejoignit peu de temps après.

— La colère, elfe noir. (Drizzt lui lança un regard interrogateur.) Je crois que la colère peut contrer leurs attaques mentales. Dans les escaliers, je me suis trouvé à la merci de l'un d'entre eux mais j'étais dans une telle rage que je n'ai quasiment rien senti. Peut-être que je me trompe, mais…

— Non, tu ne te trompes pas. La colère peut les vaincre ou, du moins, atténuer les effets de leurs offensives, lui assura l'elfe.

Il se souvenait qu'il n'avait pas été affecté par l'assaut, pourtant à bout portant, dont il avait été la cible quand il avait ramassé ses cimeterres. Son côté sombre le contrôlait alors, et le chasseur était insensible à de telles attaques.

— Eh bien, laissons-nous porter par la colère ! grogna le svirfnebelin.

Drizzt passa son bras sous celui du gnome et lui fit signe qu'il était d'accord. Il savait néanmoins que la colère aveugle ne pouvait résulter d'un choix conscient. La peur instinctive et la colère pouvaient effectivement être des armes contre les illithids, mais Drizzt avait appris de ses expériences avec son alter ego que ces émotions ne pouvaient naître que du désespoir ou de la panique.

La petite troupe continuait sa progression dans les tunnels, ralentie par le svirfnebelin boiteux. Ils entendirent des bruits de pas lourds se rapprocher derrière eux.

— Ce ne sont pas des illithids, observa l'elfe en jetant un coup d'œil par-dessus son épaule.

— Des esclaves, alors, suggéra le gnome.

Les bruits caractéristiques des attaques mentales se firent entendre, suivis de plusieurs bruits sourds et grognements.

— Ils le sont redevenus, constata Drizzt avec dégoût.

La cavalcade derrière eux reprit, mais cette fois-ci les pas étaient beaucoup plus légers.

— Dépêchons-nous ! cria l'elfe.

Ils se mirent à courir, bénissant chaque virage que faisait le chemin, car ils craignaient que les illithids soient juste derrière eux.

Ils débouchèrent dans un vaste hall où plusieurs sorties s'offraient à eux. L'une d'elles, constituée de larges portes de fer, retint plus particulièrement leur attention. Entre eux et les portes s'élevait un escalier en colimaçon, qui conduisait à un balcon d'où les observait un flagelleur mental.

— Il va nous couper la route ! pesta Belwar.

Les bruits de pas se rapprochaient. Le gnome observait l'illithid, quand il vit son ami sourire. Bientôt, il l'imita. Guenhwyvar avait grimpé l'escalier en trois bonds. Sagement, le flagelleur avait disparu dans l'obscurité des corridors adjacents. La panthère ne se lança pas à sa poursuite et resta sur son perchoir.

Les deux compagnons la remercièrent quand ils passèrent en dessous de l'escalier, mais leur joie fut de courte durée. Une fois devant la porte, Drizzt ne parvint pas à l'ouvrir.

— Elle est verrouillée ! dit-il.

— Pas pour longtemps ! grogna Belwar.

Bien que toute magie se soit évanouie de ses mains de mithral, il fonça sur la porte et cogna sa main-marteau de toutes ses forces contre le métal.

Drizzt se mit derrière lui pour surveiller le fond de la grotte ; il savait que des illithids n'allaient pas tarder à arriver.

— Dépêche-toi, Belwar, l'implora-t-il.

Les deux mains de mithral s'acharnaient sans relâche sur la porte ; la serrure céda mais les deux battants ne s'écartèrent que d'un petit centimètre.

— *Magga cammara*, elfe noir ! Il y a une barre de l'autre côté qui la maintient fermée !

— Bon sang ! lâcha l'elfe, alors qu'un groupe de flagelleurs pénétrait dans la grotte.

Le gnome ne ralentit pas la cadence, continuant à frapper la porte encore et encore.

Au moment où les illithids passèrent près de l'escalier, Guenhwyvar bondit sur eux, les faisant tous tomber. À cet instant précis, Drizzt réalisa avec horreur qu'il n'avait plus la statuette d'onyx.

De sa main-marteau, Belwar donna une succession de coups rapides pour agrandir l'espace entre les deux battants. Il introduisit sa main-pioche dans l'interstice, et souleva la barre qui maintenait les portes fermées. Celles-ci s'ouvrirent en grand.

— Dépêche-toi ! hurla le maître-terrassier en passant sa main-pioche sous l'épaule de son ami pour l'entraîner à sa suite, mais l'elfe le repoussa.

— Guenhwyvar ! appela-t-il.

Celle-ci, qui se tenait toujours au milieu des flagelleurs, lui répondit par un gémissement d'impuissance.

Les yeux lavande de Drizzt flamboyaient de rage. Il avait fait un pas en direction de l'escalier quand Belwar pensa à une solution.

— Attends ! (Le svirfnebelin fut soulagé de constater que l'elfe l'écoutait ; il ouvrit sa bourse et en sortit un objet.) Sers-toi de ça !

Le drow prit la statuette et la jeta à terre.

— Va-t'en, Guenhwyvar ! Retourne chez toi, là où tu es en sécurité !

Drizzt et Belwar ne pouvaient même pas voir la panthère au milieu des illithids qui se pressaient autour d'elle, mais perçurent leur soudain malaise avant même que les volutes de fumée noire apparaissent autour de la figurine en onyx.

Tous ensemble, les flagelleurs se retournèrent et foncèrent sur eux.

— Occupe-toi de l'autre battant ! hurla Belwar.

Drizzt ramassa la figurine et se rua vers la sortie. Il referma le battant derrière lui et réussit tant bien que mal à coincer la barre qui avait été tordue par Belwar assez solidement pour retarder leurs poursuivants.

— Les autres esclaves sont piégés maintenant, remarqua l'elfe.

— Ce ne sont pratiquement que des gobelins et des nains gris, tempéra le gnome.

— Et Caqueteur ? (Le maître-terrassier écarta les bras, impuissant.) Je les plains tous, soupira le drow, sincèrement horrifié. Il n'est pas de pire torture que d'être sous l'emprise mentale des flagelleurs.

— Je suis bien d'accord avec toi, murmura le svirfnebelin.

Les illithids tentaient de défoncer la porte ; Drizzt s'assura que la barre tiendrait encore un moment.

— Où allons-nous maintenant ? demanda Belwar.

En regardant la caverne, Drizzt comprit la confusion de son ami. Il y avait au moins une dizaine d'issues, mais une foule d'esclaves terrifiés et une patrouille illithide leur en barraient l'accès.

Un autre coup donné dans la porte en écarta un peu plus les battants.

—Allons-y ! décida Drizzt.

Ils dévalèrent un grand escalier à toute vitesse et empruntèrent le chemin qui les éloignerait le plus possible du château de pierre.

—Attention, le danger peut venir de partout ! Des illithids comme des esclaves ! prévint Belwar.

—Ce sera surtout à eux de faire attention ! rétorqua l'elfe en tirant ses deux cimeterres de leur fourreau.

Il assomma un gobelin qui s'était trop rapproché avec le pommeau d'une de ses lames et, quelques instants plus tard, coupa les tentacules d'un illithid qui tentait d'aspirer le cerveau d'un duergar.

C'est alors qu'un autre esclave beaucoup plus grand barra le chemin de l'elfe. Drizzt se précipita sur lui mais retint ses armes.

—Caqueteur ! hurla Belwar.

—Au f… f… fond de… la… caverne, balbutia le porte-crocs. C'est la m… m… meilleure sortie.

—Montre-nous le chemin ! dit le gnome.

Plus rien ne les arrêterait maintenant qu'ils étaient de nouveau réunis. Alors qu'il emboîtait le pas du porte-crocs, Belwar s'aperçut que l'elfe n'était plus là. Au début, il eut peur qu'une rafale psychique ait eu raison de son ami, mais, quand il se retourna, il comprit.

Sur l'un des nombreux escaliers qui se trouvaient dans la caverne, une silhouette gracile avançait au milieu des esclaves et des flagelleurs.

—Par les dieux ! murmura le svirfnebelin, effrayé par les passes d'armes dévastatrices de cet individu.

La précision et l'adresse avec lesquelles étaient maniées les deux épées n'avaient rien d'effrayant pour l'elfe noir. Au contraire, elles lui étaient familières et ravivaient des souvenirs en même temps qu'une vieille blessure au cœur. Il se tourna vers Belwar, blême, et prononça le nom du seul guerrier capable de réaliser de telles prouesses.

— Zaknafein.

20

Mon père

Combien de mensonges lui avait racontés Matrone Malice ? Où était la vérité derrière toutes les tromperies qui empoisonnaient la société drow ? Son père n'avait donc pas été sacrifié à la Reine Araignée ! Il était là, devant ses yeux, maniant ses épées avec la grâce qu'il lui avait toujours connue.

— Qu'y a-t-il ? demanda Belwar.

— Le guerrier drow, murmura Drizzt dans un souffle.

— Il vient de ta cité, elfe noir ? Il est à tes trousses ?

— Il vient de Menzoberranzan.

Le gnome attendit la suite, mais l'elfe était trop fasciné par l'apparition de Zaknafein pour poursuivre son récit.

— Nous devons partir, dit le maître-terrassier au bout d'un moment.

— Et rapidement, renchérit Caqueteur. (La voix du porte-crocs semblait plus assurée maintenant, comme si le retour de ses amis avait aidé son côté pech à prendre le dessus.) Les flagelleurs organisent leur défense. Beaucoup d'esclaves sont morts.

Drizzt repoussa la main-pioche que lui tendait son ami.

—Non, je ne l'abandonnerai pas! affirma le drow.

—*Magga cammara*, Elfe noir! Qui est-il?

—Zaknafein Do'Urden, hurla-t-il, mais sa voix se brisa au moment de terminer sa phrase. Mon père.

À peine le svirfnebelin et le porte-crocs, interdits, avaient-ils échangé un regard que Drizzt s'élança vers le grand escalier. L'esprit-fantôme était debout au milieu d'un tas de cadavres – des esclaves et des illithids qui avaient eu le malheur de croiser son chemin. D'autres flagelleurs s'enfuyaient.

Comme ils se dirigeaient vers le château de pierre, qui était aussi sa destination, Zaknafein les prit en chasse. Les alertes magiques qui déferlèrent en lui le firent brusquement se retourner vers le bas de l'escalier.

Drizzt se rapprochait. Zin-carla allait bientôt s'accomplir!

—Maître d'armes! cria le jeune elfe alors qu'il montait les marches quatre à quatre.

Il était fou de joie, il ne savait pas qu'il avait affaire à un monstre. Mais, quand il fut plus près de son père, il sentit que quelque chose n'allait pas. Était-ce l'étrange lueur dans ses yeux? Ou le fait qu'il ne réagisse pas à son appel?

L'instant d'après, une épée fendit l'air.

Drizzt parvint à parer le coup avec son cimeterre juste à temps. Désorienté, il crut d'abord que son père ne l'avait pas reconnu.

—Père! C'est moi, Drizzt!

Une épée plongeait déjà sur lui alors qu'une autre, dans un mouvement plus ample, tentait de l'atteindre au flanc. Il contra la première attaque avec un de ses cimeterres et détourna la seconde avec l'autre.

— Qui es-tu ? l'interrogea Drizzt, furieux.

Une pluie de coups s'abattit sur lui ; il tenta tant bien que mal de les parer tous. Mais d'un seul revers, Zaknafein parvint à le désarmer. De son autre épée, il s'apprêtait à transpercer le cœur du jeune drow, que plus rien ne protégeait.

Au pied de l'escalier, ses deux compagnons hurlèrent, pensant leur ami perdu.

Mais la victoire de Zaknafein fut contrariée par les instincts du chasseur. Drizzt fit un mouvement de côté, se contorsionna et plongea sous l'épée mortelle, qui le balafra douloureusement sous la mâchoire. Après avoir effectué un roulé-boulé, Drizzt retrouva son équilibre sur les marches ; il ne semblait pas souffrir. Devant cet usurpateur, ses yeux lavande se consumaient de haine.

L'agilité avec laquelle l'elfe s'en était sorti avait stupéfié ses amis qui, pourtant, l'avaient déjà vu se battre. Zaknafein se précipita sur son adversaire mais Drizzt ne se laissa pas prendre au dépourvu.

— Qui es-tu ? demanda-t-il de nouveau d'une voix parfaitement calme. Quel genre de créature es-tu ?

L'esprit-fantôme grogna et chargea. Drizzt, désormais certain que ce n'était pas Zaknafein qu'il avait devant lui, saisit l'occasion qui s'offrait à lui. Il fonça en direction de l'endroit où il s'était tenu précédemment, ramassa un de ses cimeterres et, alors qu'il dépassait l'imposteur, enfonça profondément sa lame au travers de la cotte de mailles, transperçant le poumon de son ennemi.

Une telle blessure aurait été fatale pour n'importe quel mortel.

Mais elle n'arrêta pas Zaknafein. L'esprit-fantôme ne respirait pas et ne ressentait pas non plus la douleur. Il fit face à Drizzt, un sourire de dément aux lèvres – la Matrone Malice aurait apprécié.

En haut de l'escalier, Drizzt n'en croyait pas ses yeux. Contre toute vraisemblance, Zaknafein continuait à avancer malgré la blessure qui lui trouait la poitrine.

— Fuis ! lui cria Belwar.

À cet instant, un ogre se rua sur le gnome mais Caqueteur l'envoya rejoindre ses ancêtres d'un seul coup de serre dans la tête.

— Nous devons partir nous aussi, lui dit le porte-crocs. (La clarté de sa voix fit faire volte-face au maître-terrassier. Belwar vit dans le regard de son ami qu'il était de nouveau le pech d'avant sa transformation. Il ne fut donc pas surpris de la suite de son discours.) Les pierres m'ont dit que les illithids se rassemblaient dans le château. Ils vont bientôt sortir pour exterminer tous les esclaves qui sont encore dans la caverne.

Le gnome ne mettait pas en doute ce que son compagnon venait de lui dire, mais il avait toujours placé la loyauté au-dessus de sa propre sécurité.

— On ne peut pas abandonner le drow, grommela-t-il.

Caqueteur acquiesça et chassa un groupe de nains gris qui s'étaient trop approchés.

— Il faut partir, elfe noir ! Il nous reste peu de temps ! hurla le svirfnebelin.

Drizzt n'entendait plus son ami, totalement focalisé sur le monstre qui avait pris la place de son père. De toutes les infamies dont Malice s'était rendue coupable, celle-là était la plus ignoble. La Mère Matrone avait perverti la seule chose au monde qui l'avait jamais rendu heureux. Lorsqu'il avait cru son père mort, il avait déjà beaucoup souffert.

Et maintenant, ça.

C'était plus qu'il ne pouvait supporter. Il voulait combattre ce monstre de toutes ses forces, de toute son âme, et l'esprit-fantôme, qui avait été créé uniquement pour l'affronter, n'attendait que cela.

Ni l'un ni l'autre ne remarquèrent l'illithid qui descendait de la voûte, un peu plus loin, derrière Zaknafein.

—Approche, créature de Matrone Malice ! Viens tâter de mes lames ! grogna Drizzt en dressant ses cimeterres devant lui.

Zaknafein marqua une pause, un sourire démoniaque sur les lèvres. Il brandit ses épées et fit un pas en avant.

La rafale mentale du flagelleur les atteignit tous les deux. Zaknafein resta impassible, mais Drizzt fut frappé de plein fouet. Sans comprendre ce qui lui arrivait, il sombra dans l'obscurité, ne parvenant pas à garder les yeux ouverts ; il entendit ses cimeterres tomber par terre et s'écroula.

Zaknafein poussa un rugissement de victoire, frappa ses armes l'une contre l'autre et s'approcha du corps de Drizzt.

Belwar cria, mais le hurlement monstrueux de Caqueteur couvrit tous les autres bruits de la caverne. En voyant son ami tomber à terre, il se sentit soudain redevenir pech, peut-être plus qu'il l'avait jamais été.

Zaknafein bondit sur sa victime sans défense mais

se heurta la tête la première à un mur de pierre qui venait de surgir de nulle part. Il recula, ne comprenant pas ce qui lui arrivait. S'approchant de nouveau du mur, il le martela, mais celui-ci était bien réel, et l'empêchait de rejoindre sa victime.

Au pied de l'escalier, Belwar regardait Caqueteur, ébahi ; il avait entendu dire que certains pechs étaient capables de faire apparaître des murs de pierre.

— Est-ce toi qui… ? haleta-t-il.

Le pech au corps de porte-crocs ne prit pas le temps de répondre et se précipita dans l'escalier. Il souleva Drizzt avec beaucoup de précaution, ramassa les cimeterres et redescendit les marches en courant.

— Fuis ! Ta vie en dépend, Belwar Dissengulp ! ordonna le pech.

Caqueteur se rua vers la sortie, personne n'osant se mettre en travers de sa route ; le maître-terrassier avait du mal à courir aussi vite que lui, car l'une de ses petites jambes était blessée.

Au sommet des marches, Zaknafein crut que l'illithid qui l'avait précédemment attaqué était responsable de l'apparition du mur de pierre qui l'avait empêché d'achever Drizzt. Enragé, il sauta sur lui et lui trancha les deux pieds d'un seul coup d'épée. La créature lévita hors de sa portée, envoyant des signaux mentaux de douleur et de détresse à ses compagnons.

L'esprit-fantôme ne pouvait plus l'atteindre et les nombreux autres flagelleurs qui s'abattaient sur lui l'empêchaient de léviter à son tour. Il tenait cet illithid pour responsable de son échec ; il ne le laisserait pas s'échapper. Il lança son épée avec la même précision que s'il s'était agi d'une lance.

Effaré, l'illithid jeta un dernier regard à Zaknafein puis à l'épée profondément enfoncée dans sa poitrine, et il mourut.

D'autres flagelleurs se ruèrent sur le non-mort. Celui-ci n'avait plus qu'une épée mais il massacrait ses assaillants, déchargeant sur eux sa frustration.

Drizzt s'était échappé… pour le moment.

21

Perdu et retrouvé

— Rendons grâce à Lolth ! haleta Matrone Malice. Il tient Drizzt ! Zaknafein a trouvé votre frère !

Ses trois filles eurent un mouvement de recul devant la violence des émotions qui déformait le visage de leur mère.

Maya et Vierna échangèrent un sourire ; tout cela serait bientôt terminé. Depuis l'invocation du Zincarla, la vie était comme suspendue dans la Maison Do'Urden, leur mère se repliant chaque jour un peu plus sur elle-même, obnubilée par la quête de l'esprit-fantôme.

De l'autre côté de l'antichambre, le sourire de Briza était tempéré par ce qui semblait être de la déception.

Heureusement pour elle, Matrone Malice était trop absorbée par les visions qui lui parvenaient pour le remarquer. Elle s'enfonça plus profondément dans sa transe méditative, savourant chaque accès de rage que l'esprit-fantôme libérait contre son traître de fils. Sa respiration s'accéléra quand Zaknafein et Drizzt échangèrent quelques passes d'armes, puis cessa presque tout d'un coup.

Quelque chose avait stoppé sa créature.

— Non ! Non ! Ce n'est pas possible ! hurla-t-elle en bondissant de son trône, cherchant quelqu'un à frapper ou quelque chose à briser.

— Drizzt s'est échappé ? demanda Briza en essayant de garder un ton neutre.

Le regard que lui lança sa mère l'informa qu'elle n'avait pas assez bien camouflé ses sentiments.

— Est-ce que l'esprit-fantôme est détruit ? s'écria Maya, sincèrement inquiète.

— Non, mais ton frère s'est enfui, une fois de plus ! répondit Malice avec des tremblements dans la voix.

— Donc Zin-carla n'a pas encore échoué, essaya de la consoler Vierna.

— Et l'esprit-fantôme n'a jamais été aussi proche du but, renchérit Maya.

Malice retomba sur son siège et passa sa main sur son front pour en essuyer la sueur. Elle congédia ses filles car elle ne voulait pas qu'elles la voient dans cet état. Le Zin-carla épuisait ses forces. Elle savait pertinemment que sa vie ne tenait plus qu'à la réussite de l'esprit-fantôme.

Quand elle fut de nouveau seule, Malice alluma une bougie et sortit un petit miroir finement ouvragé. Quelle épave elle était devenue en quelques semaines ! Elle ne mangeait plus, des rides profondes creusaient son front d'ébène. Elle semblait avoir davantage vieilli au cours de ces derniers jours que lors du siècle précédent.

— Je vais bientôt finir comme Matrone Baenre, murmura-t-elle d'un air de dégoût. Desséchée et laide.

Pour la première fois peut-être de sa longue vie, elle se demanda si sa quête absolue du pouvoir et des faveurs de l'impitoyable Reine Araignée n'était pas vaine. Mais cette pensée s'évapora aussi vite qu'elle était apparue. Elle n'avait pas parcouru tout ce chemin pour se laisser aller à des regrets ridicules. Grâce à sa force et à sa dévotion, elle avait hissé sa Maison parmi les familles régnantes et elle siégeait au Conseil.

Mais la pression qu'elle avait endurée ces dernières années la maintenait aux portes du désespoir. Elle essuya la sueur qui perlait à son front et se regarda de nouveau dans le petit miroir.

Elle ne ressemblait plus à rien.

Tout cela était la faute de Drizzt. C'étaient ses actes qui avaient mécontenté la Reine Araignée ; c'était le sacrilège de son fils qui l'avait menée au bord du gouffre.

— Trouve-le ! ordonna-t-elle à son esprit-fantôme.

Elle ne se souciait plus de l'avenir que lui réservait Lolth ; la seule chose qui lui importait désormais était que Drizzt Do'Urden meure.

⚔⚔⚔⚔⚔

Ils coururent le long des couloirs, espérant qu'aucun monstre ne leur barrerait la route. Le danger qu'ils fuyaient était si grand qu'ils ne pouvaient se permettre d'être prudents.

Leur course dura des heures. Belwar, plus petit et plus vieux que ses compagnons, fut le premier à fatiguer. Caqueteur le jucha sur une de ses épaules et ils continuèrent.

Quand ils s'arrêtèrent pour la première fois, ils n'avaient aucune idée de la distance qu'ils avaient parcourue. Drizzt, qui était resté silencieux et mélancolique pendant toute la cavalcade, se positionna à l'entrée du renfoncement qu'ils avaient choisi comme lieu de repos temporaire. Voyant la détresse de son ami, Belwar se rapprocha de lui pour essayer de le réconforter.

—Ce n'est pas ce à quoi tu t'attendais, elfe noir ? demanda-t-il doucement. (Il n'obtint pas de réponse mais, Drizzt ayant manifestement besoin de parler, il continua.) Le drow dans la caverne, n'as-tu pas dit que c'était ton père ?

L'elfe tourna vers le svirfnebelin des yeux remplis de colère mais son visage se radoucit immédiatement devant l'inquiétude sincère de son ami.

—Zaknafein, Zaknafein Do'Urden, mon père et mentor. C'est lui qui m'a tout appris sur le maniement des armes et sur la vie. C'était mon seul ami à Menzoberranzan, le seul à partager mes croyances.

—Il a cherché à te tuer, dit Belwar sans détour. (Drizzt fit une grimace, et le gnome tenta d'adoucir son propos.) Peut-être ne t'a-t-il pas reconnu ?

—C'est mon père, l'ami le plus proche que j'ai eu au cours de ces vingt dernières années.

—Alors pourquoi, elfe noir ?

—Ce n'était pas Zaknafein. Zaknafein est mort, sacrifié par ma mère à la Reine Araignée.

—*Magga cammara*, murmura Belwar, horrifié par les révélations de Drizzt.

La franchise de l'aveu de son ami l'amena à penser que ce genre de sacrifice n'était pas si inhabituel dans la communauté drow. Un frisson lui parcourut l'échine mais il n'en laissa rien paraître par égard pour Drizzt.

—Je ne sais pas encore quel monstre de Matrone Malice a pris l'apparence de mon père, continua l'elfe sans percevoir le malaise de Belwar.

—En tout cas, qui que ce soit, c'est un adversaire incomparable, remarqua le svirfnebelin.

C'était précisément ce qui troublait Drizzt. Il ne pouvait nier que le guerrier qu'il avait combattu dans la caverne des illithids avait la précision et le style inimitable de Zaknafein Do'Urden. Sa raison pouvait refuser de croire que Zaknafein s'était retourné contre lui, mais son cœur savait que le monstre avec qui il avait croisé le fer était bien son père.

—Au fait, comment cela s'est-il terminé ? demanda l'elfe après un long silence.

Le maître-terrassier ne comprenait pas de quoi il parlait.

—Le combat ! Je me souviens de l'illithid mais après c'est le trou noir.

—Demande-le-lui, répondit Belwar en désignant le pech. Un mur de pierre est apparu entre toi et ton ennemi, j'ignore par quelle magie.

Caqueteur s'approcha.

—C'est moi qui l'y ai mis, dit-il d'une voix toujours aussi claire.

—C'est ça, la magie des pechs ? interrogea le gnome.

Caqueteur décida de tout expliquer à ses amis. Il sentait que son côté porte-crocs tentait déjà de reprendre le contrôle ; c'était la seule chance qu'il aurait jamais de parler de son peuple à ses compagnons.

—Nous sommes une race pacifique. Notre seul but est de travailler la pierre, c'est notre vocation et ce que nous aimons faire le plus au monde. C'est de notre symbiose avec la terre que naît notre pouvoir. Les pierres nous parlent et nous aident dans nos tâches.

—C'est comme toi, dit Drizzt en regardant Belwar, quand tu as fait venir cet élémental pour l'utiliser contre moi.

Le gnome eut un petit rire embarrassé.

—Non, continua tranquillement Caqueteur. Les gnomes des profondeurs peuvent, c'est vrai, faire appel aux pouvoirs de la terre. Mais ils n'ont pas avec elle la même relation que nous. Leur amour de la terre n'est qu'un des nombreux moyens à leur disposition pour parvenir au bonheur. Nous, les pechs, sommes les frères de la terre. Parce que nous sommes liés par une affection réciproque, elle nous aide et nous l'aidons.

—Tu parles de la terre comme si c'était un être vivant, l'interrompit l'elfe. (Les propos de Caqueteur avaient éveillé sa curiosité.)

—Elle l'est, elfe noir, intervint le gnome. Pour ceux qui savent l'entendre.

—Les svirfnebelins entendent son chant, reprit le pech. Nous, nous lui parlons directement.

Tout cela était difficile à comprendre pour Drizzt ; les drows étaient très loin de partager une telle connexion avec la terre, mais l'élémental qu'il avait affronté quelques années auparavant et, plus récemment, ce mur surgi du néant étaient autant de preuves de l'existence de ce lien.

—Que te disent les pierres maintenant ? demanda-t-il à son ami. Avons-nous distancé nos poursuivants ?

Caqueteur colla son oreille contre la paroi.

— Les mots sont confus maintenant, se lamenta-t-il.

Ses compagnons comprirent ce que cela signifiait ; le porte-crocs reprenait petit à petit le dessus.

— Je n'entends personne nous poursuivre, mais puis-je encore faire confiance à mes oreilles !

Il se retira au fond de la grotte. Drizzt et Belwar le suivirent, inquiets.

— Que se passe-t-il ? demanda le maître-terrassier même s'il se doutait de la réponse.

— Je disparais. (Le changement du grain de sa voix rendait la chose encore plus dramatique.) Dans la caverne des illithids, j'étais un pech, plus que je ne l'avais jamais été auparavant. Je ne faisais plus qu'un avec la terre.

Ses deux amis ne semblaient pas comprendre.

— Le m… m… mur. Seul un g… groupe d'anciens était capable d'un tel p… prodige au terme d'un rituel long et douloureux.

Il s'arrêta, secoua la tête comme s'il tentait de se débarrasser de son côté porte-crocs. Il donna un coup violent dans la paroi et se força à continuer.

— Et pourtant je l'ai fait. Je suis devenu la pierre. Je n'ai eu qu'à lever la main pour protéger mon ami.

— Et maintenant cela t'échappe, dit Drizzt de sa voix la plus douce. Le pech en toi cède de nouveau la place aux instincts du porte-crocs.

Caqueteur détourna le regard et donna un autre coup dans la paroi en guise de réponse. Son geste lui apporta un peu de réconfort et il recommença, encore et encore, comme si le martèlement continu lui rappelait ce qu'il avait été.

Le drow et le svirfnebelin le laissèrent seul un moment dans le renfoncement. Quand le silence fut revenu, ils retournèrent près de lui. Caqueteur releva la tête, ses immenses yeux d'oiseau remplis de larmes. Les mots qu'il bégaya glacèrent d'effroi ses amis, car ils n'avaient rien à leur opposer.

— S'il vous plaît, t… tuez-moi.

Cinquième partie

L'âme

L'âme. Nul ne peut la briser et nul ne peut la voler. Une victime au bord du désespoir pourrait en douter et son tourmenteur vouloir croire le contraire. Mais, en vérité, l'âme demeure, profondément enfouie parfois, mais jamais totalement disparue.

C'est sur ce concept erroné de vulnérabilité de l'âme que repose le Zin-carla. Les prêtresses, j'en ai été témoin, proclamaient que c'était le plus grand cadeau de la Reine Araignée, la déesse qui gouvernait les drows. C'était plutôt son plus grand mensonge.

Les aptitudes du corps ne peuvent être séparées de la rationalité de l'esprit et des émotions du cœur. C'est l'addition des trois qui fait de chacun de nous un être unique. C'est de l'harmonie entre le corps, l'esprit et le cœur que naît l'âme.

Combien de tyrans ont essayé de faire de leurs sujets de simples instruments de profit, dénués de toute pensée ! Ils les privent d'amour, de croyances, ils cherchent à leur voler leur âme.

Ils ne peuvent qu'échouer. En cela je veux croire.

La flamme de l'âme ne peut s'éteindre qu'avec la mort. Et un royaume peuplé de cadavres n'est d'aucune utilité à un despote.

L'âme est résistante, indomptable. Chez certains elle survivra jusqu'à la chute de l'oppresseur.

Où était l'âme de Zaknafein, mon père, lorsqu'il a essayé de me détruire ? Où était la mienne, durant mon séjour dans l'Outreterre, quand le chasseur que j'étais devenu aveuglait mon cœur et guidait mes armes souvent contre ma volonté ?

J'ai compris qu'elles avaient toujours été là, profondément enfouies mais jamais totalement disparues.

L'âme. Dans toutes les langues de tous les royaumes, à la surface comme dans l'Outreterre, ce mot est synonyme de force et de détermination. C'est la force du héros, la résistance de la mère et l'armure du pauvre hère. Nul ne peut la briser, nul ne peut la détruire.

En cela je veux croire.

Drizzt Do'Urden.

22

Errance

L'épée transperça le gobelin si vite qu'il n'eut même pas le temps de crier. Il bascula en avant, mort avant même de toucher le sol. Zaknafein marcha sur son cadavre et se dirigea vers la sortie de la caverne qui n'était plus très loin.

Un groupe d'illithids lui barra le chemin. Il grogna et continua à avancer sans ralentir. Drizzt était passé par cette sortie, il emprunterait la même, quoi qu'il en coûte.

Tous ceux qui croiseraient son chemin tomberaient sous ses lames.

— *Laissez-le passer! Vous ne pouvez pas gagner! Laissez-le partir!*

Ces avertissements télépathiques fusaient de toutes parts, envoyés par les autres flagelleurs qui avaient vu l'esprit-fantôme en action. Celui-ci avait déjà tué plus d'une dizaine des leurs.

Les nouveaux venus comprirent l'avertissement et tous s'écartèrent à l'exception de l'un d'entre eux.

Les illithids fondaient leur existence sur un pragmatisme issu d'un vaste savoir collectif. Ils considéraient les émotions primaires, telles que la fierté, comme des faiblesses fatales. Le bien-fondé de cette croyance allait encore se vérifier.

Le flagelleur lança son attaque sur l'esprit-fantôme, déterminé à ne plus laisser personne s'échapper.

L'instant d'après, il tombait sous l'épée de Zaknafein, qui reprit sa route dans l'Outreterre.

Plus aucun illithid ne tenta de s'interposer.

Zaknafein s'accroupit afin de choisir son chemin avec précaution. Drizzt était passé par là ; la piste était encore fraîche. Tout au long de sa traque, il allait devoir faire de nombreux arrêts à la recherche d'indices, et ne serait donc pas aussi rapide que Drizzt.

Mais, contrairement à ce dernier, lui n'avait pas besoin de repos.

—Ne bougez plus !

Le ton de Belwar interdisait toute contestation.

Drizzt et Caqueteur se figèrent, se demandant ce qui avait bien pu déclencher cette alerte soudaine.

Le gnome s'approcha de la paroi et y colla son oreille.

—Des bruits de bottes. Dans un tunnel parallèle, chuchota-t-il.

L'elfe avança et imita son ami. Bien que ses sens soient plus affûtés qu'à la normale, il ne ressentait toujours pas les vibrations de la pierre.

—Combien sont-ils ?

—Pas beaucoup, répondit Belwar, mais son haussement d'épaules indiquait qu'il s'agissait juste d'une vague estimation.

— Ils sont sept, intervint Caqueteur. Ce sont des duergars – des nains gris – qui fuient les illithids, comme nous.

— Est-ce que les tunnels se croisent ? demanda le svirfnebelin. Est-il possible de les éviter ?

Caqueteur interrogea la pierre.

— Les tunnels se rejoignent un peu plus loin pour ne plus en former qu'un seul.

— Si nous attendons un peu ici, ils passeront avant nous, raisonna le maître-terrassier.

Drizzt n'était pas d'accord avec la stratégie de son ami.

— Nous fuyons le même ennemi, remarqua-t-il. Peut-être pourrions-nous faire d'eux des alliés ?

— S'il est vrai qu'il arrive aux duergars de s'associer aux drows, il est loin d'en être de même avec les svirfnebelins, lui rappela Belwar. Et je ne parle même pas des porte-crocs.

— La situation dans laquelle nous sommes est loin d'être habituelle, argumenta le drow. S'ils fuient les illithids, ils sont sûrement mal équipés et sans armes. Ils seront peut-être enclins à accepter une telle alliance, pour le bien de tous.

— Je ne pense pas qu'ils seront aussi amicaux que tu le crois, poursuivit le gnome avec une pointe de sarcasme dans la voix. Mais je concède que le boyau étroit dans lequel nous sommes est plus adapté à la morphologie des nains gris qu'à la tienne ou à celle de Caqueteur ; en outre, s'ils décident de tourner à l'embranchement et de venir dans notre direction, ils auront l'avantage.

— Alors allons à leur rencontre et voyons ce qui se passe, dit Drizzt.

Les trois compagnons débouchèrent dans une petite grotte ovale. Le tunnel où se trouvaient les duergars était juste à côté du leur, et un troisième partait du fond de la grotte. Ils s'y dissimulèrent tandis que les bruits de bottes se rapprochaient.

Quelques instants après, sept nains gris apparurent, hagards mais armés. Trois d'entre eux possédaient des massues, un autre tenait une dague, deux autres encore avaient des épées et un dernier portait deux grosses pierres.

Drizzt sortit seul de l'obscurité ; en tant que drow, il pensait pouvoir plus facilement conclure une alliance avec les duergars. Ces derniers furent surpris par son apparition soudaine et s'organisèrent tant bien que mal en une formation défensive. Ils brandirent leurs armes, le nain aux pierres prêt à lancer un premier projectile.

— Salutations, duergars, commença l'elfe en espérant qu'ils connaissaient suffisamment le drow pour le comprendre.

Il gardait ses mains près de ses cimeterres au cas où la rencontre tournerait mal.

— Qui es toi ? demanda l'un des porteurs d'épée dans un drow hésitant mais compréhensible.

— Un rescapé, comme vous, qui fuit les cruels illithids.

— Alors toi sais que nous pressés, lança le duergar d'un ton hargneux. Laisse passer nous.

— Je vous propose une alliance. Notre nombre sera un atout si jamais les illithids se rapprochent.

— Sept valent huit, répondit l'entêté.

Derrière lui, le lanceur de pierres agita son bras d'un air menaçant.

— Mais dix valent mieux que sept, reprit Drizzt calmement.

— Toi as des amis ? D'autres drows ? s'enquit son interlocuteur soudain moins agressif.

Il jetait autour de lui des regards inquiets, craignant une embuscade.

— Pas vraiment.

— J'ai vu lui ! Lui enfui avec monstre à bec et svirfnebelin ! cria un autre membre du groupe, sans laisser le temps à Drizzt de s'expliquer.

— Gnome des profondeurs (il cracha au pied de Drizzt), pas ami des duergars ni des drows !

Drizzt aurait préféré en rester là ; puisque l'alliance n'était pas possible, que chacun reprenne son chemin. Mais la réputation de crétins belliqueux qui circulait dans l'Outreterre au sujet des duergars n'était malheureusement pas usurpée. Pourtant, avec les flagelleurs à leurs trousses, ils n'avaient vraiment pas besoin de se faire de nouveaux ennemis.

Une pierre siffla près de la tête de l'elfe. Celui-ci la dévia à l'aide de son cimeterre.

— *Bivrip !* prononça unc voix tapie dans l'obscurité.

Belwar et Caqueteur surgirent, pas le moins du monde surpris par la tournure des événements.

À l'Académie, Drizzt, comme chaque elfe noir, avait passé des mois à étudier les tactiques et les ruses des nains gris. Il put ainsi anticiper la réaction de ses adversaires et les auréola de flammèches pourpres inoffensives.

Presque au même moment, trois duergars disparurent, utilisant leur faculté innée à se rendre invisibles. Mais les flammèches étaient toujours là, indiquant clairement la position de chacun d'eux.

Un autre caillou fendit l'air et heurta la poitrine de Caqueteur. Il aurait souri de cette misérable tentative si son bec le lui avait permis. Il chargea ses ennemis.

Le lanceur de pierres et celui qui tenait la dague s'écartèrent de son chemin, car leurs armes étaient inefficaces contre un tel monstre. D'autres adversaires restant à neutraliser, le porte-crocs les laissa filer. Les deux fuyards se rapprochèrent alors de Belwar, pensant qu'il était le plus faible du trio.

La main-pioche stoppa net leur attaque. Le duergar désarmé se précipita en avant, essayant d'attraper le bras du gnome pour empêcher une nouvelle attaque, mais Belwar avait anticipé le coup et sa main-marteau atteignit son assaillant en plein visage. Sous l'impact, des os se brisèrent et des étincelles jaillirent, brûlant la peau grise du nain. Celui-ci s'effondra, se tordant de douleur, son visage ravagé entre les mains.

Le porteur de dague n'était plus aussi impatient d'attaquer.

Deux duergars invisibles s'approchèrent de Drizzt ; les auréoles pourpres qui dansaient au-dessus de leur tête donnaient à l'elfe une idée générale de leurs mouvements. Il savait qu'il avait affaire aux épéistes, mais il n'en restait pas moins désavantagé car il ne pouvait voir ni leurs attaques ni leurs feintes. Il recula pour mettre de la distance entre lui et ses assaillants.

Il sentit une attaque et mit son cimeterre en position défensive ; il sourit de sa chance quand il entendit les lames s'entrechoquer. Le nain gris apparut juste un instant, un sourire mauvais sur les lèvres.

— Combien d'attaques toi penses peux bloquer ? le railla l'autre duergar invisible.

— Plus que tu l'imagines, répondit l'elfe, souriant à son tour.

Utilisant ses pouvoirs, il fit s'abattre une sphère de ténèbres sur ses assaillants et lui, privant ainsi les premiers de leur avantage.

Dans l'âpreté de la bataille, Caqueteur fut pris d'assaut par les instincts du porte-crocs. Le géant ne comprenait pas pourquoi des flammèches pourpres voletaient dans un coin. Il chargea les deux derniers duergars visibles.

Dans sa course, une massue s'abattit sur son genou et le troisième nain invisible gloussa. Les deux autres commençaient aussi à disparaître, mais le porte-crocs n'y prêtait plus aucune attention. Il reçut un nouveau coup à la cuisse.

Contrôlé par les instincts d'une race qui n'était pas connue pour sa finesse, Caqueteur hurla et plongea en avant, essayant d'écraser les flammèches pourpres sous son torse massif. Il se redressa et se relaissa tomber plusieurs fois jusqu'à ce qu'il soit sûr que son ennemi invisible était mort, écrasé sous son immense carcasse.

C'est alors qu'une pluie de coups de massue s'abattit sur sa tête.

Le duergar à la dague n'était pas un novice, ses attaques étaient réfléchies ; il forçait Belwar, qui avait les armes les plus lourdes, à prendre l'initiative. Leur haine réciproque était profonde, mais le svirfnebelin n'était pas un imbécile ; il utilisait seulement sa main-pioche pour tenir son ennemi à distance, gardant sa main-marteau prête à frapper.

Les deux adversaires s'observèrent pendant un long moment, chacun attendant que l'autre commette la première erreur. Le cri de douleur du porte-crocs et la disparition de Drizzt obligèrent le gnome à engager le combat. Il trébucha, feignant une chute, et plongea vers son adversaire, sa main-marteau en avant tandis que sa main-pioche restait en dessous.

Le duergar comprit le stratagème mais il ne pouvait passer à côté de cette ouverture. La dague passa par-dessus la main-pioche en direction de la gorge de Belwar.

Le maître-terrassier bascula en arrière, donnant au passage un coup de pied dans le menton de son adversaire. Ce dernier ne fut guère ralenti dans son élan et plongea sur le gnome à terre, sa dague en avant.

Belwar para le coup avec sa main-pioche quelques secondes avant que la dague se fiche dans sa gorge. Il voulut écarter le bras du nain, mais celui-ci jouait de tout son poids pour l'en empêcher. Leurs visages se retrouvèrent à quelques centimètres l'un de l'autre.

— J't'ai eu ! cria le duergar.

— Prends ça ! répondit Belwar.

Il dégagea suffisamment sa main-marteau pour frapper son assaillant au niveau des côtes. Le duergar lui assena un coup de tête dont le gnome se vengea en lui mordant le nez. Ils roulèrent l'un sur l'autre, crachant et grognant, utilisant toutes les armes qu'ils pouvaient trouver.

Au son des cliquetis des épées, on aurait juré qu'une dizaine d'individus se battaient dans la sphère de ténèbres. Cette cadence frénétique était l'œuvre de Drizzt. Dans une telle situation – un combat à l'aveugle –, la meilleure tactique était selon lui de maintenir les lames ennemies le plus loin possible.

L'activité incessante de ses cimeterres faisait reculer les deux nains gris.

Il s'appliquait à maintenir ses deux ennemis en face de lui, un au bout de chaque bras. Si l'un d'entre eux parvenait à passer sur le flanc, c'en serait fini du drow.

Chaque fois qu'une de ses lames s'entrechoquait avec celles de ses adversaires, il en apprenait un peu plus sur leur technique et leur stratégie. En Outreterre, il avait combattu de cette façon à de nombreuses reprises, y compris contre le basilic.

Dépassés par la rapidité des attaques du drow, les duergars tentaient de riposter tant bien que mal en espérant qu'aucun cimeterre ne passerait au travers de leur défense.

La bataille faisait rage quand un bruit se fit entendre que Drizzt avait longtemps attendu – le son d'un cimeterre coupant la chair. Une épée tomba au sol et son propriétaire commit l'erreur fatale de pousser un cri de douleur.

Le chasseur reprit alors le contrôle de l'esprit du drow. Concentré sur le cri, il plongea son cimeterre en direction de sa source ; l'arme fracassa les dents du nain gris et termina sa course à l'arrière de son crâne.

Drizzt se tourna, furieux, vers le duergar restant. Il faisait tournoyer ses lames devant lui et porta soudain un coup trop rapide pour être contré qui transperça l'épaule de son adversaire.

—Je me rends ! Je me rends ! Pitié, drow ! cria le nain gris en laissant tomber son arme. (Il ne voulait pas subir le même sort funeste que son compagnon.)

Ses paroles firent remonter Drizzt Do'Urden à la surface.

— J'accepte ta reddition.

Il se rapprocha de son adversaire, plaça la pointe de son cimeterre sur la poitrine de ce dernier, et ils sortirent ensemble de la zone de ténèbres.

La douleur vrillait le crâne de Caqueteur ; à chaque nouveau coup, il pensait que son cerveau allait exploser. Il poussa un grognement animal, se releva et fit face à ses nouveaux ennemis.

Il fut de nouveau frappé par une massue, mais il ne sentait plus rien. Une serre puissante s'abattit sur l'auréole pourpre et défonça le crâne invisible qui se trouvait en dessous. Le nain gris réapparut soudain, sa capacité à se concentrer – et donc à maintenir son invisibilité – l'ayant abandonné en même temps que la vie.

L'autre voulut s'enfuir mais le porte-crocs fut le plus rapide. Il l'attrapa dans ses serres, le souleva dans les airs en émettant un cri perçant, tel un oiseau fou, puis le fracassa de toutes ses forces contre la paroi. Le corps sans vie du duergar réapparut, complètement désarticulé, au pied du mur.

Le porte-crocs se retrouvait sans personne à combattre, mais sa soif de sang était loin d'être étanchée. C'est à cet instant que Drizzt et son prisonnier émergèrent des ténèbres ; le géant se précipita sur eux.

Drizzt, qui était concentré sur le combat de Belwar, ne prit conscience des intentions de Caqueteur que lorsque son prisonnier hurla de terreur.

Mais il était trop tard.

La tête du duergar volait déjà en direction de la sphère d'obscurité.

— Caqueteur ! protesta l'elfe.

Il eut juste le temps d'esquiver la serre qui fonçait sur lui puis il plongea dans l'obscurité pour se cacher.

Le porte-crocs ne le suivit pas car il venait de repérer de nouvelles proies. Belwar et le porteur de dague, trop absorbés par leur affrontement, ne se rendirent pas compte qu'un monstre fou furieux se rapprochait d'eux. Le géant se baissa, ramassa les deux adversaires et les projeta en l'air. Le nain gris eut la malchance de retomber le premier, et le porte-crocs lui décocha un coup qui lui fit traverser la grotte. Belwar était sur le point de connaître le même sort quand deux cimeterres croisés bloquèrent le coup.

La force du porte-crocs fit glisser le drow sur plusieurs dizaines de centimètres. Belwar s'écrasa au sol, et il lui fallut un long moment pour recouvrer ses esprits.

— Caqueteur ! hurla de nouveau Drizzt alors que le porte-crocs tentait d'aplatir le svirfnebelin sous l'un de ses pieds gigantesques.

Usant de toute la rapidité et de toute l'agilité dont il était capable, l'elfe contourna le monstre pour se retrouver derrière lui et le frappa au genou, comme il l'avait fait lors de leur première rencontre. Un pied au-dessus du svirfnebelin, Caqueteur était déjà en équilibre précaire, et Drizzt put facilement le faire tomber. En un clin d'œil, il grimpa sur la poitrine du monstre et glissa la pointe de son cimeterre entre les plaques osseuses situées à la base de son cou.

Le drow esquiva un coup du monstre qui tentait maladroitement de se défendre. Il haïssait ce qu'il s'apprêtait à faire. Soudain, le porte-crocs se calma et lui lança un regard serein.

— F… F… Fais-le, le supplia-t-il.

Drizzt, horrifié, chercha du soutien auprès de Belwar, mais celui-ci détourna la tête.

— Caqueteur ? Est-ce que tu es redevenu toi-même ?

Le monstre hésita puis hocha légèrement la tête.

Drizzt descendit de son perchoir et regarda les cadavres qui jonchaient la grotte.

— Partons, dit-il.

Caqueteur resta prostré un moment, considérant les sombres implications de cette rémission. La fin du combat lui avait permis de reprendre le contrôle du porte-crocs. Mais il savait qu'à la première occasion ses instincts meurtriers referaient surface. Combien de fois pourrait-il encore s'y opposer ?

Il cogna la paroi avec une telle force que celle-ci se lézarda jusqu'au sol. Il eut beaucoup de mal à se remettre debout. N'osant pas croiser le regard de ses amis, il disparut rapidement dans le tunnel. À chacun de ses pas, le cœur de Drizzt se serrait un peu plus.

— Peut-être aurait-il mieux valu en finir…, suggéra Belwar en se rapprochant de l'elfe.

— Il m'a sauvé la vie dans la caverne des illithids, rétorqua Drizzt d'un ton sec, et il a toujours été un ami loyal.

— Il a essayé de nous tuer tous les deux ! *Magga cammara !*

— Tu me demandes de le tuer ? demanda Drizzt en attrapant l'épaule du gnome. Mais je suis son ami !

— Eh bien alors agis comme tel ! répondit le svirfnebelin en se dégageant de son emprise.

Il s'apprêtait à emprunter le même tunnel que Caqueteur lorsque Drizzt le saisit de nouveau par l'épaule et lui fit faire volte-face.

—Cela va aller en empirant, elfe noir, reprit le gnome. Chaque jour qui passe, l'emprise du sort du magicien se fait de plus en plus forte. Caqueteur essaiera encore de nous tuer, je le crains. Et s'il y arrive, cela le détruira encore plus sûrement que tes armes le pourraient !

—Je ne peux pas le tuer et toi non plus.

—Alors nous devons le laisser libre. Libre de vivre sa vie de porte-crocs dans l'Outreterre. Car c'est ce qu'il deviendra irrémédiablement, de corps et d'âme.

—Non, nous ne l'abandonnerons pas. Nous sommes ses amis, nous devons l'aider.

—Le sorcier est mort, dois-je te le rappeler ? dit Belwar en se dirigeant de nouveau vers le tunnel.

—Il existe d'autres sorciers, murmura l'elfe.

Cette fois-ci, il laissa le gnome poursuivre sa route et remit ses cimeterres dans leur fourreau. Il savait ce qui lui restait à faire.

Il y avait en effet d'autres sorciers dans l'Outreterre, mais les chances d'en rencontrer étaient minces. Il serait encore plus difficile d'en trouver un qui soit capable d'annuler le sort qui avait transformé Caqueteur. Mais l'elfe savait où chercher.

À chaque pas qu'il faisait aux côtés de ses compagnons, la pensée de retourner sur sa terre natale le hantait. Compte tenu de ce qu'avait déclenché sa décision de quitter Menzoberranzan, il ne voulait plus jamais remettre les pieds dans ce monde obscur qui l'avait tant maudit.

Mais s'il décidait de ne pas y retourner, alors il assisterait, impuissant, à la lente transformation de son ami en porte-crocs. Belwar avait même suggéré d'abandonner Caqueteur, étant donné ce qui les attendait lorsque le processus arriverait à son terme.

Mais s'ils le faisaient, Drizzt resterait à jamais hanté par l'image du pech, seul dans l'Outreterre.

Revoir Menzoberranzan et son peuple était la dernière chose au monde qu'il souhaitait faire – plutôt mourir. Mais les choses n'étaient pas si simples. Il avait fondé sa vie sur des principes et il devait leur rester fidèle. Il lui fallait donc penser au bien-être de Caqueteur avant toutes choses, même si, pour cela, l'elfe noir devait aller à l'encontre de ses désirs les plus profonds.

Plus tard, quand ils bivouaquèrent, Belwar devina le conflit intérieur qui tourmentait son ami. Laissant Caqueteur qui martelait le mur, il se rapprocha du drow.

—À quoi penses-tu, elfe noir ?

—Ma ville natale s'enorgueillit de son école de sorcellerie, répondit-il, déterminé.

Au début, le maître-terrassier ne comprit pas où son ami voulait en venir, mais quand il le vit regarder Caqueteur, tout s'éclaira.

—Menzoberranzan ? Tu veux y retourner en espérant qu'un sorcier elfe veuille bien s'occuper de notre ami ? s'écria-t-il.

—C'est la seule chance qui reste à Caqueteur.

—Autant dire qu'il n'en a plus aucune, rugit le svirfnebelin. Tu crois que Menzoberranzan va t'accueillir à bras ouverts ?

—Je comprends ton pessimisme. Les elfes noirs ne connaissent pas la pitié, je suis d'accord. Mais il reste d'autres options.

— Tu es pourchassé, intervint le gnome en espérant que cette simple remarque ferait reprendre ses esprits à son ami.

— Seulement par Matrone Malice. Menzoberranzan est vaste, et je n'ai aucunement l'intention de croiser des membres de ma famille, qui sont les seuls à être loyaux envers ma mère.

— Et que pourrait-on bien offrir en échange d'un tel service ? Que possédons-nous qui pourrait avoir de la valeur aux yeux d'un sorcier elfe de Menzoberranzan ?

Drizzt commença à jouer avec son cimeterre et une lueur familière passa dans les yeux lavande du drow.

— Sa propre vie.

Cette réponse laissa le svirfnebelin bouche bée.

23

Intrigues

La Matrone Baenre observa longuement Malice Do'Urden, mesurant à quel point le Zin-carla lui pesait. De profondes rides d'anxiété creusaient son visage naguère si lisse, et sa belle chevelure blanche, que toutes les femmes de sa génération lui enviaient, était pour la première fois en cinq siècles négligée et ébouriffée. Mais le plus impressionnant était ses yeux, autrefois brillants et vifs, désormais éteints par la fatigue et marqués de cernes.

— Zaknafein y était presque. Drizzt était à sa merci mais, par je ne sais quel miracle, il a encore réussi à s'échapper ! expliqua Malice d'une voix anormalement plaintive. Néanmoins, l'esprit-fantôme est de nouveau sur ses talons, se reprit-elle immédiatement en voyant la moue désapprobatrice de Matrone Baenre.

En plus d'être la personnalité la plus puissante de Menzoberranzan, la vieille Mère Matrone était considérée comme la représentante officielle de Lolth dans la cité. Lorsqu'elle était satisfaite, Lolth l'était aussi et, par conséquent, lorsqu'elle ne l'était pas, il y avait fort à craindre qu'un désastre imminent s'abatte sur la Maison fautive.

— Le Zin-carla réclame de la patience, Matrone Malice. Cela ne fait pas si longtemps qu'il a commencé sa quête, dit la vieille Matrone calmement.

Malice se détendit un peu jusqu'à ce qu'elle regarde autour d'elle. Elle détestait la chapelle de la Maison Baenre, si grande, si écrasante. Le palais Do'Urden tout entier aurait pu tenir dans cette seule pièce, et même si les membres de la famille et les soldats de la Maison Do'Urden étaient dix fois plus nombreux, ils ne pourraient remplir tous les bancs autour de l'autel où se trouvait justement Matrone Malice, et que dominait une immense représentation animée de Lolth, tantôt magnifique femelle drow, tantôt araignée géante. Face à tant de grandeur, Malice se sentait insignifiante.

La Matrone Baenre perçut le malaise de son invitée et tenta de la réconforter.

— Il vous a été accordé un don précieux. La Reine Araignée ne vous aurait pas offert le Zin-carla ni permis de sacrifier SiNafay Hun'ett si elle ne croyait pas en vous.

— Elle me met à l'épreuve, répondit brusquement Malice.

— Et vous allez réussir. Vous connaîtrez enfin la gloire, Malice Do'Urden ! Quand l'esprit-fantôme aura tué votre fils, vous aurez une place d'honneur au Conseil. Je vous promets que de nombreuses années passeront avant qu'on ose s'attaquer de nouveau à la Maison Do'Urden. La Reine Araignée fera retomber sa gloire sur vous à l'accomplissement du Zin-carla. Elle aura pour votre Maison la plus haute estime et vous défendra contre vos rivaux.

— Et si le Zin-carla échoue ? Supposons que…

Sa voix mourut devant les yeux écarquillés de Matrone Baenre.

— Ne prononcez jamais ces mots ! la réprimanda-t-elle. Et ne pensez pas à de telles éventualités ! Ne vous laissez pas gagner par la peur, car cela causera votre perte. Le Zin-carla met à l'épreuve à la fois votre volonté et votre dévotion envers la Reine Araignée. L'esprit-fantôme est une extension de votre ténacité et de votre force. Si vous flanchez, il flanche aussi.

— Je ne flancherai pas ! rugit Malice, les mains crispées sur les accoudoirs de son siège. J'assume la pleine responsabilité des actes sacrilèges de mon fils et, avec l'aide et la bénédiction de Lolth, je compte bien infliger à Drizzt le châtiment qu'il mérite.

Matrone Baenre fut rassurée et hocha la tête en signe d'approbation. Elle se devait d'aider Malice dans cette épreuve. Elle en connaissait suffisamment sur le Zin-carla pour savoir que la confiance et la détermination étaient les deux conditions primordiales de sa réussite. Une Mère Matrone impliquée dans un Zin-carla devait régulièrement et sincèrement proclamer sa foi en Lolth et son envie de lui plaire.

Mais un autre problème préoccupait Malice et détournait son attention alors qu'elle ne pouvait se le permettre. Elle était venue de son propre chef à la Maison Baenre pour demander de l'aide.

— Et pour cette autre affaire ? lui rappela Matrone Baenre, qui commençait à trouver le temps long.

— Je suis vulnérable, expliqua Malice. Le Zin-carla me prend toute mon énergie et ma concentration. Je crains qu'une autre Maison en profite pour nous attaquer.

— Aucune Mère Matrone s'étant vu accorder le Zin-carla n'a encore été attaquée, fit remarquer Matrone Baenre. (Elle parlait d'expérience.)

— Le Zin-carla a rarement été accordé, et souvent à des Matrones de Maisons puissantes qui avaient déjà les faveurs de Lolth. Qui oserait attaquer dans de telles circonstances ? Mais c'est différent pour la Maison Do'Urden ; nous venons juste de nous remettre d'une guerre. Même en comptant les ex-soldats de la Maison Hun'ett, nous restons faibles. Tout le monde sait que je n'ai pas encore retrouvé les faveurs de la Reine Araignée ; de plus, ma Maison occupe le huitième rang dans la hiérarchie de la cité, ce qui me vaut une place au Conseil et fait de moi la cible des envieux.

— Vos craintes sont infondées, lui assura Matrone Baenre. (Malice eut un geste de frustration.) Je vois que mes paroles ne vous suffisent pas. Vous devez vous concentrer sur le Zin-carla et rien d'autre. Surtout pas sur d'aussi futiles préoccupations.

— Je n'y arrive pas.

— Alors je vais vous y aider. Rentrez chez vous accompagnée de deux cents de mes soldats. Ces effectifs devraient suffire pour sécuriser votre enceinte et, de plus, ils porteront les emblèmes de la Maison Baenre. Personne dans la cité n'osera vous attaquer avec de tels alliés.

Un large sourire éclaira le visage de Malice, effaçant au passage quelques-unes de ses rides. Cette offre généreuse de la Matrone Baenre était peut-être le signe que Lolth avait encore de la bienveillance pour sa Maison.

— Retournez chez vous et concentrez-vous sur ce que vous avez à faire. Zaknafein doit retrouver Drizzt et le tuer. C'est ce qui a été convenu avec la Reine Araignée. Ne craignez ni le dernier échec de l'esprit-fantôme ni le temps qui passe. Quelques jours, voire quelques semaines, ce n'est rien pour Lolth. La seule chose qui importe c'est que le Zin-carla s'accomplisse.

— M'avez-vous préparé une escorte? demanda Malice en se levant de son siège.

— Elle vous attend.

Malice sortit par l'allée centrale. L'immense salle était faiblement éclairée. En sortant, elle vit une silhouette se rapprocher de l'autel, venant du côté opposé. Elle supposa que c'était l'illithid au service de Matrone Baenre. Si elle avait su que le flagelleur mental avait quitté la cité pour régler des affaires à l'ouest, elle lui aurait sûrement prêté plus d'attention.

Et ses rides se seraient creusées plus profondément encore.

— Pitoyable, remarqua Jarlaxle. (Il alla s'asseoir à côté de Matrone Baenre.) Ce n'est plus du tout la même Matrone Malice qu'il y a quelques mois.

— Le Zin-carla n'est pas accordé sans sacrifices.

— Ils ont l'air d'être immenses, continua le mercenaire. Peut-elle échouer?

Il la regarda droit dans les yeux, y lisant un début de réponse. Son interlocutrice se mit à rire, d'un rire qui ressemblait plus à un sifflement.

— Même la Reine Araignée en est réduite à faire des conjectures. Mes... nos soldats devraient suffisamment tranquilliser Matrone Malice pour qu'elle mène à bien sa tâche. En tout cas, je l'espère. Saviez-vous qu'il n'y a pas si longtemps Lolth fondait de grands espoirs sur elle? C'est la Reine Araignée en personne qui a demandé qu'elle ait une place au Conseil.

—Les événements récents semblent favoriser les desseins de Lolth, ricana Jarlaxle.

Il se souvenait du combat entre la Maison Do'Urden et la Maison Hun'ett, et du rôle déterminant qu'y avait joué Bregan D'aerthe. L'anéantissement de la Maison Hun'ett avait permis à Malice de siéger au Conseil en tant que Matrone de la Huitième Maison de la cité.

—La chance sourit aux audacieux, intervint Matrone Baenre.

Brusquement, Jarlaxle redevint sérieux.

—Est-ce que Malice… la Matrone Malice, se hâta-t-il de corriger, a retrouvé les faveurs de Lolth ? Est-ce que la chance va sourire à la Maison Do'Urden ?

—Avec le don du Zin-carla, je pense que les notions de grâce et de disgrâce n'ont plus lieu d'être, expliqua la Matrone Baenre. Son destin est entre ses mains et celles de son esprit-fantôme.

—Ou celles de son fils, l'infâme Drizzt Do'Urden, compléta le mercenaire. Ce jeune guerrier est-il vraiment si puissant ? Pourquoi Lolth ne l'a-t-elle pas encore anéanti ?

—Il a renié la Reine Araignée de tout son être. Lolth n'a plus aucune prise sur lui et a décidé que c'était le problème de Matrone Malice.

—Un problème plutôt difficile à régler, semble-t-il, s'esclaffa Jarlaxle.

Il remarqua immédiatement que la Matrone Baenre ne partageait pas son hilarité.

—En effet, répondit-elle d'un air sombre.

Elle se perdit dans ses pensées. Elle connaissait les dangers et les profits éventuels d'un Zin-carla mieux que quiconque dans la cité. Elle l'avait déjà sollicité par deux fois dans le passé et, chaque fois, elle l'avait mené à bien. C'est grâce à cela que la Maison Baenre était sans rivales. Mais lorsqu'elle voyait son visage flétri dans le miroir, elle se souvenait du prix qu'elle avait dû payer.

Laissant la Matrone à ses réflexions, Jarlaxle se concentra sur ses propres pensées. Dans des temps aussi troublés, un opportuniste rusé comme lui aurait des occasions à saisir. À son avis, quel que soit le résultat du Zin-carla, Bregan D'aerthe serait gagnant : si Malice réussissait et consolidait sa position au Conseil, Jarlaxle aurait un nouvel allié puissant au sein de la cité ; si l'esprit-fantôme échouait, causant la perte de la Maison Do'Urden, la prime offerte pour la tête du jeune Drizzt grimperait suffisamment pour éveiller la convoitise de sa bande de mercenaires.

Alors qu'elle revenait de la Première Maison de la cité, Malice imaginait les regards envieux qui la suivaient le long du chemin. La Matrone Baenre s'était montrée très agréable et très généreuse. Celle-ci étant la voix de Lolth à Menzoberranzan, Malice ne pouvait s'empêcher d'afficher un sourire radieux.

Mais ses craintes étaient toujours là. Combien de temps encore la Matrone flétrie serait-elle à ses côtés si Drizzt continuait à échapper à Zaknafein ? Et si le Zin-carla échouait ? Sa position au Conseil serait gravement compromise, tout comme la survie de la Maison Do'Urden.

La troupe passa devant la Maison Fey-Branche, la neuvième dans la hiérarchie de la cité, qui constituait probablement la menace la plus sérieuse pour une Maison Do'Urden affaiblie. La Matrone Halavin Fey-Branche devait sûrement observer la procession de derrière les portes de son palais, et surtout sa rivale qui détenait désormais le huitième siège tant convoité du Conseil.

Malice regarda Dinin et les dix autres soldats de la Maison Do'Urden qui marchaient aux côtés du disque magique flottant sur lequel elle se trouvait. Elle promena ensuite son regard sur les deux cents soldats qui arboraient fièrement l'emblème de la Maison Baenre et défilaient au pas derrière sa modeste troupe.

Elle se demandait ce que la Matrone Halavin Fey-Branche pouvait bien penser d'un tel spectacle. Elle ne put réprimer un large sourire.

— Notre triomphe est proche, assura-t-elle à son fils.

Dinin hocha la tête et sourit à son tour ; il ne voulait surtout pas ternir la joie de sa mère et il garda ses soupçons pour lui. Plusieurs des soldats Baenre, des drows qu'il n'avait jamais vus auparavant, lui semblaient vaguement familiers. L'un d'entre eux lui fit même un clin d'œil rapide.

C'est alors que le souvenir du coup de sifflet magique de Jarlaxle du haut du balcon de la Maison Do'Urden lui revint en mémoire.

24

Acte de foi

Drizzt et Belwar se souvenaient parfaitement de ce que signifiait la lueur verdâtre qui apparaissait au bout du couloir. Ils accélérèrent pour rejoindre Caqueteur qui continuait à s'en approcher. Le porte-crocs ouvrait systématiquement la marche à présent, car l'elfe et le svirfnebelin considéraient qu'il était trop dangereux de le laisser derrière eux.

Caqueteur se retourna, brandit une serre menaçante et se mit à siffler ; il avait été surpris par l'approche de ses compagnons.

— Pech, murmura Belwar, cherchant à atteindre son ancienne personnalité.

La troupe allait vers l'est en direction de Menzoberranzan depuis que l'elfe avait convaincu le maître-terrassier de sa détermination à aider Caqueteur. N'ayant pas le choix, le svirfnebelin s'était finalement rallié au plan de son ami. Ils se dépêchaient car ils pensaient ne plus avoir beaucoup de temps. Depuis l'escarmouche avec les duergars, la transformation de Caqueteur s'était considérablement accélérée ; le porte-crocs ne parlait presque plus et avait menacé ses amis à plusieurs reprises.

— Pech, répéta le gnome alors que lui et Drizzt s'approchaient avec précaution.

Le porte-crocs s'arrêta, perplexe.

— Pech ! dit pour la troisième fois le svirfnebelin en tapant sa main-marteau contre la paroi.

Le bruit apaisa les tourments intérieurs de Caqueteur qui laissa retomber son bras.

Drizzt et Belwar regardèrent par-dessus l'épaule de leur compagnon ; ils savaient ce qui les attendait mais ils ne pouvaient faire autrement.

— Des corbies vivent dans la prochaine grotte, dit Drizzt en détachant chaque mot pour être sûr que Caqueteur comprenne. Nous devons la traverser rapidement, nous n'avons pas de temps à perdre avec un combat. Fais attention où tu mets les pieds, les passages sont étroits et traîtres.

— C… C… Caqu…, bégaya la créature.

— Caqueteur, l'aida Belwar.

— M… M…

Il arrêta là ses efforts et pointa une de ses serres vers la lueur.

— Tu veux prendre la tête ? dit Drizzt. (Il ne supportait pas de voir son ami dans cet état.) On te suit.

Belwar n'était pas certain que cette décision soit sage.

— Nous avons déjà combattu les hommes-oiseaux par le passé et nous connaissons leurs ruses. Pas Caqueteur.

— La silhouette massive d'un porte-crocs devrait les tenir en respect. Sa seule présence devrait nous éviter une confrontation.

— Pas contre les corbies, elfe noir, dit le maître-terrassier. Ils s'attaquent à n'importe qui. Sans se soucier de leur propre vie. Même ta panthère ne leur a pas fait peur.

— Tu as raison, mais même s'ils attaquent, avec quelles armes pourraient-ils percer la carapace d'un porte-crocs ? Quel moyen de défense peuvent-ils opposer à ses serres puissantes ? Notre ami n'en fera qu'une bouchée.

— Tu oublies les lanceurs de pierres postés en hauteur, lui rappela le gnome. Ils auront tôt fait de se jeter sur lui pour le faire tomber.

Caqueteur se détourna de la conversation et regarda les pierres de la paroi dans l'espoir vain de retrouver une part de ce qu'il avait été. Il ressentait une envie pressante de marteler la roche, mais celle-ci n'égalait pas son désir constant de planter ses serres dans le visage du drow ou du svirfnebelin.

— Je m'occuperai des corbies postés en hauteur, expliqua Drizzt. Tu n'auras qu'à suivre Caqueteur, en restant à dix pas derrière lui.

— Et la panthère ? chuchota le gnome à l'elfe alors qu'ils atteignaient la dernière courbe du tunnel.

Le visage du drow se ferma. Se souvenant de la dernière rencontre entre Guenhwyvar et les corbies, Belwar n'insista pas.

L'elfe donna un petit coup sur l'épaule du svirfnebelin ; c'était sa façon de lui souhaiter bonne chance. Il dépassa le porte-crocs et fut le premier à entrer dans l'immense grotte silencieuse. Il fit quelques gestes simples pour activer son sort de lévitation et s'éleva silencieusement dans les airs. Caqueteur, fasciné par le lac d'acide qui s'étendait à ses pieds, ne prêta guère attention à Drizzt. Il restait parfaitement immobile, maintenant ses sens en éveil afin de localiser la moindre présence hostile.

— Avance, lui murmura Belwar dans son dos. La moindre seconde perdue pourrait causer notre perte !

Caqueteur fut hésitant au début, mais quand il vit que la passerelle qu'il avait empruntée supportait son poids, il se mit à aller plus vite. Il avait choisi le chemin qui lui avait paru le plus direct, même si, sur la fin, celui-ci serpentait quelque peu avant d'atteindre la sortie, de l'autre côté.

— Vois-tu quelque chose, elfe noir ? demanda le svirfnebelin d'une voix qui trahissait son anxiété croissante.

Caqueteur avait franchi le milieu de la passerelle sans encombre. Aucun corbie ne s'était montré et il n'y avait aucun bruit hormis celui des pas lourds du porte-crocs ou du frottement des bottes du gnome.

Drizzt flottait au-dessus de la passerelle naturelle, loin derrière ses compagnons.

— Rien à signaler, répondit-il.

L'absence des corbies lui paraissait suspecte à lui aussi. Il régnait un silence total dans cet endroit et cela le déroutait. Il se dirigea vers le centre de la grotte, puis lévita de nouveau vers le plafond pour essayer d'avoir une meilleure vue d'ensemble.

— Que vois-tu ? lui redemanda le gnome quelques instants plus tard.

Drizzt le regarda et haussa les épaules.

— Toujours rien.

— *Magga cammara*, grogna Belwar.

Il en venait presque à espérer une attaque de corbies.

Caqueteur n'était plus très loin de la sortie ; Belwar, tout à sa conversation avec l'elfe, l'avait laissé prendre de l'avance. Quand il regarda de nouveau le bout du chemin, le porte-crocs disparaissait dans le tunnel.

— Vous voyez quelque chose ? demanda le svirfnebelin à ses deux compagnons.

L'elfe fit un signe de tête négatif et continua son ascension. Il tournait lentement sur lui-même, inspectant toutes les anfractuosités de la paroi, ne pouvant croire qu'aucun corbie s'y tienne en embuscade.

Belwar regarda de nouveau vers la sortie.

— Nous avons dû les chasser, marmonna-t-il, sans y croire un seul instant.

Quand ils avaient fui cette grotte deux semaines plus tôt, ils avaient laissé plusieurs dizaines d'hommes-oiseaux derrière eux. Ce n'est certainement pas la perte de quelques-uns des leurs qui avait fait fuir le reste du clan.

Mais pour une raison inconnue, aucun corbie ne les avait encore attaqués.

Le gnome se hâta vers la sortie ; il ne fallait pas trop tenter la chance. Il allait appeler Caqueteur pour savoir si tout allait bien quand un cri perçant et empli de terreur retentit, suivi d'un sinistre craquement.

L'esprit-fantôme de Zaknafein Do'Urden sortit du tunnel.

— Elfe noir ! appela le maître-terrassier.

Drizzt, qui avait déjà repéré l'esprit-fantôme, descendait aussi rapidement qu'il le pouvait vers la passerelle, au milieu de la grotte.

— Caqueteur ! appela le svirfnebelin.

Aucune réponse ne lui parvint du tunnel obscur. L'esprit-fantôme se rapprochait.

— Espèce d'assassin ! hurla-t-il à son adversaire. (Il se campa sur ses jambes et frappa ses mains de mithral l'une contre l'autre.) Viens recevoir ce que tu mérites !

Belwar entonna son chant magique, mais Drizzt l'interrompit.

— Non ! Zaknafein est ici pour moi, pas pour toi. Écarte-toi de son chemin !

— Était-il là pour Caqueteur ? Non ! C'est un meurtrier et je vais lui régler son compte !

— Tu n'y arriveras pas, lâcha l'elfe. (Il savait que Zaknafein ne ferait qu'une bouchée du gnome des profondeurs.) Je te demande de me croire, il est beaucoup plus fort que toi.

Belwar frappa de nouveau ses mains l'une contre l'autre, mais de dépit cette fois, car il savait que son ami avait raison. Il n'avait vu Zaknafein à l'œuvre qu'une seule fois, dans la caverne des illithids, mais il avait eu le souffle coupé par la virtuosité de ses mouvements. Il recula de quelques pas et s'engagea sur une passerelle voisine pour essayer de rejoindre Caqueteur par un autre chemin.

Drizzt se tenant devant lui, l'esprit-fantôme ne se soucia plus du svirfnebelin. Il fonça directement sur sa proie ; il avait une tâche à accomplir.

Belwar caressa l'idée de poursuivre cet étrange drow, de le prendre à revers afin d'aider Drizzt, mais un autre cri retentit dans le tunnel, un cri d'agonie que le maître-terrassier ne pouvait ignorer. Quand il revint sur le chemin principal, il s'arrêta, regardant d'un côté puis de l'autre, déchiré entre deux amitiés.

— Va rejoindre Caqueteur ! Je m'occupe de Zaknafein, mon père ! lui cria Drizzt.

Il détecta une légère hésitation chez l'esprit-fantôme lorsqu'il prononça ces mots, une hésitation qui lui fit comprendre quelque chose.

— Ton père ? *Magga cammara*, elfe noir ! Souviens-toi de la caverne des illithids…

— Tout se passera bien.

Belwar n'y croyait pas un seul instant mais il réalisa à contrecœur que le combat qui allait avoir lieu surpassait de loin ses capacités. Il ne serait d'aucune utilité contre ce puissant guerrier drow. Il pourrait même se révéler un handicap pour Drizzt ; celui-ci aurait déjà fort à faire sans avoir en plus à s'inquiéter de la sécurité de son ami.

Le gnome se résigna donc et se précipita dans le tunnel d'où lui parvenaient les gémissements déchirants de Caqueteur.

Les yeux de Malice s'écarquillèrent et elle poussa un cri si bestial que ses filles, rassemblées dans l'antichambre, comprirent immédiatement que l'esprit-fantôme avait retrouvé Drizzt. Briza regarda ses sœurs cadettes et les congédia. Maya obéit sur-le-champ mais Vierna hésita.

— Sors ! grogna Briza, une main sur son fouet à têtes de serpent. Maintenant !

Vierna chercha du regard un soutien auprès de sa mère, mais l'esprit de celle-ci était concentré sur des événements qui se déroulaient à des kilomètres de là.

L'heure du triomphe avait sonné pour le Zin-carla et pour la Matrone Malice Do'Urden. Celle-ci ne se laisserait pas déconcentrer par les chamailleries de sa progéniture.

Briza se retrouva seule avec sa mère ; elle se tenait derrière le trône. Elle observait Malice aussi intensément que la Mère Matrone observait Zaknafein.

Dès qu'il entra dans le tunnel, Belwar sut que Caqueteur était mort, ou en tout cas qu'il ne lui restait plus très longtemps à vivre. Le corps du porte-crocs gisait sur le sol, du sang coulant de l'unique blessure qu'il avait au cou. Le gnome voulut faire demi-tour, mais il se devait d'accompagner son ami dans ses derniers instants. Il tomba sur un genou et se força à regarder Caqueteur qui était pris de violentes convulsions.

La mort avait annulé le sort de polymorphie et, petit à petit, le géant reprenait son apparence initiale. Ses immenses bras terminés par des serres tressautèrent, se tordirent et se transformèrent en bras longs et fins à la peau dorée – des bras de pech. Des cheveux apparaissaient à la place de la carapace osseuse de son crâne et son grand bec se sépara en deux avant de disparaître. Son torse massif rétrécit, ainsi que le reste de son corps, dans un craquement qui fit frissonner le svirfnebelin.

La mort avait fait disparaître le porte-crocs ; Caqueteur avait retrouvé son apparence initiale. Il était un peu plus grand que le gnome, quoique moins large. Son visage était étrange, avec ses yeux sans pupilles et son nez aplati.

— Quel était ton vrai nom ? murmura Belwar.

Il n'aurait jamais la réponse. Il se pencha et prit la tête de son ami entre ses bras, trouvant un peu de réconfort dans la contemplation du visage enfin apaisé du pech.

⚔⚔⚔⚔⚔

— Qui es-tu pour oser prendre l'apparence de mon père ? demanda Drizzt alors que l'esprit-fantôme se rapprochait.

Le grognement de Zaknafein était incompréhensible mais le mouvement de son épée était assez explicite.

Drizzt para l'attaque et fit un saut en arrière.

— Qui es-tu ? demanda-t-il de nouveau. Tu n'es pas mon père !

Un grand sourire se dessina sur le visage de son adversaire.

— Non, répondit Zaknafein d'une voix vibrante. (Ses mots lui étaient dictés depuis une antichambre qui se trouvait à des kilomètres de là.) Je suis… ta mère !

Il fit tournoyer ses épées et chargea. Bien que désorienté par ce qu'il venait d'entendre, Drizzt répondit à l'attaque avec la même férocité. On n'entendit plus dans la grotte que le bruit des lames qui s'entrechoquaient.

⚔⚔⚔⚔⚔

Briza observait chaque geste de sa mère. De la sueur perlait sur son front et ses poings fermés frappaient si fort sur les accoudoirs de son trône de pierre qu'ils se mirent à saigner. Malice avait espéré que les choses se dérouleraient ainsi, et que, malgré la distance, elle pourrait savourer pleinement chaque instant de son triomphe ultime. Elle entendait les paroles de Drizzt et percevait même sa détresse. Elle n'avait jamais éprouvé un tel plaisir !

Elle sentit soudain un léger tiraillement alors que la conscience de Zaknafein tentait de résister à son emprise. Malice la fit taire d'un grognement rauque ; le corps de Zaknafein ne devait obéir qu'à elle !

Briza nota le grondement de sa mère non sans intérêt.

Drizzt était sûr que ce n'était pas Zaknafein Do'Urden qui se trouvait devant lui, mais il reconnaissait néanmoins les techniques de combat propres à son mentor. Son père était enfoui là, quelque part, et il devait trouver un moyen de l'atteindre s'il voulait avoir une chance d'obtenir les réponses à ses questions.

Le combat se régla rapidement sur un rythme régulier, chaque adversaire lançant de prudentes estocades sans jamais perdre de vue l'étroitesse de la passerelle sous leurs pieds.

C'est alors que Belwar sortit du tunnel, le cadavre de Caqueteur dans ses bras.

— Tue-le ! Drizzt ! *Magga cam*…

Il s'interrompit, saisi par l'affrontement dont il était témoin. Drizzt et Zaknafein semblaient se confondre, enchaînant attaques et parades, dans un ballet ininterrompu. Ces deux elfes noirs, jusque-là si différents aux yeux du gnome, semblaient ne faire plus qu'un, et cela le perturbait.

Profitant d'un temps mort, Drizzt jeta un regard en direction de son ami et aperçut le cadavre du pech.

— Maudit sois-tu ! cracha-t-il en se ruant sur son adversaire, ses cimeterres en avant.

L'esprit-fantôme détourna sans difficulté cet assaut téméraire et obligea Drizzt à maintenir une garde haute tout en le faisant reculer. Cette tactique était connue du jeune drow car Zaknafein l'avait utilisée à de nombreuses reprises lors de leurs séances d'entraînement. Le maître d'armes l'obligeait à maintenir une garde haute puis, en un éclair, se baissait et l'attaquait par le bas avec ses deux lames. Au début, cette botte réussissait chaque fois, mais lors de leur dernière session à Menzoberranzan, Drizzt avait trouvé une parade et retourné cette attaque à son avantage.

Le jeune elfe se demandait à présent si son adversaire allait exécuter les mêmes mouvements et s'interrogeait sur la manière dont il réagirait à sa riposte. Restait-il encore un peu de Zak dans le monstre qu'il combattait ?

L'esprit-fantôme suivait pour l'instant la même tactique. Puis il fit un petit pas en arrière et pointa ses deux lames vers le bas.

Drizzt abaissa ses cimeterres en « X », la parade inversée appropriée, et bloqua les épées de son assaillant en position basse. Il fit passer sa jambe entre les gardes de ses cimeterres et visa le visage de son adversaire avec son pied.

L'esprit-fantôme avait prévu le coup et esquiva la botte. Drizzt avait sa réponse à présent ; seul Zaknafein Do'Urden aurait pu anticiper une telle attaque.

— Tu es bien Zaknafein ! s'écria Drizzt. Qu'est-ce que Malice a fait de toi ?

Les mains de l'esprit-fantôme se mirent à trembler et

ses lèvres remuèrent comme s'il essayait de dire quelque chose.

—Non! hurla Malice.

Elle reprit brutalement le contrôle de sa créature, sentant affleurer dans l'esprit de celle-ci la conscience de l'être que Zaknafein avait été autrefois.

—Tu es à moi! tonna-t-elle. Et, par la volonté de Lolth, tu accompliras ta mission!

Drizzt vit que la créature meurtrière retrouvait son calme. Ses mains ne tremblaient plus et sa bouche se figea en un rictus cruel.

—Que se passe-t-il, elfe noir? demanda Belwar, toujours aussi dérouté par ce qu'il voyait.

L'elfe s'aperçut que son compagnon avait posé le corps de Caqueteur sur le sol et qu'il s'approchait dangereusement, des étincelles jaillissant de ses mains de mithral.

—Reste où tu es! lui ordonna le jeune drow.

La présence d'un tiers pourrait ruiner le plan qu'il était en train d'échafauder.

—C'est bien Zaknafein! Du moins en partie, essaya-t-il d'expliquer. (Puis d'une voix trop basse pour que le maître-terrassier puisse l'entendre, il ajouta:) Et je crois savoir comment l'atteindre.

Il lança sur son adversaire une série d'attaques qu'il savait Zaknafein capable d'esquiver facilement. Il ne cherchait pas à le toucher mais à lui rappeler la routine de leurs duels passés.

Il essayait de lui remémorer leurs nombreuses séances d'entraînement en continuant à parler tout en attaquant, comme ils avaient l'habitude de le faire à Menzoberranzan. L'esprit-fantôme répondait à la cordialité de Drizzt par de la férocité, et à ses paroles amicales par des grognements sauvages. Si Drizzt pensait pouvoir amadouer son adversaire, il se fourvoyait totalement.

Les épées de l'esprit-fantôme tournoyaient dans tous les sens afin de trouver une faille dans la défense du jeune drow, mais les cimeterres, tout aussi rapides et efficaces, parvenaient à bloquer ou à dévier toutes les attaques.

Une des épées finit toutefois par toucher Drizzt aux côtes. La fine cotte de mailles qu'il portait arrêta la pointe de la lame mais l'impact du coup lui laisserait un bel hématome. Repoussé en arrière, le jeune drow comprit que la tâche allait être ardue.

— Tu es mon père ! C'est la Matrone Malice ton ennemie, pas moi !

Il entendit un rire dément en retour, et l'esprit-fantôme se rua de nouveau sur lui. Depuis le début, Drizzt avait redouté ce moment ; il se répétait inlassablement que ce n'était pas vraiment son père qui se trouvait devant lui.

L'attaque imprudente de Zaknafein laissait voir des failles dans sa défense, et Drizzt les exploita. Une de ses lames transperça le ventre de l'esprit-fantôme et l'autre lui entailla profondément le cou.

Le monstre éclata de rire de nouveau et continua à assaillir son adversaire.

Drizzt sentit la panique le gagner. Il était aussi

fort que Zaknafein, mais ses lames ne semblaient rien pouvoir contre lui ! À cela s'ajoutait un autre problème : Drizzt ne savait pas exactement à quoi il était confronté, mais il se doutait bien que cette créature ne se fatiguerait pas avec le temps.

Le jeune drow fit appel à tout son talent et à toute la rapidité dont il était capable. Le désespoir lui fit atteindre des hauteurs inégalées dans l'art de l'escrime. Belwar voulut le rejoindre, mais il s'arrêta, subjugué par le spectacle.

Drizzt toucha encore son mentor plusieurs fois, mais ses coups restaient sans effet sur lui. Il avait beau augmenter la cadence du combat, l'esprit-fantôme arrivait toujours à l'égaler. Il avait peine à croire que ce n'était pas Zaknafein Do'Urden qui se battait contre lui ; aucun autre être ne pouvait se mouvoir avec autant de précision et de grâce.

Drizzt prit de la distance pour pouvoir profiter de la première ouverture qui se présenterait. Il se répétait sans cesse que la créature qu'il avait devant lui n'était qu'un monstre créé par Matrone Malice dans la seule intention de le détruire. Il savait maintenant que le seul moyen de s'en sortir était de faire tomber son adversaire du passage étroit sur lequel ils se trouvaient. Mais devant un combattant aussi brillant, ses chances de succès étaient bien minces.

Alors qu'il reculait, un bloc de pierre céda sous son pied. Drizzt trébucha et se retrouva une jambe dans le vide jusqu'au genou. Zaknafein fondit sur lui. D'un mouvement d'épée, il plaqua le jeune drow dos au sol, la tête de celui-ci pendant dangereusement au-dessus du lac d'acide.

— Drizzt ! Drizzt ! hurla Belwar qui se précipita vers son ami même s'il n'avait aucun espoir d'arriver à temps pour le sauver.

Peut-être que le fait d'entendre ce nom ou, tout simplement, d'être enfin parvenu au moment tant attendu de la mise à mort réveilla un instant la conscience de Zaknafein, et retint son bras.

Drizzt ne chercha pas à comprendre ; il frappa avec les poignées de ses cimeterres le visage de son adversaire, qui recula. Le jeune drow se remit debout, haletant ; il semblait s'être foulé la cheville.

— Zaknafein ! hurla-t-il, désorienté par ce qui venait de se passer.

— Driz…, tenta d'articuler la bouche de l'esprit-fantôme.

Mais la créature de Malice reprit le contrôle et lança une nouvelle attaque.

Drizzt la contra et recula de nouveau. Il pouvait sentir la présence de son père dans cette créature, mais comment libérer son esprit ? D'une manière ou d'une autre, ce combat devait se terminer.

— C'est toi, murmura-t-il. Personne d'autre que toi ne peut se battre ainsi. Zaknafein est là, quelque part, et le Zaknafein que je connais est incapable de me tuer.

Une pensée folle lui traversa l'esprit, mais il devait y croire.

Une fois encore, il devait mettre à l'épreuve ses convictions.

Il glissa ses cimeterres dans leur fourreau.

L'esprit-fantôme grogna ; ses épées fendaient l'air dans des arabesques menaçantes, mais Zaknafein n'avançait pas.

⚔⚔⚔⚔⚔

— Tue-le! se réjouit Malice, sentant sa victoire proche.

Les images du combat se dérobèrent soudain à sa vue, la laissant dans l'obscurité. Elle avait laissé trop de champ à l'esprit de Zaknafein afin que sa créature puisse suivre le rythme du combat ; elle avait besoin de tout le savoir-faire guerrier de l'ancien maître d'armes pour vaincre son fils.

Maintenant, elle était seule face à son funeste destin. Elle jeta un regard à sa fille trop curieuse et replongea dans sa transe pour tenter de reprendre le contrôle.

⚔⚔⚔⚔⚔

— Drizzt, dit Zaknafein en semblant savourer ce nom.

Il remit ses épées dans leur fourreau, même s'il devait continuer à se battre contre la volonté de Matrone Malice à chaque instant.

Le jeune drow s'avança vers lui ; il voulait juste serrer dans ses bras son père et meilleur ami, mais Zaknafein fit un signe de la main pour l'arrêter.

— Non, je ne sais pas combien de temps je pourrai résister. Ce corps lui appartient, je le crains.

— Alors tu es… ?

— Je suis mort, dit Zaknafein abruptement. Je suis en paix, sois rassuré. Malice a ranimé mon corps pour servir ses infâmes projets.

— Mais tu l'as vaincue, remarqua Drizzt, plein d'espoir. Nous sommes de nouveau ensemble.

— C'est juste un répit, rien de plus.

Comme pour souligner ses paroles, sa main vint se placer sur la garde d'une de ses épées. Il grimaça, grogna et en reprit le contrôle par un immense effort de volonté.

— Elle revient, mon fils. Elle revient toujours !

— Je ne supporterai pas de te perdre de nouveau. Quand je t'ai vu dans la caverne des illithids…

— Ce n'était pas moi que tu as vu, c'était la créature de Malice. Je suis parti, mon fils. Depuis de nombreuses années.

— Tu es là, devant moi ! tenta de se convaincre Drizzt.

— Par la seule volonté de Malice, pas… la mienne.

Zaknafein gronda, son visage se convulsa, trahissant la lutte interne qu'il menait pour repousser l'emprise de Malice encore quelques instants. Se contrôlant de nouveau, il prit le temps de regarder le guerrier que son fils était devenu.

— Tu te bats bien. Mieux que je l'aurais imaginé. C'est une bonne chose. Comme il est heureux que tu aies eu le courage de t'enfuir de…

Son visage se contracta de nouveau, et il ne put terminer sa phrase. Cette fois-ci, ses deux mains se saisirent de ses épées et en un éclair les lames quittèrent leur fourreau.

— Non ! Bats-toi contre elle ! implora Drizzt, ses yeux lavande embués de larmes.

— Je n'y… arrive plus. Fuis cet endroit, Drizzt. Fuis jusqu'aux… confins du monde ! Malice ne te pardonnera jamais. Elle… n'arrêtera pas de…

L'esprit-fantôme bondit et Drizzt fut obligé de tirer ses cimeterres. Mais Zaknafein reprit le contrôle l'espace d'un instant.

— Pour nous ! hurla-t-il en sautant dans le vide.

Ce cri était celui de la victoire. Il résonna dans la grotte baignée d'une lumière verdâtre et jusque dans le cœur de Matrone Malice, sonnant le glas de son avenir.

25

Conséquences

Matrone Malice ne parvint même pas hurler, tant elle refusait d'y croire. Zaknafein venait de disparaître dans l'acide, et des milliers de pensées se bousculaient à toute vitesse dans sa tête ; le désastre annoncé devenait bien réel et inévitable. Elle bondit de son trône de pierre, ses mains fines s'agitant dans tous les sens comme si elle essayait de se rattraper à quelque chose de tangible, quelque chose qui n'était pas là.

Elle respirait avec peine et poussait des grognements incompréhensibles. Elle n'était toujours pas parvenue à se calmer lorsqu'un bruit retint son attention. Derrière elle se faisait entendre le léger sifflement caractéristique des têtes de serpent d'un fouet de haute prêtresse.

Malice se retourna et vit Briza, le visage sombre et déterminé, qui brandissait son fouet à six têtes de serpent.

—J'avais espéré que mon heure ne viendrait que dans plusieurs années, dit calmement la fille aînée. Mais tu es faible, Malice, trop faible pour continuer à diriger la Maison Do'Urden face aux épreuves qui vont suivre notre… ou plutôt ton échec.

Malice avait envie de rire devant l'inconscience de sa fille ; les fouets à têtes de serpent étaient des présents de la Reine Araignée, et ils ne pouvaient être utilisés contre les Mères Matrones. Mais elle ne trouva ni la force ni l'envie d'en débattre avec elle. Fascinée, elle regarda Briza armer lentement son bras et décocher son premier coup.

Les six têtes de serpent fondirent sur Malice. Elle n'en revenait pas ! C'était contraire à tous les principes de la doctrine de Lolth ! Elle sentit les crochets venimeux s'enfoncer profondément dans sa chair, portés par toute la colère de la Reine Araignée. Une douleur atroce lui parcourut le corps ; elle fut secouée de convulsions puis sentit ses membres s'engourdir tandis qu'un froid glacial l'envahissait.

Malice vacilla, au bord de l'inconscience, essayant de tenir tête à sa fille pour lui prouver la futilité et la stupidité de son attaque.

Le fouet-serpent claqua de nouveau et Malice heurta violemment le sol. Elle entendit Briza murmurer quelque chose, une malédiction ou bien une louange adressée à la Reine Araignée.

Le fouet claqua une troisième fois, et Malice perdit connaissance. Elle était morte avant le cinquième coup mais Briza s'acharna sur elle pendant de nombreuses minutes, laissant libre cours à sa furie afin que la Reine Araignée soit assurée que la Maison Do'Urden avait bel et bien renié sa Mère Matrone.

Au moment où Dinin déboula dans la pièce sans être annoncé, Briza était confortablement installée sur le trône. L'aîné jeta un rapide coup d'œil sur le corps de sa mère, puis il regarda Briza, incrédule. Un sourire s'épanouit sur ses lèvres.

— Qu'as-tu fait, sœu... Matrone Briza? demanda-t-il.

Il s'était rattrapé si vite que sa sœur ne releva pas son dérapage.

— Le Zin-carla a échoué, Lolth ne voulait plus d'elle.

Le rire sarcastique de son frère piqua Briza au vif. Elle attrapa ostensiblement son fouet afin qu'il comprenne son intention.

— Tu ne pouvais choisir meilleur moment pour accéder au trône, reprit calmement l'aîné. (Il ne semblait pas le moins du monde inquiété par le geste de sa sœur.) Nous sommes attaqués.

— Les Fey-Branche? cria Briza en sautant de son siège.

Cela ne faisait pas cinq minutes qu'elle était Mère Matrone, et elle devait déjà faire face à sa première crise. Il lui fallait prouver sa valeur à la Reine Araignée, afin de réhabiliter la Maison Do'Urden et faire oublier l'échec de Malice.

— Non, ma sœur, ce n'est pas la Maison Fey-Branche, répondit aussitôt Dinin en oubliant le protocole.

Devant la réponse de son frère, Briza retourna sur son trône et son excitation se changea en effroi.

— Ce sont les Baenre.

Dinin avait lui aussi perdu son sourire.

Du balcon de la Maison Do'Urden, Vierna et Maya observaient les troupes qui approchaient des portes d'adamantium. Elles ne connaissaient pas encore l'identité de leurs ennemis, mais en voyant leur nombre, elles devinèrent qu'une Maison puissante était impliquée. La Maison Do'Urden comptait pour sa part deux cent cinquante soldats, dont la plupart avaient été entraînés par Zaknafein en personne, et avec les deux cents soldats supplémentaires, bien entraînés et armés, que leur avait prêtés la Matrone Baenre, les deux sœurs estimaient que tout n'était pas perdu. Elles mirent rapidement au point une stratégie de défense, et Maya passa une jambe au-dessus de la balustrade dans l'intention de descendre dans la cour afin de transmettre ses instructions à ses capitaines.

Évidemment, quand elles comprirent brutalement que les soldats « prêtés » étaient en fait des ennemis, leur stratégie tomba à l'eau.

Maya était toujours à cheval sur la balustrade lorsque les premiers soldats Baenre arrivèrent sur le balcon ; Vierna s'empara de son fouet et cria à sa sœur de faire de même. Mais Maya restait immobile et, en la regardant plus attentivement, Vierna remarqua plusieurs dards fichés dans son corps.

Les têtes de serpent de son propre fouet se retournèrent contre elle, et leurs crochets labourèrent son visage délicat. Vierna comprit que Lolth avait décidé de la chute de la Maison Do'Urden.

— Zin-carla, murmura-t-elle, réalisant la cause de ce désastre.

Le sang brouilla sa vision et elle fut prise de vertiges tandis que les ténèbres l'engloutissaient.

— Ce n'est pas possible ! rugit Briza. La Maison Baenre attaque ? Lolth ne m'a pas donné ma...

— Nous avons eu notre chance ! vociféra Dinin. Zaknafein était notre chance... (Il regarda le cadavre de sa mère.) Et il a échoué, je présume.

Briza grogna et lui décocha un coup de fouet. Dinin s'y attendait – il la connaissait par cœur – et sauta hors de portée de son arme. Elle se rapprocha.

— Tu as besoin de quelqu'un sur qui défouler ta colère ? lui demanda-t-il, les armes à la main. Sors sur le balcon, chère sœur, ils sont au moins un millier à t'attendre !

Briza poussa un cri de rage, se détourna de son frère et se précipita hors de la pièce. Elle espérait pouvoir encore sauver quelque chose de ce désastre.

Dinin resta où il était. Il se pencha sur Matrone Malice et regarda une dernière fois dans les yeux la femme despotique qui avait dirigé sa vie tout entière. Elle avait été une figure puissante, sûre d'elle et malfaisante, mais son autorité s'était avérée bien fragile, brisée par la trahison d'un de ses fils.

Dinin entendit du bruit dans le couloir puis les portes de la pièce s'ouvrirent avec fracas. Il n'avait pas besoin de se retourner pour savoir que des ennemis étaient entrés. Il continuait à regarder le cadavre de sa mère, conscient qu'il connaîtrait bientôt le même sort.

Mais le coup fatal ne vint pas. Après ce qui lui parut une attente interminable, Dinin décida de se retourner.

Jarlaxle était confortablement installé sur le trône.

— N'es-tu pas surpris de me voir ici ? lui demanda le mercenaire.

— Je savais qu'il y avait des hommes de Bregan D'aerthe dans les troupes de la Maison Baenre, peut-être même qu'il n'y avait que ça.

Il regarda autour de lui et vit la dizaine d'hommes qui avait accompagné Jarlaxle. Si seulement il avait une chance d'atteindre le chef mercenaire avant de se faire tuer ! La mort de ce traître lui procurerait une ultime satisfaction.

— Observateur, avec ça, dit le mercenaire. J'en reviens à mon idée première : tu savais depuis le début que ta Maison était condamnée.

— Si le Zin-carla échouait, répliqua Dinin.

— Et tu en doutais ?

Cette question n'appelait pas vraiment de réponse. Dinin hocha la tête.

— Il y a dix ans, commença-t-il, se demandant pourquoi il lui racontait tout cela, j'ai assisté au sacrifice de Zaknafein en l'honneur de la Reine Araignée. Rarement à Menzoberranzan avait-on assisté à un tel gâchis.

— Le maître d'armes de la Maison Do'Urden avait une fameuse réputation, admit Jarlaxle.

— Elle était amplement méritée. Puis Drizzt, mon frère...

— Un autre formidable guerrier.

Dinin acquiesça de la tête de nouveau.

— Puis Drizzt nous a abandonnés, poursuivit-il, alors que la guerre était à nos portes. Matrone Malice avait manifestement commis une erreur, et j'ai su à ce moment-là que notre lignée était condamnée.

— Ta Maison a quand même battu celle des Hun'ett, ce n'était pas une mince affaire.

— Seulement grâce à l'aide de Bregan D'aerthe. Tout au long de ma vie j'ai vu la Maison Do'Urden grimper dans la hiérarchie de la cité sous la main de fer de Malice. Chaque année, notre pouvoir et notre influence grandissaient. Mais au cours de la dernière décennie, nous n'avons cessé de faiblir. J'ai vu les fondations de la Maison Do'Urden lentement s'effriter ; le reste allait forcément s'écrouler.

— Aussi intelligent que fin bretteur. Je l'avais déjà remarqué, et il semble que ce soit toujours le cas.

— Puisque j'ai réussi à te plaire, je te demande une seule faveur. Libre à toi de me l'accorder ou non.

— Que veux-tu ? Que ta mort soit rapide et indolore ? demanda le mercenaire dans un large sourire. (Dinin hocha la tête pour la troisième fois.) N'y compte pas !

Ayant mal interprété ces paroles, Dinin tira son épée.

— Je n'ai pas l'intention de te tuer, expliqua Jarlaxle.

En position défensive, l'aîné des Do'Urden scrutait le visage de son adversaire, cherchant à deviner quelles étaient ses intentions.

— Je suis un noble de la Maison Do'Urden. Un témoin de l'attaque. L'élimination d'une Maison est incomplète tant qu'un seul noble en réchappe.

— Un témoin ? éclata de rire le mercenaire. Contre la Maison Baenre ? Dans quelle intention ?

Dinin abaissa son épée.

— Alors que vais-je devenir ? Matrone Baenre va-t-elle m'accueillir dans son clan ?

Le ton de sa voix indiquait que cette éventualité était loin de lui plaire.

— La Matrone Baenre n'a que faire de mâles. Si l'une de tes sœurs a survécu, et je crois que c'est le cas de la dénommée Vierna, il y a de fortes chances qu'elle se retrouve dans la chapelle de Matrone Baenre. Mais j'ai bien peur que la vieille Mère Matrone ne voie jamais l'utilité qu'il y aurait à garder un mâle tel que toi.

—Alors quoi ?

—Je connais ta valeur, dit calmement Jarlaxle.

Dinin regarda autour de lui et vit les hommes du mercenaire sourire d'un air entendu.

—Bregan D'aerthe ? Moi, un noble, devenir une crapule ?

Vif comme l'éclair, Jarlaxle lança une dague qui s'enfonça jusqu'à la garde dans le corps de Malice.

—Une crapule ou un cadavre, choisis ! ironisa le mercenaire.

Le choix fut simple.

⚔⚔⚔⚔⚔

Quelques jours plus tard, Jarlaxle et Dinin regardaient ce qui restait des portes d'adamantium de la Maison Do'Urden. Il n'y avait pas si longtemps encore, elles se dressaient fièrement, arborant leurs superbes gravures en forme d'araignée, entre les deux énormes stalagmites qui servaient de tours de guet.

—Comme les choses changent vite, remarqua Dinin. Voilà toute ma vie d'avant, et il n'en reste rien.

—Oublie le passé, lui suggéra Jarlaxle.

Le petit sourire en coin du mercenaire informa Dinin qu'il avait quelque chose en tête. Jarlaxle exprima sa pensée à haute voix.

—Sauf ce qui pourra t'être utile à l'avenir.

Dinin s'examina, puis regarda de nouveau les ruines.

— Mon armure ? Ma formation de guerrier ?

— Ton frère.

— Drizzt ?

Encore ce nom maudit qui réveillait ses angoisses !

— Il semble qu'il y ait encore le problème de ton frère à régler. Ce serait une offrande de choix pour la Reine Araignée.

— Drizzt ? demanda de nouveau Dinin, n'en croyant pas ses oreilles.

— Pourquoi es-tu aussi surpris ? Ton frère est toujours vivant ; si ce n'était pas le cas, Matrone Malice serait encore parmi nous.

— Quelle Maison pourrait bien s'intéresser à lui ? demanda Dinin sans ambages. Celle de Matrone Baenre ?

Le rire de Jarlaxle le décontenança.

— Bregan D'aerthe peut agir sans l'aide ni la bourse d'une Maison reconnue.

— Tu envisages de partir à la recherche de mon frère ?

— C'est là l'occasion parfaite de prouver ta valeur à ma petite famille. Qui mieux que toi pourrait attraper le responsable de la chute de la Maison Do'Urden ? La valeur de ton frère est devenue inestimable depuis l'échec du Zin-carla.

— J'ai vu ce que Drizzt est devenu. Sa capture te coûtera cher.

— Mes ressources sont illimitées. Peu importe ce que cela nous coûtera, la récompense nous remboursera au centuple.

L'excentrique mercenaire se tut pour laisser Dinin contempler les décombres de son ancien palais.

— Non, je ne me lancerai pas à sa poursuite.

Jarlaxle le regarda avec défiance.

— Dois-je te rappeler que je suis le maître de Bregan D'aerthe, et que tu es maintenant à mon service ?

— Comme j'étais, auparavant, au service de Malice, la Matrone de la Maison Do'Urden. Je ne m'y suis pas risqué pour elle, je ne m'y risquerai pas pour toi, répondit-il, sans se soucier des conséquences de ses paroles.

Le mercenaire resta un long moment à observer son compagnon. En temps normal, il n'aurait pas toléré une telle insubordination, mais Dinin semblait sincère et déterminé. Jarlaxle l'avait accepté au sein de Bregan D'aerthe pour ses talents et son expérience ; il ne pouvait pas remettre en cause son jugement maintenant.

— Je pourrais t'infliger une mort lente, dit le mercenaire.

Ce n'était pas une menace réelle ; il voulait juste voir la réaction de Dinin. Il n'avait aucune envie de se séparer de quelqu'un d'une aussi grande valeur.

— Ce ne sera pas pire que de finir entre les mains de Drizzt.

Jarlaxle passa encore un long moment à réfléchir à ce que sous-entendaient les paroles de Dinin. Peut-être Bregan D'aerthe devrait reconsidérer son projet de partir à la poursuite du renégat, peut-être le prix à payer s'avérerait-il trop élevé…

— Viens, soldat, dit-il enfin. Retournons chez nous, dans les rues, où nous pourrons apprendre quelles aventures nous réserve l'avenir.

26

Des lueurs dans le ciel

Belwar courut rejoindre son ami. Drizzt ne faisait pas attention à lui. Il était agenouillé sur la passerelle étroite et fixait le lac à l'endroit où Zaknafein avait disparu. L'acide bouillonnait ; la garde calcinée d'une épée apparut l'espace d'un bref instant avant d'être engloutie de nouveau dans l'opacité verte du lac.

— Mon père ! Il a toujours été là, murmura Drizzt à Belwar.

— Quel risque tu as pris, elfe noir ! *Magga cammara !* Quand tu as rengainé tes armes, j'ai cru qu'il allait te tuer.

— Il était là tout le temps. (Il regarda son ami.) C'est toi qui me l'as montré.

Belwar ne comprenait pas.

— L'esprit ne peut pas être séparé du corps, tenta-t-il d'expliquer. (Il regarda de nouveau les remous à la surface du lac.) Ni chez un être vivant ni chez un non-mort. Durant mes années de solitude dans l'Outreterre, j'ai cru que je m'étais perdu. Mais tu m'as montré que je me trompais. Le cœur de celui que j'avais toujours été n'avait jamais quitté mon corps ; je savais qu'il en était de même pour Zaknafein.

— D'autres forces étaient à l'œuvre cette fois ; à ta place, je n'en aurais pas été aussi sûr.

— Tu ne connaissais pas Zaknafein. (Il se leva ; un sourire naissant atténuait la tristesse de son regard.) Moi, si ; je savais que c'était l'esprit, et non les muscles, qui dirige les armes d'un guerrier. Et le seul à pouvoir se déplacer avec autant de grâce était Zaknafein. Seul un dilemme terrible pouvait lui donner la force de résister à la volonté de ma mère.

— Et tu le lui as fourni en le forçant à choisir : désobéir à Matrone Malice ou tuer son propre fils. *Magga cammara*, elfe noir, tu es bien courageux… ou stupide, rajouta-t-il en lui adressant un clin d'œil.

— Ni l'un ni l'autre, j'ai juste eu foi en lui.

Il laissa son regard se perdre une dernière fois à la surface du lac d'acide, puis se tut.

Belwar attendit sans un mot que son ami finisse son oraison funèbre silencieuse. Quand l'elfe releva la tête, le svirfnebelin l'invita à le suivre.

— Viens, viens découvrir qui était vraiment notre ami.

Drizzt trouva que le pech était une belle créature ; cette impression était renforcée par le sourire paisible qui s'était dessiné sur le visage de son ami, après tant de tourments. Lui et Belwar prononcèrent quelques mots, murmurèrent des prières en espérant qu'un dieu, quelque part, les entendrait. Puis ils livrèrent la dépouille de Caqueteur au lac d'acide, préférant le voir disparaître ainsi plutôt que dans l'estomac des charognards qui erraient dans l'Outreterre.

Les deux amis repartirent et, quelques jours plus tard, arrivèrent à Blingdenpierre.

Les gardes postés devant les portes gigantesques de la cité étaient à la fois heureux et décontenancés de les revoir. Ils ne furent autorisés à rentrer que contre la promesse du maître-terrassier qu'il irait directement voir le roi Schnicktick.

— Cette fois, il va t'autoriser à rester ici, elfe noir, dit Belwar à Drizzt. Tu as vaincu le monstre.

Il laissa son ami dans sa maison, promettant de revenir vite avec de bonnes nouvelles.

L'elfe n'en était pas aussi sûr. Il repensait à l'ultime mise en garde de Zaknafein – Matrone Malice ne cesserait jamais de le pourchasser, il en était sûr. Beaucoup de choses s'étaient passées depuis leur départ de la cité svirfnebeline dix jours plus tôt, mais la menace qui pesait sur Blingdenpierre n'en restait pas moins bien réelle. Il avait accepté d'y revenir avec Belwar uniquement parce que c'était le meilleur endroit pour commencer à exécuter le plan qu'il avait élaboré.

— Combien de temps devrons-nous nous battre, Matrone Malice ? demanda-t-il à la pierre nue. (Il avait besoin de formuler son raisonnement à voix haute, pour être sûr que c'était le bon.) Aucun de nous n'a rien à y gagner, mais c'est là la manière de faire des drows, n'est-ce pas ?

» Tu vas me traquer jusqu'à ce que l'un d'entre nous perde tout, aveuglée par cette haine qui régit ta vie. Il ne peut y avoir de pardon à Menzoberranzan. Cela irait à l'encontre des édits de ta maudite Reine Araignée.

» Ainsi va l'Outreterre, un monde d'ombres et de vilenies, mais l'univers ne s'arrête pas là, Matrone

Malice. Et je verrai bien jusqu'où tu peux étendre ton emprise maléfique !

Drizzt resta silencieux pendant plusieurs minutes. Il repensait à sa première leçon à l'Académie. Il essayait de trouver des indices qui lui prouveraient que toutes les histoires sur le monde de la surface étaient des mensonges. Mais ses maîtres avaient passé des siècles à devenir des experts en duperie, et leurs mensonges étaient sans failles. De toute façon, il comptait bien ne se fier qu'à ses instincts.

Quand, quelques heures plus tard, Belwar revint le visage sombre, l'elfe noir avait pris sa décision.

— Entêté, tête d'orque..., maugréa le maître-terrassier quand il passa la porte.

Drizzt l'accueillit d'un rire chaleureux.

— Ils ne veulent pas que tu restes, vociféra le gnome pour lui ôter toute envie de sourire.

— Pensais-tu vraiment qu'il allait en être autrement ? Mon combat est loin d'être fini, cher Belwar. Croyais-tu que ma famille serait aussi facilement vaincue ?

— Eh bien nous repartirons, alors. Mon roi si généreux (le sarcasme perçait dans sa voix) a consenti à t'accorder l'asile pour une semaine. Une seule semaine !

— Quand je repartirai, je le ferai seul, enfin presque, dit Drizzt en tirant de sa poche la statuette d'onyx.

— Nous avons déjà eu cette discussion il y a quelque temps, lui rappela le svirfnebelin.

— C'est différent, aujourd'hui.

— Vraiment ? Tu penses réellement que tu supporteras mieux la solitude dans les recoins de l'Outreterre qu'avant ? As-tu oublié ce qui t'est arrivé ?

— Je ne resterai pas dans l'Outreterre.

— Ne me dis pas que tu comptes retourner dans ta cité natale ! explosa le svirfnebelin.

— Ça, jamais ! s'esclaffa le drow. Je ne retournerai jamais à Menzoberranzan, à moins d'être capturé par Malice. Pas plus que je ne resterai dans l'Outreterre ; c'est un monde qui convient au cœur sombre des vrais drows, comme ma mère.

Belwar commençait à comprendre où voulait en venir son ami, mais il ne voulait pas y croire.

— Que veux-tu dire ? Où veux-tu aller ?

— À la surface. (Belwar se leva d'un bond et envoya voler son tabouret.) J'y suis déjà allé une fois, continua le drow, pas le moins du monde décontenancé par le geste de son ami. J'ai participé à un massacre. Seuls les actes de mes compagnons noircissent le souvenir que j'ai de cette expérience. En revanche, je me rappelle avec délice les parfums du vaste monde, et la douce caresse du vent.

— La surface, murmura Belwar. *Magga cammara*, je n'avais jamais envisagé de m'y rendre ; ce n'est pas un endroit pour un svirfnebelin. Mais si Drizzt y va, alors Belwar sera à ses côtés.

— Drizzt ira seul. Comme tu l'as dit toi-même, la surface n'est pas un endroit pour les gnomes.

— Ni pour les drows, fit remarquer Belwar.

— Je n'ai plus rien de commun avec mes congénères, à présent. Mon cœur ne bat plus au même rythme que le leur, leur foyer n'est plus le mien. Jusqu'où devrais-je m'enfoncer dans les tunnels pour échapper à la haine de ma famille ? Et si je tombe sur une autre grande cité drow, Ched Nasad par exemple, qui me dit qu'ils ne tenteront pas eux aussi de me tuer pour faire plaisir à leur Reine Araignée ? Non, Belwar, je ne trouverai jamais la paix tant que je resterai dans ce monde. Quant à toi, j'ai bien peur que tu ne sois jamais heureux loin de la pierre de l'Outreterre. Ta place est ici, parmi les tiens.

Belwar resta longtemps sans rien dire, occupé à digérer les paroles de son ami. Il aurait suivi Drizzt si ce dernier le lui avait demandé, mais, très sincèrement, il n'avait aucune envie de quitter l'Outreterre. Il n'avait pas d'arguments à opposer au drow ; il savait pertinemment que la surface regorgeait de dangers pour un elfe noir, mais peut-être pas aussi périlleux que ceux qui le guettaient s'il restait ici.

Belwar sortit de sa poche sa broche magique et la lui donna.

— Prends ça, elfe noir. Et ne m'oublie pas.

— Je ne t'oublierai jamais. Pas un jour ne passera dans les siècles à venir sans que je pense à toi.

La semaine s'écoula trop rapidement au goût de Belwar, qui redoutait de voir son ami partir. Il savait qu'il ne le reverrait jamais plus, mais il savait aussi que Drizzt avait pris la bonne décision. En ami fidèle, il fit le nécessaire pour que Drizzt ait toutes les chances de son côté. Il amena le drow chez les meilleurs commerçants de Blingdenpierre et paya de sa poche les fournitures dont il avait besoin pour son expédition.

Enfin, il lui offrit un cadeau encore plus précieux. Des gnomes des profondeurs avaient voyagé vers la surface à plusieurs reprises, et le roi Schnicktick possédait plusieurs exemplaires de cartes grossièrement dessinées indiquant les différentes routes qui menaient hors de l'Outreterre.

—Le voyage prendra plusieurs semaines, dit-il à Drizzt en lui tendant un parchemin roulé. Et j'ai bien peur que, sans cela, tu ne trouves jamais le bon chemin.

Les mains de l'elfe tremblèrent quand il déroula la carte ; elle était authentique. Il allait bel et bien se rendre à la surface. À cet instant précis, il eut envie de demander à Belwar de venir avec lui ; comment se passer d'un ami si cher ?

Mais il avait toujours suivi ses principes jusqu'à présent, et ceux-ci lui interdisaient de se montrer égoïste.

Il quitta Blingdenpierre le lendemain et promit à Belwar que, si jamais il repassait par là, il lui rendrait visite. Tous deux savaient qu'il ne reviendrait jamais.

⚔ ⚔ ⚔ ⚔ ⚔

Les kilomètres et les jours défilaient, sans incidents. Certaines fois, Drizzt utilisait la broche magique de Belwar ; d'autres, il progressait tranquillement dans l'obscurité. Simple coïncidence ou caprice du destin, il ne croisa aucun monstre en suivant le chemin grossièrement indiqué sur la carte. Peu de chose avait changé dans l'Outreterre et, malgré l'ancienneté du parchemin, la route était facile à suivre.

Le matin du trente-troisième jour, peu de temps après avoir levé le camp, Drizzt sentit une douce brise lui caresser le visage. Cela lui rappelait des souvenirs agréables.

Il sortit la statuette d'onyx de sa bourse et appela Guenhwyvar. Ensemble ils se mirent en marche, non sans angoisse, s'attendant à chaque détour que la voûte du tunnel disparaisse.

Ils arrivèrent dans une petite grotte, et l'obscurité qu'ils percevaient au-dessus d'eux était beaucoup moins épaisse que celle dont ils venaient. Drizzt retint sa respiration et passa devant la panthère pour rejoindre l'extérieur.

Des étoiles brillaient au travers des nuages ; les rayons de lune se déployaient derrière l'un d'entre eux et nimbaient le ciel d'une lueur argentée ; le vent murmurait un chant venu de la montagne. Drizzt avait atteint la surface ; il se trouvait sur le versant d'une grande montagne qui s'inscrivait dans une imposante chaîne.

La morsure du froid ne le dérangeait pas le moins du monde ; il resta immobile un long moment, absorbé par le spectacle de la course paisible des nuages vers la lune.

Guenhwyvar se tenait près de lui, impassible. Drizzt savait qu'elle ne l'abandonnerait jamais.

Achevé d'imprimer en mars 2018
Par CPI France
N° d'impression : 3027593
Dépôt légal : avril 2018
Imprimé en France
2810638-1